キイ・ジュランバラーダ
『忘却の戦王』Lost Warlord
永劫の夜に君臨する最古の真祖

Contents

デザイン／渡邊宏一（有限会社ニイナナニイゴオ）

ストライク・ザ・ブラッド 21

十二眷獣と血の従者たち

序章
Intro

誰かに名前を呼ばれた気がした。

頬にかかる長い金髪を払って、わたしはそっと顔を上げる。

海沿いを走るモノレールの最後尾。車両内にいるのはわたし一人だ。

四角い窓に切り取られた景色が、ゆっくりと視界を流れていく。

澄んだ空。青い海。強い陽射しの中に立ち尽くすビルの群れ。常夏の人工島の街並みだった。

シートの背もたれに身体を預けて、わたしはその風景をぼんやりと眺める。

加速を続けるモーターの振動が、足元からかすかに伝わってくる。

空調の効いた車両の中からガラス越しの街を見ていると、自分が冷たい水槽の中を漂っているような気分になる。息苦しさを覚えないではないけれど、その感覚は不快ではなかった。どこか懐かしいとすら感じられる。

モノレールが、海鳥たちと併走したまま、運河に架けられた橋を渡った。

誰かに名前を呼ばれたのは、それからすぐのことだった。

「こんにちは、アヴローラ」

「……え？」

わたしはひどく驚いて、声のほうへと視線を向ける。

無人のはずの車両内に、ほっそりとした人影が立っていた。

わたしと同じ制服を着た、輝く鋼のような色の髪の少女だ。

襟元のリボンからして、おそらく学年も同じなのだろう。だが、見覚えのない顔だった。大人びた綺麗な瞳をしているが、近寄り難い雰囲気は感じない。むしろ彼女の表情からは、あどけなく人懐こい印象を受けた。わたしはそのことに少しだけ安堵する。

「あなた……誰？　どうしてわたしの名前を知ってるの？」

鋼色の髪の少女を見上げて、わたしは訊いた。

ぎこちなく震える自分の声に、なぜか強い違和感を覚える。

彼女と出会う前、最後に誰かと言葉を交わしたのがいつだったのか、どうしても思い出すことができない。自分がどんなふうに喋っていたのかということさえも。

「あなたが古城の友達だから」

小さな笑みを浮かべて、鋼色の髪の少女が言った。

カーブに差し掛かったモノレールが揺れる。

少女の髪が、それに合わせてふわりと浮いた。

重力を無視したその動きは、どことなく天空を舞う龍の姿を連想させる。

鋼色のたてがみを持つ龍を――

「……古城？」

わたしは困惑して訊き返す。

それが人の名前だということを理解するのに、少し時間がかかった。

ありふれた人名というわけではない。知らない名だ。それなのに少女の言葉を聞いた瞬間、はっきりと心がざわつくのを自覚する。

「そう、暁古城。世界最強の吸血鬼——第四真祖と呼ばれていた少年。あなたがよく知っているはずの人だよ、アヴローラ・フロレスティーナ」

わたしの動揺を見透かしたように少女が続けた。

「なんの話をしてるの？」

無意識に語気を荒くしてわたしは言い返す。

「吸血鬼なんて空想上の存在でしょ？　そんなの現実にいるはずがない……！」

「そうだね……この島に吸血鬼はいない……」

意外にもあっさりと少女は認めた。

彼女はわたしの膝の上を見つめている。わたしが膝の上に抱いている一冊の本を。十二体の眷属たる獣を統べる、吸血鬼の物語を。

「だから早く目を覚まして、〝十二番目〟のアヴローラ——」

少女はわたしの耳元に唇を近づけて、囁くようにそう呟いた。

ガタン、と大きくモノレールが揺れた。レールの継ぎ目を乗り越えたのだ。

落ちそうになった膝の上の本を咄嗟に拾って、わたしが再び顔を上げたとき、鋼色の髪の少女の姿は消えていた。モノレールの車両内にいるのは、わたし一人だ。

夢を見ていたのだろうか——と、わたしは唇を噛(か)みながら考える。

モノレールは走り続けていた。

無機質な灰色の建物の隙間を、銀色の車両がくぐり抜けていく。

血管のように曲がりくねった剝(む)き出(だ)しの軌道(レール)。カーボンファイバーと樹脂と金属と、極微小(ナノ)機械技術(テクノロジー)によって造られた人工都市。

見慣れたはずのその景色に、漠然とした戸惑いを覚えてわたしは首を振った。

記憶の中にある街並みと、なにかが違う。けれど、なにが違うのかがわからない。

世界があまりにも堂々と非常識な姿を晒(さら)していたから、間違っているのはわたし自身の記憶かもしれない、と不安になる。

陽光を浴びて煌(きら)めく海面——

それが自分の頭上にあることに気づいて、わたしの心臓が激しく撥(は)ねた。

遮(さえぎ)るもののない真っ青な空が、眼下にどこまでも広がっている。

空から地上へと向かって伸びているビルたち。

天と地のすべてが逆(さか)しまの世界で、わたしは声にならない悲鳴を上げた。

モノレールは走り続けている。

吸血鬼のいない街を。

第一章　始まりの朝に

Dawn Of Beginning

1

「わたしを……離さないでください、先輩」

潤んだ瞳で古城を見つめながら、姫柊雪菜は声を震わせた。ひんやりとした細い指を古城の指にからめて、決して解けないようにと強く握りしめてくる。

「いいですか、絶対ですよ！　絶対手を離したら駄目ですからね！　怒りますからね！」

「いや、ハシゴを下りるんだから、俺じゃなくて手すりを握ってろよ」

いつになく真剣な表情で訴えてくる雪菜を、古城は呆れたように見返した。

絃神島の中心地に位置する巨大建造物——キーストーンゲートの最上階だ。

外壁には巨大な亀裂が走り、天井は半壊。建物の内部もあちこちが抉れたように崩れ落ちている。〝吸血王〟との死闘の痕跡だった。

上ってくるときに使った階段は、すでに跡形もなく消滅していた。停電のせいでエレベーターは動かない。下の階まではかなりの高さがあって、さらに床の上には瓦礫が積もっている。

吸血鬼の力をなくした今の古城が飛び降りたら、間違いなく無傷では済まないだろう。

幸い最上階の窓の外には、緊急用の避難器具が設置されていた。

折りたたみ式の金属製タラップ。いわゆる避難ハシゴである。

見るからに薄っぺらく頼りない造りなのは、収納時のコンパクトさを優先したせいだろう。おまけにキーストーンゲートの建物が、逆ピラミッド型という特殊な構造をしているせいで、避難器具もかなり歪な姿になっている。断崖絶壁をよじ登るロッククライマーになった気分だ。

とはいえ、あくまでも避難器具である以上、最低限の安全対策は施されている。用心するのは大事だが、必要以上に恐れる必要はないはずだった。

「たしかに安っぽい作りだけど、姫柊が恐がるのは意外だな。普段はもっと不安定な足場でも、平気で飛び跳ねたりしてるだろ？」

「ち、違います。わたしはこの避難器具の安全性について疑問を持っているだけで、べつに恐がってるわけではないですから。違いますから」

ハシゴを見下ろす古城を睨んで、雪菜がどこか余裕のない声を出す。

本人は知られていないつもりらしいが、雪菜は軽度の高所恐怖症だ。正確にいえば、高い場所そのものを恐れているのではなく、地上から不自然に切り離された場所――飛行機や展望台などの人工物が苦手らしい。

そんな彼女にしてみれば、キーストーンゲートの最上階に架けられた不恰好な避難ハシゴは、恐怖以外の何物でもないだろう。

「あー、わかった。だったら俺が先に下りるよ。それなら少しは安心だろ」

「え……いえ、それは……でも……あっ！」

握られていた手を古城が振りほどくと、雪菜は不安そうに唇を噛んだ。

古城はアルミ合金のハシゴに足を掛け、建物の外へと身を乗り出す。

体重で、細い足場が軋んだ。強い海風が古城の髪を乱す。

地上までの高さは六十メートルほどだろうか。足元を見るのはさすがにおっかない。だが、ハシゴの手すりには転落防止用のストラップもあって、見た目ほど危険ではないらしい。

「せ、先輩、待ってください！　こ、心の準備が、まだ……！」

置いていかれそうで不安になったのか、雪菜が慌てて追いかけてくる。危なっかしい動きでハシゴを下りてくる彼女を振り仰ぎ、古城はすぐに目を逸らした。当然ながら古城の位置からは、雪菜のスカートの中を見上げる形になってしまうのだ。

古城は努めて平常心を保ちつつ、うつむいたまま黙々とハシゴを下りる。想像よりもだいぶ長いハシゴだ。緊張している雪菜にとっては、余計に長く感じられることだろう。

古城がちょうど半分ほどを下りたところで、その雪菜が不意に声を上げた。

「先輩、見てください！」

「え？」

雪菜に言われるままに古城は顔を上げた。折り悪く強い風が吹いて、彼女のスカートの裾がふわりとまくれ上がる。細くしなやかなふくらはぎと引き締まった太腿の白さが目に眩しい。

「ちょっ……どこを見てるんですかっ⁉」

古城の視線に気づいたのか、雪菜が悲鳴じみた声を上げた。

「おまえが見ろって言ったんだろ！」

「わ、わたしじゃなくて、空です！　空を見てください……！」

抗議する古城を睨みながら、雪菜が頭上を指さした。

「空？」

古城は訝しげに目を細めて空を見る。

夜が明けた直後の灰色の空だ。朝焼けが東の水平線を赤く染めている。

それだけなら、特にめずらしくもない朝の景色である。

しかし絃神島の上空に広がっているのは、本来そこにあるはずのない異様な光景だった。

蜃気楼のように浮かぶ鋼色の街。人工島である絃神島を鏡に映したような、機械仕掛けの異形の都市。空一面を覆い尽くす廃墟の幻影。異境というのが、その街の名前だ。

ＭＡＲ総帥シャフリヤル・レンが、巨大な魔具であるキーストーンゲートと第四真祖の魔力を使って召喚した異界の都市である。

それは〝天部〟と呼ばれる古代の神々たちが罪人を追放するために使った流刑地だったとも、神々同士の争いに使われた要塞であったともいわれている。

その異境の姿に異変が起きていた。

陽光に照らされた鋼色の都市から、徐々に色彩が消えていく。

幾何学的な建物の輪郭が朧気に歪んで、背後の空が透けて見えた。空中を漂う異境の存在そのものが薄れているのだ。

「異境が……消える？　魔具の効果が切れたのか？」

先にハシゴを下りきった古城が、呆然と空を見上げて呟いた。

姿が見えなくなったからといって、異境の存在そのものが消滅したわけではない。こちら側の世界と異境とを接続していた、魔術的な〝門〟が閉じたと考えるのが自然だ。

「いえ、魔具としてのキーストーンゲートは今も起動したままです。おそらく異境への〝門〟が出現するのは、夜の間だけなのではないかと」

いまだハシゴの途中で固まっている雪菜が、怯えた表情に似合わぬ冷静な口調で告げてくる。

魔術の多くは、時間や地形の影響を受けるという。特定の場所や時間帯でしか発動しない魔術も少なくない。シャフリヤル・レンが使った魔術も、どうやらその類いの術式らしい。

「陽が沈んだら、〝門〟はまた開くのか？」

「確証はありませんけど、おそらく」

「そうか……でないと、異境からこちらの世界に戻ってくることもできないしな」

古城は唇を歪めながらも納得する。

シャフリヤル・レンの目的は、異境に残された〝咎神の遺産〟を独占し、その力で、再び世界を〝天部〟の支配下に置くことだ。そんな彼が、異境から帰還するための手段を用意していないはずがない。

「どちらにしても夜になるまでは、ＭＡＲの追跡は無理ですね」

「それもあいつの計算どおりってことか」

雪菜の言葉に、古城は気怠く息を吐いた。

ただでさえ領主選争で絃神島が注目を集めている中で、これだけ派手にやったのだ。異境への〝門〟の出現は、すでに世界中に知れ渡っているだろう。

各国の政府や夜の帝国の勢力は、シャフリヤル・レンを追いかけるための準備を始めているに違いない。

レンとしては、当然それまでに異境の制圧を進めて、優位を確立したいと考えているはずだ。時間が経てば経つほど、ＭＡＲ社は多くの〝遺産〟を手に入れ、戦力を増すことになるだろう。それは異境に墜ちたアヴローラの救出が、より困難になるということを意味している。

「まあ、〝門〟が開いたからって、今の俺にはなにもできないんだけどな」

古城は自嘲するように弱々しく首を振る。

たとえ〝門〟が開いたとしても、古城には異境に行くための手段がない。そしてシャフリヤル・レンに対抗する力もない。吸血鬼ではなくなった今の古城は、魔術のひとつも使えない無力な高校生に過ぎないのだ。

「ひとまず今はキーストーンゲートを出ましょう。異境についての情報も必要ですし、先輩は少し休まないと」

古城の焦りを見透かしたように、雪菜が言った。有無を言わせぬ強い口調だ。古城としても文句はなかった。情報不足は深刻だし、疲労もピークに達している。

おまけに古城は、吸血鬼から人間に戻るという非常識な体験をした直後なのだ。いつどんな後遺症を発症するとも限らない。できることなら、しばらく入院して安静にするのが望ましい。

だがそれが可能かどうかは、またべつの問題だ。

「すんなり出られるといいけどな」

「……そうですね」

古城と雪菜は、バルコニーのフェンス越しにおそるおそる地上を見下ろした。

その視界に飛びこんできたのは、キーストーンゲートを取り囲む暴徒の群れだ。

吸血鬼の眷獣が原因とおぼしき爆発が巻き起こり、ばらまかれた銃弾が着弾の火花を散らす。

召喚された精霊が眩い輝きを放ち、獣人や巨人族の咆吼が響き渡る。

暴徒の正体は絃神市民――領主候補の登録魔族と、彼らの臣民たちだ。

最上階にいる間は気づかなかったが、キーストーンゲートの出口付近では、建物を占拠するＭＡＲ社の無人兵器群と、暴徒化した魔族によるド派手な武力衝突が繰り広げられていたのだった。

2

キーストーンゲートを取り囲む暴徒は、目に映る範囲だけでも優に五千人を超えていた。

魔族はそのうちの半分ほどだろうか。本職の魔族傭兵のような高い戦闘力の持ち主は見当たらないが、興奮して我を忘れた彼らの勢いは侮れない。

数に劣る無人有脚戦車や警備ポッドでは、屈強な獣人や巨人族たちの突撃を止められず、上空を飛び交う攻撃ヘリも、吸血鬼の眷獣や魔術によって次々に撃墜されていく。

暴徒たちの目的は、キーストーンゲートを占拠するＭＡＲ社の排除らしい。

だが、寄せ集めの魔族たちはまったく統率が取れていないため、あちこちで同士討ちや仲間割れが起きていた。戦闘のあおりを喰って小規模な火災も発生している。迂闊にキーストーンゲートの出口に近づこうものなら、騒ぎに巻きこまれて無事では済みそうにない。ＭＡＲ社の関係者と間違われて、嬲り殺しにされる未来すらありそうだ。

「領主選争に参加していた連中だよな……？」

「はい。おそらく」

「なんで今ごろになってキーストーンゲートに押し寄せてきたんだ？」

「……どうしてなんでしょう……？」

古城の疑問に雪菜が口ごもる。〝吸血王〟の消滅によって、絃神島における領主選争は実質的に終結したといっていい。勝者である古城は吸血鬼としての力を失い、新たに第四真祖となったアヴローラは異境へと墜ちた。勝者なし、というのが領主選争の結末だ。

仮に領主選争が続いていると言い張ったところで、三名の真祖たちが絃神島に居残っている以上、半端な戦力では勝ち目がない。今更、生き残りの領主候補たちが、キーストーンゲートを襲撃する理由はないはずだ。

「――終焉教団の背後に、ＭＡＲがいたことがバレたからだと思うよ」

古城たち以外は誰もいないはずのバルコニーに、突然、誰かの声がした。少年のような口調だが、声色は若い女性のものだ。

「魔族特区の内輪で馬鹿騒ぎをするのはいいけど、外の連中に利用されて踊らされるのは我慢ならないって感じかな。まったく困ったものだよね。気持ちは少しわかるけど」

「……っ！」

気配もなく現れた少女に向かって、雪菜が反射的に身構えた。暴徒と化した魔族たちが、この階まで雪崩れこんできたと思ったのかもしれない。

しかし背中のギターケースから槍を抜こうとして、雪菜は驚いたように動きを止める。

雪菜の視線の先にいたのは、スポーツブランドのパーカーを羽織った、ボーイッシュな雰囲気の少女だった。顔立ちだけならちょっと近寄り難いくらいの美形だが、口元には人懐こそうな笑みが浮いている。

少女の背後に亡霊のように浮かんでいたのは、青い鎧をまとった顔のない騎士。〝守護者〟と呼ばれる悪魔の眷属である。

「ユウマ……！」

「優麻さん？」

古城と雪菜が驚いて少女の名前を呼んだ。

「やあ、ご無沙汰。二人とも元気そうでよかったよ」

少女は愉しそうに目を細めて右手を上げる。

仙都木優麻。それが彼女の名前だ。

犯罪組織〝図書館〟総記の娘にして、〝書記の魔女〟の名前を受け継いだ悪魔憑き。そして古城が絃神島に来る前からの旧友である。

「ユウマ、よかった……無事だったのか」

古城は優麻に駆け寄って、彼女の肩に無遠慮に手を置いた。まるで同性の友人を相手にしているような親しげな距離感だ。

あまりにも無警戒な古城の行動に、雪菜がムッと不満そうな顔をする。優麻がこのタイミングでキーストーンゲートに現れた理由はわかっていないのだ。もう少し慎重に行動しろ、と言いたげな表情になってしまうのも無理はない。

一方の優麻も、さすがに古城の反応は想定外だったのか、少し動揺したように頰を赤らめた。それを見ていた雪菜がますます表情を硬くする。

優麻は照れたように苦笑しながら、古城を見上げて首を振り、

「ボクは領主選争とは基本的に無関係だったからね。というよりも、終焉教団には手が出せなかった、というのが正確かな」

「手が出せなかった？」

「悪魔との契約の制限ですね？」

なぜ、と首を傾げる古城に代わりに、雪菜が尋ねた。

優麻は軽く肩をすくめて首肯する。

「そういうこと。ボクが魔女になるために悪魔と結んだ契約は、母さんを監獄結界の外に出すことだからね。それに逆らうような行動は出来ない。人工島管理公社は、ボクが攻魔局の捜査の手伝いをすれば、仙都木阿夜を釈放すると約束してくれたんだけど――」

「そうか……終焉教団に絃神島の管理権限を奪われたから、人工島管理公社には仙都木阿夜の釈放を決める権利がなくなったのか」

それは厄介な話だ、と古城は優麻に同情した。

悪魔の眷属である〝守護者〟を通じて、人間の限界を超えた力を引き出す魔女は、その代償として未来永劫、悪魔との契約に縛られる。もし契約に逆らえば、〝守護者〟は即座に処刑者

に変わって、魔女の魂を刈り取るのだと聞いている。

　母親である仙都木阿夜を、いわば人質に取られたことで、優麻は、終焉教団には手が出せなくなった。積極的に協力することはないにせよ、表だって彼らの行動を邪魔することはできなかった、というわけだ。

「まあ、そんなわけでボクに出来たのは、キーストーンゲートに閉じこめられていた公社の役員をこっそり逃がすことと、斥候の真似事くらいかな」

　優麻が片側の眉だけを小さく上げた。古城は驚いて優麻を見る。

「役員を逃がした？」

「うん。矢瀬幾磨理事とか、秘書の人工生命体のお姉さんとかね」

「幾磨さん？　矢瀬先輩のお兄さんですか？」

「そうか……あの人も無事だったんだな」

　雪菜と顔を見合わせて、古城は安堵の溜息を洩らした。

　矢瀬基樹の兄である矢瀬幾磨上級理事は、古城が第四真祖だとバレて以来、なにかと世話を焼いてくれた恩人だ。終焉教団の襲撃以来、行方不明になっていた彼の安否を、古城たちは密かに心配していたのだった。

「矢瀬理事なら、今はキーストーンゲートの第零層にいるよ」

　優麻が自分の足元を指さした。古城もつられて視線を下へと向ける。

「第零層……って、まさか海の底か……？」

「〝咎神の棺桶〟は、もともと今回みたいな非常事態に絃神島の重要データを護るためのシステムらしいよ。そのあたりは藍羽さんのほうが詳しいと思うけど」

優麻が淡々とした口調で説明する。

キーストーンゲート第零層とは、人工島中心部の海抜ゼロメートル地点のことだ。

そこは秘密の潜水艇基地になっており、〝棺桶〟と呼ばれる潜水艇が隠されている。海面下四百メートルの海底に沈み、強力な魔術結界によって守られた潜水艇——終焉教団といえども、容易く手を出せる場所ではない。

幾磨は人工島管理公社の重要データを持って、その潜水艇の中に避難していたというわけだ。

「〝棺桶〟からは絃神島の全情報ネットワークにアクセスできるからね。海の底にいても、島内の状況は常に把握していたよ。〝吸血王〟が滅ぼされたことも知ってる。古城が第四真祖の力を手放したこともね」

「……え？」

優麻が何気なく呟いた言葉に、古城はハッと息を呑む。

硬直した古城に優麻は顔を近づけて、至近距離からじっと見上げてきた。悪戯っぽく輝く彼女の瞳の奥に、真剣な光が宿っている。

そして優麻は不意にふわりと微笑んで、

「ふふっ、本当だ。古城の身体、完全に人間に戻ってるようにみえるね」

「わかるのか？」

古城は驚いて自分の身体を見下ろした。吸血鬼はもともと外見的な特徴が乏しい魔族だ。第四真祖の力を失ったことで、自分の見た目がどう変化したのか、古城にもまだよくわからない。

「少なくとも常人以上の魔力は感じないよ。この距離からはね」

優麻がさらに一歩前に出た。あと少し背伸びするだけで、唇同士がぶつかりそうな距離だ。花のような甘い匂いを感じて、古城は唐突に緊張を覚えた。今更のように彼女が異性であることを意識する。

「ユウマ？　その……顔が近いんだが……」

「うん。近づけてるからね」

優麻は悪びれもせずに言い放ち、艶やかな唇をちらりと舐めた。無意識に後ずさろうとした古城の手首が、いつの間にか優麻にがっちりとホールドされている。

「あ、あの……優麻さん……？」

怪しげな優麻の行動を見かねたのか、雪菜が遠慮がちに声をかけてきた。

しかし優麻は、そんな雪菜を挑発するように見返して不敵に笑う。

「え？」

手のひらに伝わってきた柔らかな感触に、古城は不意を衝かれて困惑する。優麻が古城の右手を包みこむように握りしめ、そのまま自分の胸の膨らみに押し当てていたのだ。

なにが起きたのかわからないまま、優麻の胸をもみしだく古城。スレンダーなイメージのある優麻だが、実は存外に立派なものをお持ちだ。柔らかく張りのあるその心地好い感触は、衣服越しでもはっきりとわかる。半ば呆然としたまま、古城がその感触を堪能していると、

「優麻さん⁉　あ……あ、暁先輩になにをやってるんですかっ⁉」

強引に横から割りこんできた雪菜が、古城を優麻から引き剝がした。

「なにって……ちょっと誘惑してみようと思って」

憤慨する雪菜を面白そうに眺めて、優麻は平然と言い返す。

雪菜は、怒りで唇を小さく震わせ、

「ゆ、誘惑⁉　い、言い切りましたね！　なんですか、暁先輩が人間に戻ったからっていきなりそんな強引に迫って……！」

「っ……！」

叱られているはずの優麻が、たまりかねたように小さく噴き出した。そんな優麻の態度に、雪菜はますます眦をつり上げる。

古城はうんざりしたように息を吐いて、興奮して息巻く雪菜をどうどうと宥めた。

「落ち着け、姫柊。どうせこいつのいつもの悪ふざけだ」

「その扱いはひどいな。古城が相手をしてくれないだけで、ボクはだいたいいつも真剣なのに」

優麻が片目を閉じてニヤリと笑う。言葉とは裏腹に茶目っ気たっぷりの表情だ。

「で？　今度はなにを企んでるんだ？」

古城はやる気なく訊き返す。優麻は少し自信なさげに自分の胸元に手を当てて、

「吸血衝動が起きるかどうか試してみようと思ったんだけど、もしかしてボクじゃ色気が足りなかったかな。姫柊さんも、一緒にやる？」

「やりません！」

雪菜が即座に拒絶する。古城は疲れたように唇を曲げて、

「俺が第四真祖の力を手放したところは、おまえも確認したんだろ。もう吸血衝動とか起きねーから、ちょっと離れろ」

「吸血衝動が起きないのなら、そんなに焦ることはないと思うけど。もしかして少しは意識してくれてるのかな？」

突き放そうとする古城の腕を搦め捕り、優麻が身体を密着させてくる。

それを見た雪菜が、こめかみをピクピクと派手に痙攣させていた。このままでは彼女が本気でキレるのも時間の問題だ。

冷え冷えとした殺気が漂い始めたことに気づいたのか、優麻も渋々と古城から手を離し、

「まあ、今はここまでにしておくよ。あまり調子に乗ってると古城が怒られそうだしね」

「なんで俺が怒られなきゃなんねーんだよ」

悪戯がバレた子どものような表情を浮かべる優麻を、古城が半眼で睨みつける。

優麻はわざとらしく素知らぬ顔で微笑んで、

「きみが本当に力をなくしたのかどうかはさておき、安心したよ」

「安心した？」

「第四真祖を恨んでる魔導犯罪者は案外多そうだからね。古城が第四真祖じゃなくなったと知ったら、彼らがどういう行動に出るか、心配してたんだ」

「それは――」

優麻の指摘に、古城はぞくりと寒気を覚えた。テロリストに国際的な犯罪組織、さらには夜の帝国の貴族まで――第四真祖としての古城は、少なくない数の魔族に相当の恨みを買っている。彼らが意趣返しに襲ってきたら、正直、今の古城などひとたまりもない。

「だけど姫柊さんがいれば大丈夫かな。古城のこと、よろしく頼むよ」

「え……は、はい……わかりました」

唐突に矛先を向けられた雪菜が、その場の勢いに押し切られる形でうなずいた。

なんとなく姫柊のことを優麻が試したような形でまとめてはいるが、体よく誤魔化しているだけではないかと古城は思う。

「もっともそれを言ったら、危ないのは絃神島も同じだけどね」

優麻が不意に笑みを消した。

「この島が独立自治を認められていたのは、第四真祖の領地だという大義名分があったからだ。その絶対的な後ろ盾を失ってしまった以上、これまでどおりにはいかないだろうね。第四真祖がいなくなったことで、この島は世界中から狙われる立場になってしまった」

「絃神島が……狙われる……」

古城の全身から血の気が引いた。

ただでさえ絃神島は、〝聖殲〟の魔具として世界中から危険視されていたのだ。その上さらに異境の〝門〟を開く鍵でもあることが知られてしまった。

絃神島の危険度は跳ね上がり、同時に〝魔族特区〟としての価値も急騰している。

一度は絃神島の領有権を手放した日本政府や、処分の保留を決めた聖域条約機構もおそらく黙ってはいないだろう。夜の帝国の部隊も、このまま手を引くとは思えない。

そう遠くない将来、絃神島では、領主選争とは比較にならないくらい熾烈な領地の奪い合いが起きる可能性がある。

そして、その抑止力となるはずだった世界最強の吸血鬼はもういない。古城が第四真祖の力を捨ててしまったから――アヴローラに譲り渡してしまったからだ。

その事実に、古城は責任を感じないわけにはいかない。だが、

「違う、ユウマ。そうじゃない」

古城が真剣な眼差しで優麻に訴える。第四真祖はいなくなったわけではないのだ、と。

「第四真祖は——アヴローラは異境(ノド)にいる。ＭＡＲのシャフリヤル・レンが、キーストーンゲートを使って開いた〝門(ゲート)〟に呑(の)みこまれて墜(お)ちたんだ」

「それで？」

　優麻がひどく優しい口調で訊(き)いた。駄々をこねる弟の言葉に耳を傾ける、優しい姉のような声だった。

「俺が異境(ノド)に行って、あいつを連れ戻す。第四真祖が領主でいる間は、この島が戦争に巻き込まれるのは防げるんだろう？」

「残念だけど、その申し出は聞けないな」

　優麻が冷ややかに首を振る。見えない線を引いたような彼女の態度に古城は戸惑った。

「……ユウマ？」

「無関係な一般人のキミに、そんな危険なことはさせない——というのが、人工島管理公社の意見だそうだよ」

「俺が……無関係な一般人だって……？」

　古城は呆然(ぼうぜん)と優麻を見つめた。自分が第四真祖の力をなくした無力な人間だという事実を、今更のように自覚して動揺する。

　もとより望んで手に入れた力ではない。世界最強の吸血鬼などという馬鹿(ばか)げた肩書きにも興味はなかった。第四真祖の力を手放すことで、アヴローラを消滅から救うことが出来るのなら、

　古城は何度でも同じ決断をするだろう。

　だが、その結果、アヴローラはシャフリヤル・レンに利用され、異境へと墜ちた。そして今の古城には、彼女を連れ戻すだけの力がない。それが古城の決断の帰結なのだ。

「なんの力も持たないただの人間が、異境に行ってなんの役に立つんだい？」

　絶句する古城に追い打ちするかのように、優麻が残酷な問いを突きつけてくる。

「だけど……俺は……アヴローラを連れ戻さないと……」

　古城が優麻を睨んで言う。だが、その視線はどこか虚ろで、声にも最初の勢いはなかった。

　優麻はそっと両手を上げて、そんな古城の頰を包みこむ。

「っ……！」

　古城は反射的にその手を振りほどこうとするが、優麻は思いがけず強い力で古城を引き寄せた。キスをする直前のような姿勢で動きを止めて、優麻は柔らかな微笑を浮かべる。

「うん。第四真祖の古城も嫌いじゃないけど、やっぱり人間のほうがいいね。キミには太陽の下がよく似合うよ」

　伸ばした人差し指を古城の唇に当てながら、優麻は懐かしそうに微笑んだ。

　彼女の言葉に古城は沈黙する。優麻は、人間だったころの古城を知っている古い友人なのだ。

　じゃあね、と優麻が古城を軽く突き放す。

　よろめく古城を雪菜が支え、そんな古城たちの視界が陽炎のようにぐにゃりと歪んだ。空間制御魔術が発動する前兆だ。

「ユウマ！」

「……姫柊さん、古城のことをよろしく頼むよ。馬鹿なことをしないように、ボクのぶんまできっちり見張っておいて」

唇の前に人差し指を立てて、優麻が意味ありげにウインクする。

雪菜が驚いたように目を見張り、

「優麻さん!?」

「やめろ、ユウマ！」

重力から解き放たれたような浮遊感が古城を襲った。優麻が古城たちをキーストーンゲートの外へと、空間転移で跳ばそうとしているのだ。

「バイバイ、古城。せっかく手に入れた日常を大切にね」

囁くような優麻の声が古城の耳元で優しく響く。しかし優麻の姿はもう見えない。次の瞬間、キーストーンゲートの姿も消え、古城と雪菜は街路樹の並ぶ無人の路上へと放り出されていた。

3

小さな波紋のような揺らぎを残して、古城と雪菜の姿が見えなくなった。彼らの存在が遠く離れていく様を確認して、優麻は空間の連結を解除する。

本来の空間転移は膨大な座標計算が必要な高等魔術だが、魔女である優麻にとっては、せいぜいパチンと指を鳴らす程度の手間でしかない。なのに奇妙な疲労感があるのは、古城に対する後ろめたさのせいだろう。

古城と〝吸血王〟との戦いを、傍観するしかなかったこと。そして十二番目のアヴローラを救い出そうとする彼の力になってやれなかったこと——優麻にもっと力があれば、ほかの結末を選べたはずだという歯がゆさがある。

キーストーンゲートから彼を無理やり遠ざけたのは、決して優麻の本意ではない。それでも、不死身性を失った今の古城を保護する最善の方法だといわれたら、逆らうことはできなかった。少なくともこれで古城たちが、キーストーンゲートを取り囲む暴徒に脅かされる心配はなくなった。ひとまずそれで満足しておくべきなのだろう。

「終わったよ。古城は脱出させた」

スマホの暗号化通話アプリを起動して、優麻は〝棺桶〟に報告する。

『ご苦労だった、仙都木攻魔官補佐』

通話先の声の主は矢瀬幾磨だった。青髪の秘書ではなく、幾磨本人が直接通話に出たということは、元犯罪者である優麻のことを少しは信用してくれたのかもしれない。

「これで彼の役目は終わり？」

かすかな毒を含んだ朗らかな声で優麻が聞く。第四真祖として利用するだけ利用しておいて、人に戻った途端、追い払うように古城を部外者として扱う人工島管理公社のやり口には不信感を抱かずにはいられない。

しかし幾磨は感情を乱すことなく平然と答えてきた。

『今の暁古城は無力な高校生だ。それ以上の役割を期待するべきではない。彼のためにも』

「そうだね。だけどボクには、古城が今でも事態の中心にいるように見える。とびきりの厄介事の中心に」

『どういう意味だ？』

優麻が独り言のような口調で呟いた。回線の向こうで、幾磨が眉をひそめる気配がある。

「深い意味はないよ。なんとなくそんなふうに感じたってだけ……だけどね」

優麻は微笑んで朝焼けの空を見上げた。異境への〝門〟を隠した血の色の空。暁古城が目指していた場所を。

「魔女のカンはよく当たるんだ」

そう言い残して優麻は通話を終えた。

波紋のような揺らぎを残して、若き魔女が虚空へと溶けこむように姿を消していく。

4

古城と雪菜は、突然放り出されるような形で道路の上に転移した。平衡感覚を失って地面に転がりそうになりつつも、二人で互いに支え合うような形でどうにか転倒を免れる。

緩やかな長い坂道の途中。どことなく見覚えのある交差点のド真ん中だ。

「どこだ、ここは？」

ふらつく頭を乱暴に振って、古城は周囲を見回した。

道路の隅、背の高い塀に沿って、領主選争の避難者用テントや、ＭＡＲ製の緊急援助物資の段ボール箱が並んでいる。そのせいで普段とはいくらか印象が違ったが、目の前の門や塀越しに見える建物は、古城のよく知っている風景だった。

「彩海学園の正門前ですね。優麻さんの空間転移で跳ばされたみたいです」

雪菜が安堵と戸惑いの入り交じった表情を浮かべる。形の上では、暴徒に包囲されたキーストーンゲートから逃がしてもらったということになるのだろうが、実態としては一方的に追い払われたという状況に近い。古城に甘い優麻らしからぬ行動だ。

「くそ……なに考えてんだ、ユウマ！」

古城が怒りにまかせて目の前の街路樹を殴りつける。ガッ、という鈍い音が響いて、古城はそのまま動きを止めた。冷静さを取り戻した古城の顔が、苦痛に歪んで青ざめる。

「っ痛ェ……」

「な、なにやってるんですか⁉　先輩はもう吸血鬼じゃないんですから、強化呪術も使わないで木なんか殴ったら怪我するに決まってるじゃないですか！　見せてください！」

雪菜が古城の右手を強引に引き寄せた。樹皮を殴ったことで痛々しく肌の裂けた傷口を見て、半ば呆れたように顔をしかめる。

「いや……そこ動かすとけっこうズキズキ響くんだが……痛い痛い痛い痛い……！」

「まったくもう……！　骨は折れてないみたいだから良かったですけど……！」

「だからマジ痛いって……！　悪かった、反省してるって！」

校庭の隅にある水飲み場へと、雪菜が無理やり古城を引きずっていく。患部を冷やすついでに傷口を冷水で洗い流し、制服のポケットから大量の絆創膏を取り出す雪菜。古城は手際よく処置を続ける雪菜の為すがままになっている。

「……悪い、姫柊。助かった」

傷の手当てが一段落したところで、古城は思い出したように雪菜に礼を言った。無駄に痛い思いをしたが、結果的に頭は冷えた気がする。

「本当に気をつけてくださいね。今の先輩は、前と違って大怪我したら普通に死にますからね。首を切り落とされたり全身めった刺しにされたりしたら駄目ですからね！」

「いや、好きでそんな大怪我したことは一度もないんだが……」

古城はぼそぼそと反論するが、雪菜は不安な顔をしたまま古城の手を離さない。傷口がじんわりと温かく感じるのは、彼女が治癒呪術をかけてくれているからなのだろう。

そんな雪菜の横顔を眺めて、古城は苦笑まじりに息を吐いた。

多少強引ではあったけれど、雪菜が古城を真剣に気遣ってくれているのは間違いない。もっと感謝するべきなのだろう――と、古城がそんなことを思っていると、

「雪菜！」

古城の背後から誰かがその雪菜を呼んだ。

声の主は、彩海学園の学校指定ジャージを着た女子生徒だった。高等部一年生の進藤美波だ。バスケ部時代の後輩で、雪菜の現在のクラスメイト――なぜかシンディのあだ名で呼ばれている彼女は、手をつないだままの古城たちを見て、やれやれ、という顔をした。そんな友人の視線に気づいて、雪菜は慌てて古城の手を離す。

「暁先輩。おはようございます」

礼儀正しく挨拶をしたのは、美波の隣にいた制服姿の女子だった。同じく雪菜のクラスメイトである甲島桜だ。

「シンディ……桜も、無事だったの？」

雪菜がホッとしたような表情で二人に訊く。美波はそんな雪菜に早足で近づいて、

「それはこっちの台詞だよ！　あんたも凪沙も領主選争が始まってから全然連絡が取れなくて、ホント心配したんだからね……って！　雪菜、あんた、怪我してるの!?」

「怪我？　ああ、これは大丈夫。そんなたいした傷じゃないから」

制服から露出している雪菜の腕や脚には、青アザや擦り傷が刻まれている。治療する必要もないくらいの軽傷だが、なまじ雪菜の肌が白いだけに痛々しく見えた。第一真祖の〝血の伴侶〟であるザナ・ラシュカ、そして同じ獅子王機関の剣巫、羽波唯里との戦いで負った傷らしい。

「もしかして暁先輩と喧嘩したの？」

美波が疑わしげな視線を古城に向けてくる。

「え？　ううん、まさか」

雪菜は驚いたように首を振って否定した。しかし美波はなおも不審な表情を浮かべて、

「じゃあ、どうして暁先輩の手も怪我してるの？　まるで誰かを殴ったみたいな……」

「そういうプレイ？」

美波の言葉を遮って、桜が訊いた。

「……プ、プレイ？」

雪菜がきょとんと目を瞬く。なんだそれは、と古城は苦い表情を浮かべるが、今ここで口を挟むと、余計にややこしくなりそうなので黙っておく。雪菜はしばらく考えて、ようやくそれがなんらかの特殊性癖を意味していると気づいたらしく、

「そうじゃなくて！　先輩が……その、昔のお知り合いと会って……それで……」

どうにか上手くはぐらかそうと曖昧な言葉で説明する雪菜。古城の昔の知り合いというのは、おそらくアヴローラのことだろう。たしかに嘘をついているわけではない。しかし、

「昔のお知り合いって……」

「元カノ？」

美波と桜は顔を見合わせて、なにやら納得したようにうなずき合っている。どうやら古城の元カノと雪菜が取っ組み合いの喧嘩になった、というふうに彼女たちは解釈したらしい。

「元カノかあ……」

「元カノだね」

「え？」

「それで雪菜と喧嘩になったんだ……勝った？」

「暁先輩がすっきりした顔をしてるのも、そのせい？」

「え？　え……？」

勝手な妄想を元に繰り広げられるクラスメイトたちの会話について行けず、雪菜はオロオロ

と二人の顔を見比べる。

「さっきから二人ともなんの話をしてるんだよ」

　さすがに見かねて古城も会話に加わった。このあたりでデマを否定しておかないと、とんでもない噂が学校中に広がりそうな予感がある。

　近づいてきた古城に向かって、美波がなにかを問いかけようとする。

　しかし至近距離から古城を見上げた瞬間、彼女は驚いたように目を見開いて固まった。緊張したようにゴクリと喉を鳴らして、頬を赤らめる。

「あの……暁先輩、少し雰囲気変わりました？　なんか昔の……バスケやってたころに戻ったみたいな……」

「そうか？　べつに自分じゃよくわからないけど……？」

「あ……いえ、その、なんでもないんです」

　美波が照れたようにブルブルと首を振って頭を下げた。いつも快活な体育会系の彼女にしては意外な乙女っぽい反応だ。

　そんな美波の横顔を見つめて、む、と雪菜は警戒心をあらわにする。

　ここ数日で古城に起きた変化といえば、吸血鬼の能力を手放して人間の肉体を取り戻したことだろう。顔色が良くなって、いつも気怠げで寝ぼけていたような目にも輝きが戻っている。

　昔に戻ったといわれれば、そうかもしれない。そういえば優麻も今の古城を見て、似たようなことを言っていた。だからといって美波が照れる理由はよくわからないが。

一方の桜はマイペースな態度で雪菜の傷の具合を確かめたあと、くいくい、と古城の袖口を引っ張って、

「雪菜を傷物にした責任、取ってあげてくださいね」

「さ、桜……！」

「傷物って、それは言葉の使い方が違わないか……？」

冗談とも本気ともつかない態度の桜に、古城は疲れたような口調で言い返す。そうでしたっけ、と桜は真顔でとぼけ、雪菜はなぜか赤面して目を伏せた。誤解を招きそうな行動はやめて欲しいと古城は本気で思う。

「ねえねえ、本当に今までなにしてたの、雪菜？　暁先輩とずっと一緒にいたの？」

「う、ううん……ずっと一緒だったというわけでは……」

「でも元カノと会ったときは一緒だった」

「そのときは……その……なんていうかいろいろ事情があって……」

久々の再会ということもあってか、雪菜に対する美波たちの追及は、しばらく終わりそうになかった。古城としては多少の居心地の悪さはあるが、クラスメイトと話をしている雪菜は、獅子王機関などとは無関係な普通の少女のようで、少し物珍しく面白かった。

もっとも質問攻めに遭っている雪菜にしてみれば、面白がっている余裕など皆無だろう。表

情を引き攣らせた彼女が、古城に助けを求めるようにチラチラと視線を向けてきて、その直後——近くでガチャンとなにかが落ちる音がした。

地面に半ば突き刺さるような形で転がっていたのは、刀身を剥き出しにした全金属製の銀色の長剣だ。見覚えのあるその剣に、古城と雪菜がギョッと顔を強張らせる。

剣の落とし主は、見慣れない制服を着た少女だった。獅子王機関の羽波唯里だ。

目を赤く泣き腫らしていた彼女は、雪菜の姿を見て唇を噛みながら震えている。

「ゆ……唯里さん？」

どこか尋常ならざる様子の唯里に、雪菜が怖ず怖ずと声をかけた。

その瞬間、潤んでいた唯里の瞳から、ぶわっと勢いよく涙があふれ出す。

「ゆ……雪菜……！」

古城が呆然と立ち尽くす中、雪菜の傍へと駆け寄った唯里が、土下座するような勢いでその場に跪いた。そして彼女は雪菜の下腹部に顔を押しつけて、人目をはばからずに号泣し始める。

「雪菜……ごめんね……ごめんね……わたし……わだじいいいい……！　雪菜に酷いこどおおお……！」

「ええっ……ちょ、ちょっ……！」

予測不可能な唯里の行動に、雪菜が彼女を見下ろしておろおろと狼狽する。

「た、立ってください唯里さん……！　そんな……謝ることなんてないですから……！」

「な、なんだ……？　なにがどうなってる？」

泣いて許しを請う唯里と混乱する雪菜を見比べながら、古城は途方に暮れたように呟いた。

嗚咽まじりの唯里の言葉は半分以上聞き取れない。雪菜は、唯里にしがみつかれたせいで、脱げ落ちそうになっているスカートを押さえるのに必死だ。なぜこんなカオスな状況になっているのか、古城にはまったくわからない。と、

「お、おい、唯里。落ち着け！　姫柊だって困ってるだろ！」

唯里と同じ制服を着た短い髪の少女——斐川志緒が駆け寄ってきて、泣きじゃくる相方を強引に雪菜から引き剝がす。

「第二真祖の領地に置いとくわけにもいかないから、とりあえず一緒に来てもらったんだが……なんか面倒なことになってんな……」

他人事のようなのんびりした感想を洩らしたのは、志緒と同時に現れた矢瀬基樹だった。唯里と志緒が彩海学園に現れたのは、この男の差し金だったらしい。

「矢瀬……」

久々に会った友人を見返して、古城は複雑な表情を浮かべる。お互いアルディギア王国から帰国するなり領主選争に巻きこまれて、死線をくぐり抜けてきた者同士だ。無事に再会できたことを素直に喜びたいが、そんな生ぬるいことを言っていられる状況でもなかった。

とにかく唯里をなだめる志緒を手伝おうと、二人のほうへと古城は近づく。するとその気配

を察知した唯里が、古城のほうへと視線を向けた。

　涙と鼻水でぐちゃぐちゃになった顔で、彼女は古城に飛びついてくる。

「ご……古城ぐん……ごめんなさい、わたしのせいで、ごめんなさい、ごめんなさいごめんなさいごめんなさい……」

「どわっ……ゆ、唯里さん……!?」

　派手に憔悴して追い詰められた感のある唯里を、乱暴に振りほどくこともできずに、古城は焦る。実際に彼女と刃を交えたという雪菜はともかく、古城には唯里に謝罪されるような心当たりがないのだ。

「おい、姫柊、どうなってんだ、これ!?　なにがあった!?」

「わだじがいけないの……わだじが雪菜に不意討ぢして、ぞれで……」

「お、落ち着いてくれ、唯里さん……大丈夫、大丈夫だから……」

　ごめんなさいごめんなさいと繰り返しながら、唯里は古城の足元にうずくまる。

　そんな古城たちの姿を遠巻きに見ていた美波と桜は、なるほど、と納得したように深々とうなずき合って、

「あの人が暁先輩の元カノ……？」

「あんなになるまで追い詰めるなんて、雪菜もなかなかやる」

「ち、違うから！　唯里さんは暁先輩の元カノとは別人で、そういうんじゃなくて……！　ひ、

斐川先輩も、お願いですから唯里さんを止めてください！」

雪菜が必死に弁明しながら、突っ立ったままの志緒に助けを求める。

「ああ、そ、そうだな……そうだけど、あれが暁古城か？　いつもより恰好い……じゃなくて雰囲気が違うような気が……」

「斐川先輩……？」

この状況で面倒くさいことを言い出した志緒を、怪訝な表情で見つめる雪菜。志緒はハッと我に返って首を振り、

「いや、なんでもないんだ……！　ほら、唯里、もういいだろ。とりあえず離れろ……」

「でも……でも……！」

古城にしがみついたままヒクヒクとしゃくり上げている唯里を、志緒が無理やり抱き起こした。さすがに抵抗する体力が残っていなかったのか、唯里は志緒に首根っこを捕まれたまま、ずるずると古城から引き離されていく。

「志緒さん、ありがとう。助かったよ」

古城が微笑んで志緒に礼を言う。いつになく爽やかな古城を眩しげに見返して、志緒は声を上擦らせた。

「い、いや……あなたのためにやってるわけじゃないから……礼なんて……」

「とにかく二人とも無事でよかったよ。第二真祖と戦ったんだろ？」

「あ、ああ、あなたも無事でよかった、暁古城。だから少し離れてくれないか。今のあなたといると、き、緊張するというか……」

「古城くん……ごめんね、わたし……わたしのせいで……」

再びグズグズと泣き始めた唯里を、志緒と古城が必死であやして落ち着かせる。雪菜は美波と桜に詰め寄られて、唯里との関係をしつこく問い質されていた。我関せずという態度で見て見ぬふりを続ける矢瀬。早朝とはいえ、これだけ騒いでいればさすがに目立つ。学園内に避難していた人々が、騒動を聞きつけて集まってきていた。

そんな野次馬たちの列が、不意に左右に割れる。その中央を堂々と歩いてきたのは、彩海学園の制服を華やかに着崩した女子生徒だ。降り注ぐ市民たちの敬意と怯えの視線を鬱陶しげに撥ね除けながら、

「いったいなんの騒ぎなの？」

彼女——藍羽浅葱は呆れ顔でそう言った。

5

「第四真祖の力を、譲り渡した……!?」

特別教室棟校舎の三階にある魔族特区研究部——通称〝マゾ部〟の狭苦しい部室に、志緒の

驚きの声が響き渡る。これ以上校庭で悪目立ちしないようにと、ついさっき古城たちもろとも浅葱に連れてこられたところだ。

　思いがけない古城の告白に志緒は絶句し、唯里も吃驚して泣き止んでいる。

　しかし古城は清々しげな表情で苦笑して、少し照れたように頭をかいただけだった。

「ああ。この場合、正確には本人に返したってことになるのかな」

「ふーん、そうなんだ。へーえ」

　折りたたみ式のパイプ椅子に座った浅葱が、無関心な相槌を打ちながら、テーブルの上に置いたポテトチップスをつまむ。まあな、と古城はうなずいて、

「お、この饅頭、けっこう美味いな。姫柊も喰うか？」

「いただきます」

　古城の隣に座った雪菜が、渡された饅頭をはむはむと齧る。

　部室の隅では、備品の電気ケトルを抱えた矢瀬が、

「お湯沸いたぞー。緑茶とコーヒー、どっちがいい？」

「おい！　くつろいでる場合じゃないだろ！　大問題じゃないのか、それは!?」

　緊張感のない古城たちのやりとりに憤慨したように志緒が再び叫んだ。

　矢瀬は人数分のマグカップをごそごそと棚の奥から取り出してきて、

「そう言われても、古城が第四真祖になったのってせいぜいここ一年くらいの話だからな……

元に戻っただけだと思えば、べつに騒ぐようなことじゃないっていうか」

「あたしなんて、わりと最近まで知らされてなかったんだからね」

浅葱が半眼になって古城を恨みがましく睨みつける。饅頭を口に含んだまま、気まずそうに顔を背ける古城。志緒は、うっ、と口ごもり、

「そ、それはそうかもしれないが……！」

「ごめんなさい……わたしがアヴローラちゃんを殺そうとしたせいでこんなことに……」

唯里がうつむいて途切れ途切れにぼそぼそと言う。

それはない、と古城と雪菜が同時に首を振った。

「いや、唯里さんのせいじゃねえよ。アヴローラに力を返したのは俺が勝手にやったことだし、元はといえば〝吸血王〟の野郎が領主選争なんてものをおっ始めたせいで、こういうややこしい状況になってんだからな」

でも、と弱々しい声で唯里が反論しようとする。とはいえ、唯里がアヴローラを殺そうとしたのは、それが古城の暴走を止める唯一の方法だと第二真祖に唆されたせいだ。

さらにいえば、第二真祖の目的はアヴローラを追い詰めて〝吸血王〟をおびき出すことであり、どのみち唯里にはアヴローラを殺せなかった可能性が高い。むしろ結果だけを見るならば、古城が暴走することもアヴローラを消滅させることもなく〝吸血王〟を倒せたのは、唯里のおかげだといえなくもない。

だから唯里が本当に許せないのは、一瞬でもアヴローラのことを殺そうと考えた自分自身なのだろう。本質的に善良で優しい子なのだ、と古城は思う。

「まあ、古城のことはどうでもいいが、問題は異境に墜ちたアヴローラちゃんだよな」

妙に慣れた手つきで人数分のコーヒーを淹れながら、矢瀬が何気なく呟いた。

ああ、と古城は真顔で答える。優麻にキーストーンゲートから追い払われた直後は古城も頭に血が上っていたが、冷静に思い返してみれば、彼女の発言は至極当然と言わざるを得なかった。魔術のひとつも使えない一般人の古城では、異境を訪れてアヴローラを連れ戻すどころか、生きて帰ることすら困難だろう。

だからといって、アヴローラをこのまま放置しておくわけにもいかない。古城が責任を感じているからという単純な話ではなく、世界最強の吸血鬼となったアヴローラを、シャフリヤル・レンが利用できるという状況が問題なのだ。

どうしたものか、と古城が腕を組み、矢瀬も困ったように唇を歪めた。その直後、

「わたし！　わたしが――！」

涙をグシグシと拭った唯里が、勢いよく立ち上がって手を挙げる。いったいなにを言い出すのか、と不安な顔で見上げる志緒。

「ゆ、唯里？」

「わたしがアヴローラちゃんを連れ戻すから！」

「え？」

動揺した志緒が裏返った間抜けな声を出す。

「い、いや、なにを言ってるんだ、唯里？　一人じゃ無理に決まってるだろ！」

「だってわたしのせいでアヴローラちゃんは〝吸血王〟に捕まって、そのせいで異境に連れて行かれたんだよ！」

唯里が妙に頑なな態度で志緒に言い返す。

「あの、唯里さんは……無関係とは言いませんけど、そもそもの元凶は暁先輩を暴走寸前まで追い詰めた〝吸血王〟ですし——」

相手が先輩ということもあってか、雪菜が控えめな口調で唯里に指摘した。

矢瀬が、そんな雪菜の前に緑茶の湯飲みを置きながら、皮肉っぽい表情を浮かべて言う。

「そうそう。アヴローラちゃんを殺そうとしたって意味では、姫柊ちゃんも同罪だしな」

「……そうでした。すみません」

雪菜がしゅんと肩をすぼめてうな垂れた。実はアヴローラの命を狙ったのは唯里だけではない。雪菜もまったく同じ理由でアヴローラを殺そうとしたのだ。もっとも雪菜の場合は、非情になりきれず、結局すぐにアヴローラを護る側へと寝返ったのだが。

「いや、姫柊はそのあとすぐに彼女を助けようとしたから……あ、いや、もちろん唯里が悪いと言ってるわけではないが……」

経緯を詳しく知る志緒が、雪菜を庇おうとしてうっかり失言しそうになる。

「わたしがっ！」

唯里が足元の長剣を握りしめ、思い詰めたような表情で声を震わせた。

「わたしがアヴローラちゃんを助けないといけないの！」

「わ、わかった、唯里！　私も手伝う！　だから六式降魔剣・改を降ろせ！　な！　ゆっくり……ゆっくり……そーっとだぞ」

抜き身の剣を握りしめて震える唯里を、志緒が必死でなだめすかす。古城は思わず頭を抱えた。唯里が親身になってくれるのは嬉しいが、ここまで来るとさすがに不安だ。

「アヴローラちゃん、か……」

浅葱が頭痛に耐えるようにこめかみを押さえてぼそりと言った。

彼女は中学時代にアヴローラと接触している。しかしその記憶の大半は、古城と同様にすでに失われているはずだ。古城が第四真祖と化した際の〝焔光の宴〟によって記憶を喰われたのだ。頭痛はその後遺症である。

その痛みに顔をしかめたまま、浅葱が唯里に淡々と訊いた。

「彼女を助けるのはいいけど、どうやって？」

「そ……それは……」

志緒と剣を奪い合っていた唯里が、答えに窮して視線を泳がせた。

「どうしよう、志緒ちゃん……⁉」

「いや、それは私に訊かれても……」

「……なあ、浅葱。おまえだったらキーストーンゲートにアクセスして、異境への〝門〟を制御できるんじゃないか？」

一縷の期待をこめて古城が訊く。

シャフリヤル・レンは、短剣型の魔具を使って、キーストーンゲートを制御していた。絃神島の情報ネットワークを自在に操る浅葱なら、レンと同じように、巨大な魔具であるキーストーンゲートそのものをハッキングできるのではないかと考えたのだ。

「あたしは趣味でプログラミングやってるだけで、魔術については専門外なんだけど」

浅葱が少し不機嫌そうに頬杖を突く。超絶的なハッカーとして世界中から注目されている浅葱だが、本人に言わせればプログラミングはあくまで趣味らしい。ましてや魔具の解析など、まったく興味の範囲外なのだろう。

しかし古城にとって、彼女は今や最後の希望だ。そう簡単に引き下がるわけにはいかない。

「だからそれは、さっきも説明しただろ。キーストーンゲートの建設にはＭＡＲが関わってるから、そこからなにか情報を引き出せるんじゃないかって」

「情報……ね」

なにか思い当たる節でもあったのか、ふむ、と浅葱が唇を小さく尖らせた。

異境と呼ばれる異世界はいまだ謎に包まれており、シャフリヤル・レンが持っている魔具の正体もわからない。だが、人工島である絃神島が建設されたのは、せいぜい四十数年前のことだ。当時の資料は、今も人工島管理公社に残されている。当然、その中には、キーストーンゲートの設計図や施工記録も含まれているはずだ。

「もし仮に、それで〝門〟を制御できたとして、異境に行ってどうするの？　ＭＡＲの特殊部隊と戦争でもする？」

浅葱が無表情に古城を眺めて訊いた。古城は少し言いづらそうに声を潜めて、

「それについてもちょっと考えてたんだが、おまえの〝聖殲〟で俺を吸血鬼に戻せないか？」

「なっ⁉」

「古城くん……⁉」

志緒と唯里が目を剥いて古城を睨みつけた。

矢瀬が短く口笛を鳴らすが、雪菜は無言。古城がそう言い出すことを、ある程度、予想していたのかもしれない。

一方、浅葱は特に驚きもせずに肩をすくめて、

「まあ、できないこともないと思うけど」

「「できるの⁉」」

志緒と唯里が同時に叫んだ。浅葱は、なにを驚いているのか、と不思議そうに首を傾げる。

「咎神カインが使ったオリジナルの〝聖殲〟は、世界中の〝天部〟を軒並み魔族に変えたって話だしね。条件さえ揃えば、古城一人くらいなんとかなるでしょ」

「そ、そんなあっさり……！」

「待て、暁古城。そういう一生に関わる重大な決断は、もっと慎重に考えるべきじゃないのか。自ら望んで魔族になるというのは、人間としての権利を放棄するということだぞ……！あ、あなたもそれでいいのか、藍羽浅葱⁉」

「だから条件が揃えばの話だってば」

自分に詰め寄ってくる志緒たちを、浅葱は迷惑そうに押し返す。

「あたしはちゃんとした魔術師じゃないから、人体を細胞単位で弄くるような緻密な制御はできないからね。せいぜい魔力を打ち消したり、海水をいちごゼリーに変えられるくらいで」

「そうか……本来の〝聖殲〟は禁呪クラスの大魔術なんだよな……」

古城が眉間にしわを寄せた。世界そのものを自在に書き換える〝聖殲〟は、最凶にして最大級の破壊力を持つ超高等魔術だが、そのぶん制御も恐ろしく難しい。

〝聖殲〟を発動するためだけに造られた絃神島という魔具を使っても、これまでに使いこなせたのは絃神冥駕とディミトリエ・ヴァトラーのみ。その彼らですら、〝アベルの巫女〟や浅葱に魔術演算を肩代わりさせて、ようやく制御できた代物だ。

浅葱一人で発動できるのは、〝聖殲〟の威力のごく一部だけ。細かな制御など、望むべくもない。

「そもそも古城を吸血鬼に戻すっていっても、肝心の眷獣はどうするのよ？　〝聖殲〟でどうこうできるのは肉体だけで、吸血鬼の眷獣は用意できないわよ？」

「あ……」

浅葱に手厳しく問い詰められて、古城はわかりやすくショックを受けた顔をした。

「そういえば〝吸血王〟も言ってましたね。第四真祖の眷獣を生み出すために、生き残った多くの天部が〝犠牲〟になったと……」

雪菜も思い出したように深刻な表情を浮かべる。

吸血鬼の眷獣は、異世界からの召喚獣だ。彼らを自らの血の中につなぎ止め、使役することができるのは、無限の負の生命力を持つ吸血鬼だけである。

そして同族喰らいなどの特殊な場合を除けば、新たな眷獣を手に入れる方法は、ひとつしかない。それは吸血鬼として生まれる際に、親の世代の吸血鬼から、彼らの血とともに眷獣を分け与えられること――いわゆる眷獣の分霊である。通常、世代を重ねるほどに、吸血鬼としての能力が弱体化するのはそれが理由だ。

しかし人工の吸血鬼である第四真祖には、眷獣を与えてくれる親はいなかった。

世界最強の眷獣を、同族喰らいによって手に入れるのも不可能だ。

だから世界最強の吸血鬼が使役するべき、世界最強の眷獣を創造するために、〝天部〟は自らの種族そのものを贄とした。それほどまでの犠牲を払わなければ、眷獣を手に入れることはできなかったのだ。当然、今の古城たちにそれを真似できるはずもない。

「そうだよな……眷獣……眷獣か……」

古城は脱力したように息を吐く。

吸血鬼の持つ肉体は、魔族としては脆弱だ。眷獣のいない吸血鬼の戦闘力など、他の種族はおろか、人間の攻魔師にも遠く及ばない。だからといって古城が今更、獣人あたりになったところで、シャフリヤル・レンに対抗できるとは思えなかった。完全に手詰まりだ。

「あともうひとつ、どうしても訊いておきたいことがあるんだけど」

浅葱がなおもジト目で古城を眺めて質問を続ける。古城は訝るように顔を上げた。

「なんだ？」

「どうして古城がそこまでして、アヴローラさんを助けなきゃいけないの？」

「え？」

古城が苛立ったように声を低くした。

「アヴローラを助けなきゃって、そんなの当たり前だろ？　あいつは俺の身代わりになって、シャフリヤル・レンに利用されたようなものなんだぞ？」

「あの子は本物の第四真祖なんでしょ。古城はあの子に力を返して、普通の人間に戻っただけ。それでもまだ彼女を助けなきゃいけないわけ？　自分の命を危険に晒してまで？」

「おい、浅葱……！」

次第に険悪な口調になる浅葱を、矢瀬がたしなめようと口を開く。

しかし浅葱は、それが聞こえていないかのようにきっぱり無視して、

「あの子のことが好きなの？」

「……は？」

脈絡のない浅葱の問いかけに、古城はぽかんと口を開けて固まった。その場にいた全員の視線が、一斉に古城へと向けられる。

「ちょ、ちょっと待て。なんだ、その目……アヴローラが好きってどういう意味で？」

「ああもう、煮え切らないわね、このヘタレ！　惚(ほ)れてるのかって訊いてるのよ！　あんた、姫柊(ひめらぎ)さんや羽波(はば)さんたちに、自分が惚れてる女を連れ戻すのを手伝わせる気？」

バン、と浅葱が乱暴にテーブルを叩(たた)く。突然名指しされた雪菜(ゆきな)たちがあたふたと戸惑って、

「あ、あの、わたしは先輩の監視役なので……それは気にしてないというか……」

「わ、わたしも藍羽(あいば)さんや雪菜(ゆっきー)の邪魔をするつもりじゃ……」

「唯里(ゆいり)たち……って、まさか私も含まれているのか……？」

一斉にうろたえ始める獅子王機関(ししおうきかん)の攻魔師たちを、ほほう、と面白そうに観察する矢瀬(やぜ)。

ただ一人、古城だけが、わけがわからないというふうに首を振り、

「いや、マジでなに言ってるんだ、おまえ？　俺がアヴローラに惚れてるかどうかが、浅葱た

ちになんの関係が……?」

「あっ、バカ、古城……おまえ……!」

矢瀬が一気に青ざめて、古城の口を塞ごうとした。雪菜たちも唖然としたように表情を凍りつかせている。

「この男は……」

ギリッ、と不気味に鳴り響いたのは、浅葱が奥歯を軋ませた音だった。

残っていたコーヒーを一気に喉に流し込み、彼女はテーブルの上のノートPCを畳む。そしておもむろに立ち上がると、

「帰る」

「おい、浅葱!? 帰るってどこに行く気だ? おまえん家、この領地の中にないだろ!?」

「うるさい。邪魔」

追いすがろうとする矢瀬を乱暴に蹴倒して、浅葱は部室を出て行った。それでも矢瀬は、身勝手な幼なじみを心配してあとを追いかける。

「なんなんだ、あいつ、急に……」

浅葱が出て行った部室の扉を眺めたまま、古城は呆れたように首を傾げた。

「先輩……」

雪菜はそんな古城の横顔を見つめて、深々と細い溜息をついた。

6

「〝雪霞狼〟――！」

ひと気のない彩海学園の校舎裏で、唯里が鋭い呼気とともに銀色の槍を構えた。否――構えようとした。しかし槍は刃を折り畳んだ格納状態のまま、ピクリとも反応しなかった。

結果、唯里は、奇妙な棒を構えて決めポーズを取っている間抜けなコスプレイヤーのような絵面になっている。

「あ、あれっ……⁉　起動しない？　どうして？」

頬を羞恥で赤く染めながら、唯里は再び槍を振る。しかし結果は同じだった。やはり〝雪霞狼〟の姿に変化はない。

「貸してくれ、唯里。私がやってみる」

志緒が唯里から槍を受け取って、細部を注意深く観察する。全金属製のなめらかな表面には、スイッチやレバーのような可動部は見当たらない。所有者が霊力を送りこむことで、自動的に展開する仕組みになっているらしい。その作動原理自体は志緒の弓とも共通で、特に混乱する要素はなかった。しかし志緒がどれだけ霊力を流しても、槍が起動する気配はない。

「いちおう確認しておきたいんだが……七式突撃降魔機槍には、六式・改系列のような認証システムはないんだな？」

志緒は少し傷ついたような表情を浮かべて、槍を雪菜に返却する。雪菜はそれを気まずそうに受け取って、

「はい。もともと起動するだけでもそれなりの霊力が必要ですし、対魔族戦闘以外にはほとんど役に立たない武器なので——」

「奪われても悪用される可能性は低いということか」

志緒の呟きに、はい、と雪菜はうなずいた。

古城はそんな雪菜たちの様子を、校舎の壁にもたれて暇そうに眺めている。

いちおう彼女たちは遊んでいるわけではなく、今後の〝雪霞狼〟の扱いについて、真面目に話し合っている最中だ。〝雪霞狼〟——七式突撃降魔機槍は、獅子王機関の秘奥兵器だが、現在の所有者である雪菜はそれを使えない。〝雪霞狼〟との同調が進みすぎたことで、雪菜の肉体は模造天使化を発症しているからだ。

しかし絃神島が混乱している現在、〝雪霞狼〟のような強力な武神具を無駄に遊ばせているような余裕はない。だとすれば、同じ獅子王機関の剣巫でもある唯里に使ってもらうべきなのではないか。雪菜がそう言い出したのである。が、

「起動しないよね？　やっぱり故障かな？」

無反応な槍を指先でつつきながら、唯里が不満そうに眉を寄せる。

「いえ……そんなはずは……」

雪菜が〝雪霞狼〟を構えるような仕草を見せた。その瞬間、小気味よい音を立てて金属製の柄がスライドし、収納されていた主刃と左右の副刃が展開する。

唯里と志緒は目をこぼれ落ちそうなほど見開いて、

「ええ、なんでえ……!?」

「なぜ姫柊だけ……!?」

「わたしが使ってるうちに、変な癖をつけてしまったんでしょうか？」

雪菜が逆に不安になったように槍の様子を確かめる。

「そういや、その槍……一回ぶっ壊れて、偽姫柊が修理したんだよな」

彼女たちのやりとりを見ていた古城が、ふと思い出して呟いた。

Ⅸ4と名付けられた未確認魔獣との戦闘で一度砕けてしまった〝雪霞狼〟は、零菜と名乗る謎の少女と、錬金術師ニーナ・アデラードによって修復されている。

「まさか、そのときに我々の知らない仕掛けが施されたのか……？」

「……あのときって、たしか七式突撃降魔機槍が雪菜の霊力に絶えきれなくて壊れたんだよね……じゃあ、もしかして……」

再び格納状態に戻った〝雪霞狼〟を、唯里は雪菜から受け取って、精神を集中するように静かに呼吸を整えた。そして澄んだ声で祝詞を紡ぎ出す。

「──獅子の神子たる高神の剣巫が願い奉る！」

「ゆ、唯里？」

驚く志緒が見守る前で、唯里が緩やかに舞を演じる。呼吸法と暗示によって極限まで高めた呪力を槍に注ぎこむための舞だ。

「炎血の神刀、御津羽の銀龍、闇き淵より出でて我に悪神百鬼を討たせ給え！」

唯里が舞を納めると同時に、〝雪霞狼〟が起動した。三枚の刃が展開し、神格振動波の青白い輝きに包まれる。

「起動した……！」

雪菜がホッとしたように息を吐き、古城は思わず拍手する。

しかし志緒は喜ぶことなく表情を険しくして、

「唯里が霊力を増幅してようやく起動できるレベルか……姫柊は普段どれだけ無茶な霊力の使い方をしてるんだ……!?」

「いえ、特に無茶をしていたつもりはないんですが……」

雪菜が少し困ったように眉尻を下げた。

一方、槍を構えたままの唯里は、頬を紅潮させながら小刻みに腕を震わせて、

「壊れてないのは……わかったけど、実戦で使うのは……ちょっと無理かも……」

力尽きたように槍を降ろして、荒い息を吐き出す唯里。

同じ剣巫の資格を持つ者同士、雪菜と唯里の生来の霊力にそれほどの差があるとは思えない。事実、唯里が一時期、雪菜の代役に選ばれていたことがそれを証明している。

しかし模造天使化が進行した雪菜に合わせて調整された今の〝雪霞狼〟を、雪菜以外の攻魔師が使うのは事実上ほぼ不可能だ。唯里が無理に使い続ければ、彼女まで模造天使化を発症することになる。もし仮にそれを回避する方法があるとすれば、それは——

「第四真祖の……血の従者……か……」

「志緒ちゃん……？」

真剣な眼差しで古城を見ている志緒に、唯里が怪訝な声で呼びかける。志緒はハッとしたように首を振り、

「いや、なんでもない。なんでもないんだ。でも、参ったな。姫柊が任務を続行できないなら、七式突撃降魔機槍は回収するべきなのかもしれないが……」

「回収してもどのみち使えないのなら、このまま雪菜に預けておいたほうがいいよね」

顔を寄せ合った志緒と唯里が、煮え切らない口調で苦悩する。なにしろ獅子王機関の秘奥兵器に関わる問題だ。経験の浅い志緒たちには、どうすればいいのか判断がつかない。

そのまま無言で悩み続ける二人の眼前を、一羽のカラスが横切って飛び去った。

驚く志緒たちの頭上で旋回して、カラスは古城の頭の上に着地。雪菜を手招きするように、羽を震わせる。明らかに野生のカラスの動きではない。

「痛ェ……爪が痛ェ！　なんだ、こいつ……⁉」

「式神です！　カラスの脚に手紙のようなものが……！」

「なんで俺の頭に止まる必要があったんだよ⁉」

「すみません、先輩、少しジッとしていてください！」

古城の抗議を無視して、雪菜がカラスの脚に結ばれた便箋を解く。

役目を終えた式神のカラスは、古城の頭を蹴って再び空へと舞い上がっていった。その姿や動作は恐ろしく自然で、本物のカラスとまったく見分けがつかない。雪菜たちが操る金属質の式神とは、段違いに精密な技術で造られているらしい。

「メッセージ……？　閑古詠様から⁉」

式神が運んできた便箋を広げて、雪菜がうめいた。

古城はその手紙を雪菜の横からのぞきこみ、

「なんか女子高生みたいな字だな……文体も……」

「おそらく一種のカモフラージュだ。この通信文を誰かに奪われても、獅子王機関の機密指令とバレないようにしておられるんだろう」

さすがだ、と志緒が感心したように唸る。

「いや……うっかり素が出ただけだと思うが……」

独り言のようにぼそりと呟く古城。彼女と直接出会ったことがある古城は、獅子王機関〝三聖〟閑古詠が、自分とそれほど歳の変わらない若い女性であることを知っている。

「あの、それで、閑様はなんて……？」

唯里が緊張気味の声で雪菜に訊く。

「それが……」

古詠の手紙を読み終えた雪菜の瞳には、純粋な困惑の光が浮かんでいた。

雪菜から渡された便箋を、唯里と志緒は首を傾げながら読み進め、

「「……え？」」

二人同時に、驚きの声を洩らす。

7

古城と雪菜は、通い慣れた通学路を自宅方向へと歩いていた。

彩海学園を出て行った浅葱たちや、負傷して避難しているはずの雫梨、天奏学館に残してきた凪沙たちのことも気になるが、古城たちの体力も限界に近い。そこでひとまず休息のために、いったん家に帰ることにしたのだ。

古城たちの自宅マンションがあるのは第三真祖の勢力圏だが、皮肉なことにそのおかげで、現在の絃神島の中ではもっとも治安のいい地区でもあった。吸血鬼の力を失った今の古城は、

一般市民として堂々と彼女の領地内を出歩くことができるのだ。

そんな古城の隣を歩く雪菜の肩には、いつもの黒いギグケースが背負われている。ケースの中身はもちろん折り畳まれた銀色の槍だった。

「よかったな。槍を没収されずに済んで」

その雪菜の背中を眺めながら、古城が言う。

閑古詠が送ってきた手紙の正体は、雪菜に対する新たな指令書だった。その内容は、古城に対する監視任務の継続である。第四真祖の力を手放したというのは、あくまで古城の自己申告であり、客観的な証拠がない。従って今後の経過観察が必要、というのが監視の根拠だ。

雪菜が正規の任務を継続するのであれば、与えられた装備を返却する理由もない。そのため唯里と志緒は〝雪霞狼〟を受け取ることなく、獅子王機関の詰め所へと戻っていったのだ。

「そうですね。なんだかんだで〝雪霞狼〟には愛着もありますし。わたしが持っていても役に立たないので少し申し訳ない気はしますけど」

雪菜が少し複雑そうな表情で言った。古城はなんとなく責任を感じて頭をかく。

「悪いな、姫柊。おまえの力は俺のせいで使えなくなったようなものなのに」

「先輩が気にすることはないです。この槍はもともと先輩を殺すためのものなので」

「そう言われれば、どうでもいい気がしてきたな……」

今ひとつ冗談に聞こえない雪菜の言葉に、古城は苦い表情を浮かべた。

雪菜には、古城を危険だと判断したら、即座に抹殺する権利が与えられていると聞いている。古城が第四真祖ではなくなった今もその物騒な権利が生きているのかどうか、正直かなり気になるところだ。

「それに今の先輩なら、神格振動波なしのただの槍でも普通に突き殺せますし」

「なんで俺を突き殺すのが前提になってんだよ⁉　なにもしてないのにおかしいだろ⁉」

「……先輩はそろそろ誰かに刺されても不思議はないと思いますけど。特に藍羽先輩あたりに」

雪菜が醒めた目で古城を見上げてくる。浅葱が怒って部室を飛び出したあたりから、雪菜は、なぜか彼女のほうに同情的なのだ。

古城はその前後の記憶を辿りながら渋面を作る。

「浅葱か……たしかにあいつが怒るのも無理ないとは思うけどな」

え、と雪菜が衝撃を受けたように目を瞬いた。

「藍羽先輩がどうして怒ってるのかわかってたんですか？」

「いくら俺でもそれくらいは気づくって。みんながいる前でそれを言ったら、浅葱が気まずい思いをするんじゃないかと思って黙ってたけど」

「そ、そうですね。それは、たしかに」

雪菜はいまだ驚きの表情を浮かべたままうなずいた。古城が浅葱の心情を慮っていたことが、よほど意外だったらしい。

「そりゃ浅葱にしてみれば不愉快だよな。あいつだって領主選争の後始末や絃神島の復旧で忙しいのに、アヴローラの救出の手伝いまで頼まれて……余計な仕事を増やすなと文句を言いたくなる気持ちはわかる」

「……は？」

雪菜の表情が固まった。古城はその反応に気づかず、一人で納得したようにうなずいて、

「本当は浅葱のことも手伝ってやりたいんだが、今はアヴローラの救出だけで手一杯だからな。俺がアヴローラのことだけ贔屓してたら、あいつがヘソを曲げるのもまあ仕方ないか」

「あの……先輩、それ、本気で言ってますか？　先輩がアヴローラさんを依怙贔屓してるから藍羽先輩が怒ったと？」

「俺がアヴローラに惚れてるのか、ってのはそういう意味じゃないのか？」

「たぶん違うと思いますけど」

無表情に答える雪菜の声には、軽い失望と軽蔑が滲んでいる。

古城はどこか拗ねたように歯を剥いて、

「じゃあ、なんであいつは怒ってたんだよ？　妬いてるってわけでもないだろうし」

「いえ、むしろ、どうして焼きもちじゃないって思ったんですか？」

「だって浅葱とアヴローラじゃ全然立場が違うだろ？」

間髪容れずに答えてくる古城を、雪菜は混乱したような瞳で凝視した。

「えーと……それはどういう意味で……？」

「アヴローラは俺の身体の一部っていうか、血を分けた妹みたいなものだからな」

「……好き、だったわけじゃないんですか？　その……つまり、恋愛的な意味で」

緊張で声を小さくしながら、雪菜が訊いた。

古城はしばらく真面目に考えこむように沈黙して、やがてゆっくりと首を振る。

「あいつと一緒にいたころの俺の記憶は、もう断片的にしか残ってないからな。正直なところ、俺にもよくわからん」

深刻な言葉とは裏腹に、古城の口調はサバサバとしていた。自分がアヴローラに関する記憶を失っていることについては、もう十分に悩み抜いたつもりだ。それでも答えが出なかったのだから、考えても仕方がないと思っている。

「でもやっぱり手間のかかる妹みたいに思ってたような気がするけどな」

吹っ切れたような古城の横顔をじっと見つめて、雪菜は一瞬だけ哀れむように唇を噛み、それからほんの少し拗ねたように意地悪く微笑んだ。

「凪沙ちゃんと同じ扱いって、先輩にとっては愛の告白も同然じゃないですか」

「ちょっと待て。なんでそうなる？」

「冗談です」

雪菜はクスッと笑って、すぐに薄く溜息をつく。

「藍羽先輩は、先輩のことが心配なんだと思いますよ。自分以外の女の子を命懸けで助けに行くと言い張る先輩を見ていると、苛つくというか、胸の奥がもやもやするというか……あ、いえ、それは単なる想像ですけど」

「俺が無謀なことを言ってるからムカついたってことか？　たしかに今の俺は無力な一般人で、本気で戦ったら浅葱にだって歯が立たないだろうけど……」

「先輩がそう思っているのなら、もうそれでいいです」

雪菜が呆れ果てたというふうに肩をすくめた。

古城はさすがに少し不服そうに雪菜を見返して、

「言っとくけど、俺だって、自分が異境に行ってアヴローラを連れ戻すのが無茶だってことはわかってるからな。俺以外の誰かがあいつを助けてくれるなら、べつにそれでもいいんだ。そんな奇特なヤツがいればの話だけどな」

「それについては、悲観する必要はないと思います」

雪菜が冷静に返事をする。

「ＭＡＲが第四真祖を利用できるという状況は、間違いなく人類の脅威になりますから、アヴローラさんをレン総帥から引き離そうと考える人々も多いはずです。ただ、その場合——」

「アヴローラを救うより、滅ぼそうとする可能性のほうが高い、か？」

古城が雪菜の言葉を引き継いで言った。

はい、と雪菜が硬い表情で答える。

第四真祖が〝天部(てんぶ)〟によって造られた人工の吸血鬼である以上、〝天部〟の末裔(まつえい)であるシャフリヤル・レンは、アヴローラを制御するなんらかの手段を持っている可能性が高い。その手段の詳細がわからない以上、アヴローラを無傷で奪還するより、滅ぼすべきだと考えるのは当然だ。そして今の古城には、その決定を覆(くつがえ)す力がない。

「無力だな……俺は」

ぼそりと無意識に本音を洩(も)らして、古城は拳(こぶし)を硬く握りしめた。

浅葱には卓越したハッキング技術と、〝カインの巫女(みこ)〟の力がある。

矢瀬(やぜ)は巨大財閥の後継者であり、人工島管理公社の理事としての影響力を持っている。

そして雪菜たちには魔族(まぞく)をも圧倒する戦闘能力がある。

それに対して、今の古城はあまりにも無力だった。人工島管理公社も獅子王機関(ししおうきかん)も、そして浅葱の協力も得られない状態では、アヴローラを救うどころか、異境(ノド)に辿(たど)り着くことすらままならない。その事実がひどく腹立たしく思えた。あれほど疎(うと)ましいと思っていた第四真祖の力を、一夜だけでも取り戻したいと願ってしまう自分がいる。

「――大丈夫ですよ」

小刻みに震(ふる)える古城の拳を、雪菜の手がふわりと包みこむ。その柔らかな感触に、古城は驚いて顔を上げた。

「……姫柊？」

「先輩……今は休みましょう。吸血鬼から人間に戻ったことで、先輩の身体には相当な負担がかかってるはずです。疲れてたら頭も回りませんし」

「いや……だけど異境の〝門〟が開くまでにはもう時間が――」

「だから、休息を兼ねて今後の方針を考えるということで。今の先輩は不死身じゃないんですから、できるだけ体力は温存しないと」

「……そう、か……そうだな」

古城は諦めて雪菜の提案を受け入れた。考えてみれば、絃神島に戻ってきてからというもの、力尽きて倒れる以外で、まともに休んだ記憶がない。雪菜の言うとおり、体力は温存しておくべきだろう。いくら余裕がないとはいえ、肝心なときに倒れては意味がない。

幸い街の様子は平穏そのもので、公共交通機関も普通に動いていた。領主選争が落ち着いてきたことに加えて、好戦的な魔族の連中がキーストーンゲート周辺に集結しているせいだ。

マンションの建物にも目立つ被害はない。古城たちが旅行に出かけたときの姿のままである。

郵便受けに詰まったチラシをせっせと片付けて、オートロックのロビーからエレベーターに乗る。そして目的の七階に到着したとき、雪菜が不意に古城の手首をつかんで立ち止まった。

「――先輩」

「姫柊？　どうした？」

古城が怪訝な顔をして振り返る。

雪菜は美しい人形のように表情を消して、暁家の玄関ドアを睨んでいた。獲物を狙う敏捷な肉食獣のように気配を殺したまま、囁くような声で古城に告げる。

「先輩のご自宅に人の気配が――」

「うちの親……じゃないな？」

換気扇から流れ出す焦げたバターの匂いに、古城も警戒の表情を浮かべた。暁家の保護者は、両親ともに家事能力が極めて低い。まともな調理が行われている時点で、そこにいるのが別人だとわかる。さすがに泥棒という可能性は低そうだが、領主選争のどさくさに紛れて、住人不在の暁家に住み着いた不審者がいても不思議ではない。

だがもしそうだとすれば、その不審者は運が悪かったといえるだろう。なにしろこちらには、獣人すら素手で殴り倒す獅子王機関の剣巫がついているのだ。

古城と雪菜は目配せを交わし、玄関ドアの左右に分かれて突入準備を整えた。

まず古城がドアを開け、その後に雪菜が突入するという段取りだ。

不用心なことに玄関の鍵は開いていた。そのことでさらに侵入者の疑いが濃厚になる。

無言でうなずき合うと同時に古城が一気にドアを開け、壁に背中をつけたまま室内の様子をのぞきこむ雪菜。そして――

「あ、雪菜ちゃん？　古城君もお帰り！」

ドアが開く音に反応してキッチンからひょいと顔を出した少女が、怪しげな姿勢の古城たちを眺めて、不思議そうに手を振った。

「凪沙……!?」

エプロン姿の暁凪沙を、古城が呆然と見つめ返す。

彼女が無事だということは雪菜たちから聞かされてはいたものの、実際に無事な姿を見るのは数日ぶり――領主選争に巻きこまれて以来、初めてだ。天奏学館ドメインで保護されていたはずの凪沙が、なぜ自宅にいるのかわからない。まるで幽霊を見ているような気分である。

古城は靴を脱ぎ捨てて、凪沙の実在を確かめるように、ふらふらと彼女に歩み寄る。

「凪沙……本当に凪沙か？　よかった……無事だったんだな！」

「ちょっ……古城君、どうしたの？　大げさだなあ……ていうか、なんか雰囲気変わった？」

安堵したように抱きしめてくる古城の頭を、凪沙が、仕方ないなあ、と言いたげによしよしと撫でる。そんな古城の背中を、シスコンめ、と嘆息しながら眺める雪菜。

「心配しなくても、大丈夫だよ。頼りになるボディーガードがついてきてくれたから」

「……ボディーガード？」

妹の意外な発言に、古城が戸惑う。

「うん。古城君に話があるって言って、ずっと待っててくれたんだよ」

凪沙は少し自慢げに笑って、背後のリビングへと視線を向けた。

そこでようやく古城は気づく。リビングに凪沙以外の誰かの気配がある。凪沙がキッチンで作っていたのは、来客に振る舞うための菓子だったのだ。

「ボディーガードって、いったい誰が……？」

古城は首を傾(かし)げながらリビングへと向かった。雪菜もそのあとをぴったりとついてくる。

ソファでくつろぐ人影が、そんな古城たちに気づいて振り返る。若い男女の二人組だ。

引き締まった体つきの背の高い男と、金髪に近い赤毛のゴージャスな美女——

「え⁉　ちょっと待て、なんであんたらが……」

「あ、あなた方は……」

本来、決してここにいるはずのない来客の姿に、古城と雪菜は度肝を抜かれた。

驚愕(きょうがく)のあまり、怯(おび)えることも身構えることも出来ない。ただひたすらに驚くだけだ。

「よう、少年。また会ったな」

絶句する古城たちを愉快そうに見返して、男が親しげに手を振ってくる。

公式に存在を認められた、本物の世界最強の吸血鬼。

夜の帝国(ドミニオン)〝戦王領域(せんおうりょういき)〟の領主、第一真祖(だいいちしんそ)〝忘却の戦王(ロストウォーロード)〟キイ・ジュランバラーダ。

それが目の前にいる長身の男——予期せぬ来訪者の名前だった。

第二章　黒の眷獣

Black Beast-Vassals

1

「じゃあね、古城君、またあとで。雪菜ちゃんも、古城君をよろしくね」

制服に着替えた凪沙が、古城たちに手を振っていそいそと出かけていく。美波や桜に会うために彩海学園まで行くのだという。帰国以来、友人たちと再会できていなかったのは、凪沙も同じだ。クラスメイトの安否を彼女なりにずっと気にしていたのだろう。

「妹ちゃんのことなら心配するな。混沌界域の婆さんが今更あの子に手を出す理由はないし、念のためにアラダールを護衛につけてある」

不安そうに凪沙を見送る古城を眺めて、キイ・ジュランバラーダがなぜか愉しそうに言う。古城は警戒心を剝き出しに彼を睨んで、

「どうしてあんたが凪沙のためにそこまでしてくれるんだ？」

「だってあの子、可愛いもの。大好き！」

古城の質問に答えたのは、ザナだった。彼女は、凪沙の代わりに膝の上のクッションを抱きしめて、ぐりぐりと力いっぱい頰ずりをする。理由になってねえよ、と古城は唇を歪めたが、さすがにそれを口に出すほどの度胸はない。

「まあ、座れよ。妹ちゃんのクッキー、こりゃかなり美味いぜ」

　リラックスした態度でソファにもたれて、キイがガリガリとクッキーをかじる。次々に手を伸ばしているところを見ると、お世辞で言ってるわけではないらしい。夜の帝国の領主ともなれば、どんなご馳走でも食べ放題ではないかと思うのだが、ラーメンマニアと化したどこぞの王子の例もある。案外、こういう素朴な菓子が逆に新鮮だったりするのかもしれない。古城にとってはどうでもいいことだが。

「なんであんたが俺よりもくつろいでるんだよ……」

　古城はうんざりと溜息をつきながら、キイの対面に腰を下ろす。

　真祖の力をなくした今の古城は、第一真祖と対等の口をきける立場ではないのかもしれないが、成り行き上、普通に接してしまう。なんとなく相手もそれを望んでいるような気がしたのだ。

「まずは礼を言っとくぜ。亡霊退治、ご苦労だったな」

　満足そうな笑みを浮かべて、キイが古城に顔を近づけた。

　古城は怯むことなく彼を見返して、

「亡霊ってのは〝吸血王〟のことか？」

　そうだ、とキイが事も無げに言い放つ。

「領主選争のゲストって建前でこの島に来てる俺たちが、あいつを始末するわけにはいかなかったからな。あいつにしても、本物の第四真祖に殺られるのは本望だろう」

「……だったら、ザナさんが俺たちの邪魔をしたのは、どういうことだよ。あれがなければ、シャフリヤル・レンにアヴローラを奪われることもなかったはずだ……！」

古城がザナへと視線を向けた。ザナはにっこりと目を細めて笑う。

彼女が雪菜と紗矢華を足止めしたせいで、古城は一人で〝吸血王〟と戦うことを余儀なくされた。結果的に戦闘が長引いた上に、雪菜たちは消耗し、シャフリヤル・レンの接近を阻むことが出来なかったのだ。古城には彼女を恨む理由がある。

しかしキイは、ふむ、と面白そうに顎を撫でる。

「そいつはどうだろうな。あの場にザナがいたから、あの成金野郎は、おまえらのことを見逃してくれたのかもしれないぜ？」

「──〝吸血王〟を手伝うふりをして、実は俺たちを護ってたって言いたいのか？」

古城は二人を疑わしげに睨んだ。身勝手な言い分だとは思ったが、冷静に思い返してみると、あながち詭弁とまでは言い切れないと気づく。

ザナ・ラシュカが雪菜たちと戦っている間、シャフリヤル・レンは、あの場に姿を見せようとはしなかった。古城たちに奇襲をかけることができたにもかかわらず、だ。

「もちろんそれだけが理由じゃないけどね。きみの彼女たちみたいな可愛い子と本気で戦り合ってみたかったってのもあるし、ほかにも大事な用事がね」

ザナが古城たちに向けて色っぽくウインクする。捉えどころのない彼女の態度に、古城は軽

く苛立ちを覚えつつ、

「用事？」

「今日はその話をしに来たのさ。少年、俺と取り引きしないか？」

キイ・ジュランバラーダが、ソファに深く座り直して鷹揚に胸を張った。ただそれだけのことで、まるでそこが豪壮な王座であるかのような錯覚に襲われる。彼が〝戦王領域〟に君臨する真祖だということを、あらためて思い知らされた気分だ。

古城は軽く気圧されながらも首を振り、自嘲まじりに言い返す。

「待ってくれ。今の俺はもう第四真祖じゃない。魔族ですらない、ただの人間だぞ。夜の帝国の領主のあんたと取り引きできるような立場じゃない」

「そうだな。まさか世界最強の吸血鬼の能力を、あっさり譲り渡しちまうとはなあ。さすがの俺も読めなかったぜ。やられたよ」

「ホント、びっくりだよね」

機嫌を損ねるかと思いきや、キイは本気で感心したようにうなずいて、ザナも愉しそうに笑っていた。古城は彼らの反応に面喰らって顔をしかめる。

「それがわかってて、俺と取り引きするつもりなのか？」

「そうだな。せっかく普通の人間に戻れたんだし、ここで手を引くってんなら好きにすればいいさ。おまえらにはもう十分に楽しませてもらったからな」

苦笑するキイの瞳の奥に、攻撃的な鋭い光が瞬(またた)いた気がした。

「だけどおまえに十二番目(ドウデカトス)を助ける気があるのなら、手を貸すぜ。おまえを異境(ノド)に送りこんで、成金野郎に対抗する力を与えてやる」

古城(こじょう)が、ぐ、と喉(のど)を鳴らす。それはまさに古城がなによりも求めている誘惑の言葉だった。

しかし思わず身を乗り出そうとした古城を、雪菜(ゆきな)がさっと腕を伸ばして制止する。

「これは取り引きだと仰(おっしゃ)いましたね」

「ああ。そのとおりだ」

用心深く確認する雪菜に、キイは不敵な表情でうなずき返す。

「わたしたちが支払う代償はなんですか？」

「異境(ノド)の脅威がこちら側の世界に及ぶのを避けたい。ＭＡＲに限らず、いかなる国家や組織も、あちら側に手を出せないように」

「アヴローラを連れ戻すだけじゃなく、ＭＡＲの連中を全員叩(たた)き出せってことか」

古城が驚いて眉(まゆ)を上げる。

アヴローラを救う力を古城に与える代わりに、その力を使ってシャフリヤル・レンの計画を阻止しろとキイは言いたいらしい。まるでキイにいいように利用されているような気もするが、古城にとっては願ってもない取り引きといえるだろう。アヴローラを奪還する過程でＭＡＲ社の部隊と激突するのは、どのみち避けられないからだ。

「相手はMARだけとは限らないぜ。異境(ノド)を利用しようとする、あらゆる国家や勢力が今回の契約の対象だ。最悪、異境(ノド)そのものを完全にぶっ壊してくれてもいい」

「……どうしてその役目を先輩に？　戦王領域(せんおうりょういき)の部下の方々に命じれば済むのでは……？」

雪菜がなおも慎重に問(と)い質(ただ)す。聞きようによっては無礼な問いだが、キイは気を悪くすることもなく、無念そうにふるふると首を振った。

「それができればやってるさ。俺が直(じか)に乗りこんで異境(ノド)を消し飛ばせたら話は早いんだが、それができない理由があってな」

「理由……というのは？」

「異境(ノド)では眷獣(けんじゅう)が使えないのよね」

「え？」

王の代わりにザナ・ラシュカが返答し、雪菜が困惑に目を見張る。

キイは、ふん、と小さく鼻を鳴らし、

「まあ、そういうことだ。眷獣ってのは、もともと異世界からの召喚獣(しょうかんじゅう)だからな。ところが、あちらの世界においては、宿主(やどぬし)である吸血鬼自身が世界の異物だ。そんな不安定な存在が、さらに存在の不安定な眷獣を呼び寄せるのはさすがに無理がある。一部の例外を除けば、な」

「例外……？」

雪菜がハッと古城を見た。

鋭く尖った犬歯を剝いて、キイがニヤリと唇の端を吊り上げる。

「いるだろ。異境に送りこまれることを前提に生み出された人工の吸血鬼ってやつが」

「まさか……第四真祖のことを言ってるのか？」

古城が表情を強張らせた。さすがにここまで説明されれば、魔族の事情に疎い古城にも察しがつく。なにしろほんの数時間前まで、古城自身がその人工の吸血鬼だったのだから。

「そうだ。咎神カインを滅ぼす殺神兵器として開発された第四真祖は、異境でも眷獣の力が使える。そういうふうに造られた。なにしろアレの眷獣は、〝天部〟の怨念を喰ってあちらの世界で生まれたんだからな」

キイが不機嫌そうに目を眇めた。そうか、と古城は口の中だけで呟く。

「だからシャフリヤル・レンはアヴローラを連れていったのか……」

たしかに第四真祖の持つ魔力は膨大だが、それに匹敵する魔力源がまったく存在しないわけではない。精霊炉や龍脈、あるいは古き龍——異境への〝門〟を開くだけなら、それらを使うこともできたはずだ。

だが、シャフリヤル・レンは、領主選争などという面倒な手順を経てまでも、第四真祖を手に入れることにこだわった。それは第四真祖の眷獣が、異境攻略の鍵になることを彼が知っていたからだ。

「人工の吸血鬼である第四真祖には、創造主である〝天部〟に害を及ぼさないように、安全装置が何重にも組みこまれてるんだよ。攻撃的な擬似人格である〝原初(ルート)〟モードがそのひとつ。ほかにも機密保持のための〝論理爆弾(ロジックボム)〟――そして完全に自我を奪って魔力の供給源として使う〝凍結(ランサム)〟モードってのがあるらしい」

キイが指折り数えながら説明を続けた。

第四真祖の兵器としての側面を司(つかさど)る人格――〝原初(ルート)〟の危険さは古城もよく知っている。それ以外にも第四真祖には隠された機能があることを、〝論理爆弾(ロジックボム)〟は示唆(しさ)していた。それがキイのいう〝凍結(ランサム)〟モードということらしい。

シャフリヤル・レンはその機能を使ってアヴローラを操り、彼女の魔力を引き出したのだ。

「あの成金野郎は曲がりなりにも〝天部〟の末裔(まつえい)だからな。その機能の存在を知っていても不思議はねえ。眷獣が喚(よ)び出(だ)せないはずの異境(ノド)で、ヤツだけが第四真祖の魔力を使える。それがどんなヤバい状況かは想像できるだろ？」

古城は無言でうなずいた。無制限に解放された第四真祖の魔力は、一国の軍隊、あるいは巨大な災害にも匹敵するといわれている。その破壊的な力を一方的に振るうことができるなら、異境(ノド)にいる限り、シャフリヤル・レンは無敵ということだ。

「俺が異境(ノド)に行けば……その状況をどうにかできるのか？」

「そいつは保証できないな。だが、少なくともチャンスはくれてやる」

キイが試すような眼差(まなざ)しで古城を眺める。

古城は投げやりに肩をすくめてうなずいた。

「わかった……あんたの取り引きってのに乗ってやるよ」

「──先輩！　そんなあっさり……！」

雪菜が焦ったように古城を諫めようとする。しかし古城には考え直すつもりはない。第一真祖の提案を受け入れる以外に、現状を打開する方法はないからだ。

「いい答えだ」

古城の意思を確認して、キイは満足そうに微笑んだ。そしてふと大事なことを思い出した、というふうに彼は自分の額を叩いて、

「ああ、悪い。言い忘れてたんだが、この契約を果たすには、ひとつ条件がある」

「条件？」

今更なにを、と古城が顔をしかめる。キイはいつになく真面目な表情を浮かべると、古城をからかうように声を潜めた。

「〝血の伴侶〟が要る。今のおまえは吸血鬼じゃないから、〝血の伴侶〟候補ってところか。呼び名はなんでもいいが、おまえに運命を捧げる霊媒が必要だ」

「血の……伴侶？」

古城は小さくうめきながら、思わず隣にいる雪菜の横顔を見る。雪菜はおそらく無意識に、左手薬指の指輪に触れていた。その仕草が、ここ最近の彼女の癖なのだ。

致死的な事態を回避するための緊急措置とはいえ、雪菜はいちおう古城の〝血の伴侶〟ということになっていた。古城が第四真祖の力を手放したことで、その契約は無効になったはずだが、それでも〝血の伴侶〟といわれると彼女のことを真っ先に意識してしまう。

その雪菜が、そわそわと反応をうかがうように古城を見る。古城がどうしてもと頼むなら、協力してやらなくもない、と言いたげな表情だ。

しかしキイは、古城たちの間に流れるセンシティブな空気を読まずに平然と続ける。

「そうそう。最低でも十二人な」

「じゅ……十二人……!?」

「はぁっ……!?」

古城と雪菜が素っ頓狂な声を上げる。キイは驚く古城たちを不思議そうに見返して、

「いけそうか？」

「無理に決まってるだろ！　なんだその無茶苦茶な人数……！」

「そうか、残念だな、少年。おまえのことはわりと気に入ってたんだがな」

本気で落胆したように溜息をついて、寂しげに小さく首を振るキイ。彼の横にいたザナ・ラシュカが音もなくそっと立ち上がり、雪菜の逆サイドから古城の隣へと回った。

同じソファに腰を下ろして、ザナは豊かな胸元を密着させるように古城に身体を寄せてくる。

「え……？」

蠱惑的な果実のような香りに包まれて、古城は麻痺したように動けなくなる。ザナの宝石めいた金色の瞳が、古城の姿を映して悪戯っぽく笑った。

「ごめんね」

「は……？」

唇に押し当てられた柔らかな感触に、古城の頭の中が真っ白になった。口内になまめかしく絡みついてくる舌が、形容しがたい異様な快感を運んでくる。脳の奥が融けそうだ。

「ザ、ザナさん⁉　な、なにを……⁉」

唇を重ね合う古城とザナを見て、雪菜が血相を変えて立ち上がる。顔色を蒼白にして目を血走らせ、激昂のあまり言葉も出せない。これほどまでに怒り狂った彼女を見たのは久々だ。

そんな雪菜に見せつけるように、ザナはねっとりと古城の唇を舐り、それからニッと酷薄に微笑んだ。雪菜の表情が憤怒に染まったのは、ザナが古城の喉の奥へと、なにかを流しこんだことに気づいたからだ。身体の自由を奪われている古城は、それを嚥下するしかない。

そして目的を果たしたザナは、少しだけ名残惜しそうに古城を解放し、濡れた唇をペロリと舐めた。

「あんた……どうして、こんなことを……」

ザナに突き放された古城が唸る。その口元から鮮血が洩れた。

銀色の刃が刺さった古城の胸元に、深紅の染みが広がっていく。ザナの右手に握られていた

大振りなナイフが、なんの躊躇もなく古城の左胸を貫通していたのだった。

2

ザナが無造作にナイフを引き抜いた。人間の頭骨を思わせる歪な形のナイフだ。

胸の傷口から鮮血を噴き出して、古城がゆっくりと前のめりに倒れる。それを呆然と見ていた雪菜のどこかで、なにかが音を立てて切れる気配があった。

「あああああああああ！　うあああああああああああああああっ！」

獣めいた絶叫が雪菜の喉から迸り、怒りのままにザナへと襲いかかる。

「あらあら。ごめんね、少しサービスし過ぎた……か……も!?　えっ!?」

雪菜の攻撃を余裕を持って受け流そうとしたザナが、驚きに表情を硬くした。コマ落ちしたように雪菜の動きの連続性が途切れて、あり得ない速度で必殺の打撃が繰り出される。存在しない時間からの攻撃。絶対先制攻撃の権利を乱発しているのだ。

「うそ、ヤバい！　この子、キレるとちょっとヤバいかも！」

殴りかかる雪菜の圧倒的な速度に、ザナの反応が追いつかない。とっさに両腕を上げたザナの防御を、雪菜は爆発的な呪力で一方的に吹き飛ばす。容赦ない突き蹴りの連打がザナを襲い、彼女はその衝撃を捌ききれずに吹き飛んだ。

「痛ったたたた……！」

「バカ、さすがに舌を入れるのはやり過ぎだ」

壁に激突しそうになったザナを、素早く回りこんだキイが受け止める。ええー、とザナが、不満そうに唇を尖らせて、

「だって、せめて最後にそれくらいはいい思いをさせてあげないと……ね」

「思春期の少年たちのピュアな心を踏みにじるんじゃねえよ」

古城に同情するように嘆息して、キイは拗ねるザナを床へと投げ落とした。自分の〝血の伴侶〟が古城にキスをしたことは、なんとも思っていないらしい。数百年を共に生きている彼らからすれば、古城などせいぜい幼稚園児かペットの犬猫のような扱いなのだろう。

「先輩！　しっかりしてください、先輩！」

雪菜はザナに追撃するのも忘れて、うずくまる古城を治療しようとする。しかし心臓をナイフで貫かれている古城を、雪菜が使えるレベルの治癒呪術で救うのは不可能だ。傷を塞ぐどころか、止血すらままならない。

「ぐ……お……」

古城の口から苦悶の声が洩れた。雪菜の顔が絶望に歪む。だが、その絶望はすぐに驚愕へと変わった。失血し、死を待つだけだと思われていた古城の肉体に異変が起きている。

「傷が……どうして!?」

雪菜が困惑の表情で見守る中、古城の傷口が自己修復を始めていた。完全に破壊されていた心臓が再生し、断裂していた血管がつながり、深々と抉られていた筋肉が塞がっていく。生身の人間はおろか、魔族の肉体でもあり得ない凄まじい回復——否、再生だ。吸血鬼の真祖にも匹敵する、限りなく不死に近い再生能力である。

「言っただろ、シャフリヤル・レンに対抗する力を与えてやる、ってな」

キイが無邪気な子どものような口調で告げた。

雪菜はうずくまる古城に寄り添いながら、攻撃的な目つきでキイを睨め上げて、

「暁先輩に、いったいなにを……？」

「少年には眷獣を喰らわせた。無理やり、だがな」

キイが平然と言い放つ。

「眷……獣……？」

「眷獣を喰らうことで、吸血鬼の能力そのものを手に入れる。ほかの吸血鬼の能力を喰らって奪う。俺たちはそれを同族喰らいと呼んでいる」

「今の先輩にそんなことが出来るはずが——」

「そうだな。普通の人間に同族喰らいは出来ない。そもそも同族でもなんでもないからな」

真面目くさった表情でうなずいたキイが、ニヤリと意地悪く微笑んだ。

「だが、いつからそいつが普通の人間になった？」

「……え？」

「暁古城が手放したのは、第四真祖の眷獣の支配権だけだ。不死の呪いまで譲り渡したわけじゃない。神々に刻まれた不死の呪いは、今もそいつの体内に残っているはずだぜ。十二番目——いや、六番目の肉体は、もともと吸血鬼として造られたものだからな」

「あ……」

雪菜が頼りなく瞳を揺らした。そうか、と古城は苦痛の中で舌打ちする。

かつて〝十二番目〟のアヴローラは、自らの力を譲り渡すことで古城を第四真祖に変えた。その代償として彼女は吸血鬼の力と不死性を失い、彼女を閉じこめていた氷塊から解放された瞬間、その肉体は塵になって消えたという。

だから今回も同じだと思っていた。古城は吸血鬼の力を手放して、元の人間に戻ったのだと。だが、そうではなかった。古城が第四真祖になったときとは根本的に違うのだ。

もともと人間だった古城とは違って、現在のアヴローラの身体は六番目のもの——生まれついての吸血鬼の肉体だ。古城が彼女を吸血鬼に変えたわけではない。すでに吸血鬼の肉体を持っていたアヴローラは、古城から不死の呪いを譲り受ける必要がなかった。

吸血鬼を吸血鬼たらしめている不死の呪いは、今も古城の肉体を縛っている。魔力の源泉である眷獣をすべて失ったことで、表向き人間に戻ったように見えていただけなのだ。

再び眷獣を手に入れれば、古城は吸血鬼としての本性を取り戻す。そうでなければ、ザナに心臓を貫かれた瞬間に、とっくに命を落としていただろう。

「とはいえ、くれてやった眷獣を、少年が飼い慣らせるかどうかは、まったくべつの問題だ。なにしろ、そいつらは第四真祖の十二体の眷獣と同等の力を持ってるからな。手強いぜ？」

苦悶する古城を見下ろして、キイが挑発するように言い放つ。

彼の言葉に雪菜が息を呑んだ。

「第四真祖のものと同等の眷獣……？　そんなものをいったいどこから……」

雪菜がザナに視線を向ける。ザナはすっとぼけた表情で目を逸らす。そんなザナの態度で、古城たちは彼女がなにをしたのか理解した。

世界最強の吸血鬼といわれる第四真祖の十二体の眷獣――それらと同等の眷獣の持ち主は、この世に二組しか存在しない。キイを含む本物の真祖たちと、そして消滅したはずの第四真祖の試作品、すなわち〝吸血王〟だけだ。

「なるほどな……俺と〝吸血王〟が戦っているときに、あんたがキーストーンゲートに現れたのは、〝吸血王〟の眷獣を手に入れるためだったのか……」

途切れ途切れの苦しげな声で古城は呟いた。

古城と〝吸血王〟の戦いの最中に、ザナ・ラシュカは唐突に現れて、雪菜や紗矢華の足止めを続けた。そして〝吸血王〟が消滅すると、何も言わずに姿を消した。

今ならその謎めいた行動の理由がわかる。彼女は〝吸血王〟を援護していたわけではない。

ザナの目的は〝吸血王〟の眷獣を、横からかすめ取ることだったのだ。

「ふふっ、正解」

ザナは悪びれることもなく、ぺろりと可愛らしく舌を出す。そこに浮かび上がっていたのは、魔法陣に似た幾何学的な紋様だ。青白いその紋様の輝きは、〝雪霞狼〟の神格振動波によく似ている。

「宿主と一緒に消滅するはずだった〝無〟の眷獣を、一時的に封印して保存しておいたの。感謝してくれていいわよ。あなたがあなたでいられなくなる前にね」

ザナがなまめかしく唇を舐めた。その舌に刻まれた魔術を利用して、彼女は古城の体内へと眷獣を流しこんだのだろう。眷獣の封印や保存など、普通の魔術師にできることではないが、ザナは第一真祖の〝血の伴侶〟だ。第一真祖から供給される無尽蔵の魔力を利用して、強引にそれをやってのけたのだ。

「どういう……意味だ？」

古城がザナを睨んで訊いた。古城が古城でいられなくなる、という彼女の言葉は脅しではなく、確実な未来を伝える警告のようにも感じられる。

「ただの人間と大差ない今のおまえに、十二体もの眷獣を従える力があるのかって話さ」

キイが古城を哀れむように大仰に首を振る。

「しばらくの間はザナの血が、おまえの肉体を護ってくれる。だが、それも長くは保たないぜ。

完全な吸血鬼でもない今のおまえ一人じゃな」

「〝血の伴侶〟が十二人必要だと言ったのは、眷獣を抑えるためですか？」

雪菜がなにかに気づいたようにキイを見た。〝吸血王〟の十二体の眷獣と、十二人の〝血の伴侶〟――意味もなく同じ数を指定したとは思えない。

「眷獣一体につき一人。あんたと同格の霊媒が十二人もいれば、眷獣どもを手懐けることくらいはできるだろ。違うか、剣巫のお嬢ちゃん？」

キイが当然のような口調で告げてくる。雪菜は無言で唇を噛んだ。

第一真祖の計算はあまりにも雑だが、まったく根拠がないわけでもない。第四真祖の眷獣の一体を、自分に憑依させたまま封印していた暁凪沙の例があるからだ。

だがそれは桁外れに強力な霊媒である凪沙が、自らの命を削ることによってようやく成し遂げた奇跡だった。同じことが出来るかと訊かれれば、雪菜にも即答できないのだ。ましてや彼女と同格の霊媒を十二人集めることなど、無謀を通り越して絶望に近いと感じられる。

「これ、あげる」

黙りこむ雪菜に向かって、ザナが握っていたナイフを放り投げた。古城の心臓を貫いた、銀色の大型ハンティングナイフである。

しかし彼女の手を離れた瞬間、ナイフの輪郭が融けたように歪んだ。銀色の金属光沢はそのままに、美しい鎖へと姿を変える。ネックレスほどの長さの鎖へと。

「錬金術……⁉」

雪菜が驚きながら鎖を受け取った。古城も驚愕に顔を引き攣らせる。

ザナは自慢する素振りすら見せないが、ナイフを一瞬で鎖へと変えたのは、恐ろしく高度な錬金術だ。雪菜たちを白兵戦で圧倒するだけの戦闘能力を持ちながら、高度な錬金術まで使いこなす——第一真祖の〝伴侶〟の底知れない実力を、あらためて思い知らされた気がした。

「暁古城の血肉と骨の欠片を封じこめた触媒。あなたの指輪と同じ素材のはずよ。高レベルの錬金術師に頼めば、姿や形は好きに変えてもらえるわ。なるべく可愛くしてあげて」

雪菜の手の中の鎖を指さして、ザナはにこやかに説明する。

ザナが作り出した鎖の環の数は十一個。それを使って雪菜の指輪と同等の触媒を十一人分用意しろ、ということらしい。

「伴侶を集められないというのなら、それでもいいさ。おまえの眷獣が暴走すれば、こんなちっぽけな人工島は簡単に消し飛ぶ。この島がなくなれば、〝門〟も消えて、異境に行った連中がこちらに戻ってくることもないからな。ちと退屈だが、まあ、しゃあねえな」

わざとらしく肩をすくめながら、キイは獰猛な笑みを浮かべた。

彼の言葉がただの恫喝でないことは、無理やり古城に眷獣を植えつけるような乱暴な手段を選んだことからも明らかだ。この男は、絃神島を消滅させても構わないと本気で思っている。もしそれが必要だと判断したら、彼自身の手で迷わずそれを実行するだろう。〝吸血王〟の眷獣を捕獲するような手間をかけてまで、古城にチャンスを与えたのは、そのほうが面白いから、というだけの身勝手な理由に過ぎないのだ。

「この島に手は出させない」

低くかすれた声で古城が告げる。キイが、ほう、と怪訝そうに眉を上げる。

目の前にいる男の威圧感に抗いながら、古城は猛々しく歯を剝いた。全身からうっすらと洩れだした魔力が、静電気のような黒い火花を散らす。

「力を与えてくれたことには感謝するぜ。だけど、あんたの出番は終わりだ。あとは約束どおり、俺がシャフリヤル・レンの野郎を異境から叩き出すのを黙って見てろ」

「いいぜ、少年。そう来なくちゃな」

古城の挑戦的な視線を受け止めて、キイは満足そうにうなずいた。

体重を感じさせない素早さで立ち上がったキイが、隣にいたザナを抱き上げる。そのまま部屋を横切って、彼らは勝手にベランダへと出た。暁家はマンションの七階だ。開け放たれた窓から吹きこむ海風が、古城たちの髪を揺らす。

「せいぜい足掻けよ、暁古城。また会えるのを祈ってるぜ」

眩い陽光を浴びたキイたちの輪郭が、陽炎のようにゆらりと霞んだ。

第一真祖とその〝伴侶〟が、霧と化して真昼の空へと溶けていく。

古城と雪菜は、無言のままそれを眺めていた。引き留めても無駄なことはわかっている。彼らは古城たちの味方でも友人でもないのだから。

バイバイ、と笑い含みに告げるザナの声が遠ざかり、やがて彼らの姿は完全に見えなくなる。

その瞬間、傷ついた古城が力尽きたようにその場に倒れこみ、雪菜が甲高い悲鳴を上げた。

3

「本当に寝てなくて大丈夫なんですか？」

真昼の陽射しが降り注ぐ中、ふらつきながら歩き続ける古城に、不安な表情を浮かべた雪菜が声をかけてくる。古城たちのマンションから徒歩で十分ほど離れた海沿いの路上だ。周囲に目立つ建物はなく、正面には建設途中の無人の増設人工島だけが浮かんでいる。

「さすがに住宅街のド真ん中で寝てるわけにはいかないだろ。いつ眷獣どもが暴走を始めるかわからないってのに——」

胸元を左手で押さえながら、古城は頼りなく返答した。ザナのナイフで抉られた傷はほぼ塞がっているが、体調はむしろ悪化する一方だった。全身の血管という血管の中を、灼熱の熔岩が駆け巡っているような異様な感覚が、時間とともに強まっていく。

古城の肉体と、体内に入りこんだ異物の拒絶反応。すなわち〝吸血王〟が残した十二体の黒い眷獣たちが、出口を求めて荒れ狂っているのだ。

ザナが施した封印がまだ残っているのか、今はまだかろうじて古城にも抑えておける。だが、それもいつまで保つかわからない。もしも彼らが古城の制御を離れて暴走を始めたら、どれだけの被害が出るのか見当もつかなかった。だからそうなる前に少しでもひと気のない場所へと移動しようとしているのだ。たとえそれがほんの気休めに過ぎないとしても。

「師家様には式神を飛ばしました。すぐに助けが来ますから。藍羽先輩に連絡は？」

古城に肩を貸しながら、雪菜が真剣な口調で伝えてくる。パーカーのポケットの奥から、かつてスマートフォンだった残骸を取り出して、古城は自嘲まじりに首を振った。

「こんなことになるなら、スマホの予備くらい用意しとくんだったな」

〝吸血王〟との戦闘が原因なのか、それ以前のどこかでダメージを受けたのかわからないが、古城のスマートフォンはとっくに壊れて使い物にならなくなっている。画面も中身もボロボロだ。もっとも、たとえ本体が無事だったとしても、どのみちバッテリー切れで使えなかっただろう。領主選争に巻きこまれて以来、スマホを充電するような余裕はどこにもなかったからだ。もちろん自宅の固定電話は使えたが、浅葱の携帯電話番号を暗記しておくほど古城はマメではない。

「身体の調子はどうですか？」

雪菜がひとつ溜息をついて、気を取り直したように古城に訊いた。古城は力なく首を振り、

「さすがに絶好調ってわけにはいかないな。正直、どうして自分が生きてるのかさえ、よくわ

からない状態だからな」

ほんの一時間ばかり前にナイフで胸を刺された上に、自分の敵のものだった眷獣を無理やり体内に流しこまれたのだ。これで体調がよかったら、むしろそのほうがどうかしている。

それよりも、と古城は雪菜を見返して、

「さっきの第一真祖の話、どう思う？　俺の中には、まだ吸血鬼の力が残ってるのか？」

「少なくとも計算は合ってます。吸血鬼を構成する要素として、神々の呪い——吸血鬼の因子とでも呼ぶべきものがもしも存在するのなら、現在のアヴローラさんは、それを先輩ではなく、六番目さんから受け継いでいるはずですから」

「アヴローラが俺に寄越した因子は、俺の中に残ったままでも不思議はないわけか……」

予想どおりの答えに古城はうなずいた。

アヴローラは生まれついての魔族ではなく、おそらくは人工生命体と同様の技法で造られた人工の吸血鬼だ。つまり彼女が持っていた吸血鬼の因子は、後天的に植えつけられたものということになる。

だから彼女の吸血鬼の因子は、古城に譲り渡すことが可能だった。アヴローラから因子を受け継ぐことで、ただの人間だったはずの古城が第四真祖になるという、あり得ない出来事が起きたのだ。そして彼女から渡された因子は、どうやら今も古城の中に残っているらしい。

「問題は、俺の中に残っている因子とやらで、〝吸血王〟の眷獣を抑えきれるかどうかだな」

「それは……」

雪菜が少し目を伏せて口ごもる。彼女の返事を待つまでもなく、古城の質問の答えは明らかだった。〝吸血王〟の眷獣たちを、古城が制御するのは不可能だ。

なにしろアヴローラから受け継いだ第四真祖の眷獣たちですら、まともに使役できるようになるまでには、半年以上もかかっている。それを考えれば新たな眷獣を十二体も、すぐにどうこうできるとは思えない。おまけにその眷獣たちの前の宿主は、ほんの半日前まで、古城と殺し合いを演じていたのだから。

そんな絶望的な状況に目眩を覚える古城の隣で、雪菜はなにかを考えこんでいた。そして、不意に古城のパーカーの袖を引く。

「あ、あの……先輩、ちょっと来てください」

「姫柊……？」

怪訝な表情を浮かべる古城を連れたまま、雪菜が海岸へと降りていく。人工島の基盤が剝き出しになった、建設途中の殺風景な人工海岸だ。

堤防の陰に隠れて、ほかの誰にも見えないことを確認し、雪菜は胸元のリボンを解いた。そのまま制服のボタンを外して、淡いパステルカラーの下着をあらわにする。

「ど、どうですか？」

頬を真っ赤に染めながら、上目遣いで尋ねてくる雪菜。古城は呆気にとられたような表情で、

雪菜の突然の奇行を眺めていたが、

「どうって……あー……うん、まあ、可愛いと思うぞ。似合ってるんじゃないか？」

若干声を上擦らせながらも、精いっぱい無難な言葉を選ぶ古城。その返答は予想していなかったのか、雪菜は少し混乱したように目を見張って、

「に、似合ってる……って、なんの話をしてるんですか⁉」

「いきなりブラを見せつけてきたのはおまえだろ⁉」

「そ、そうではなくて、わたしの血を吸っていいって言ってるんです！」

はだけた胸元を両腕で隠しながら、雪菜がなぜか怒ったように叫ぶ。自分から見せつけてきておいて理不尽だろ、と古城は空を仰いで、

「あー……」

「な、なんですか。わたしではもう吸血衝動の対象にはならないということですか⁉」

「いや、そうじゃない。そうじゃなくて、ほら」

古城は自分の唇に指をかけ、イーッと真横に引っ張った。剝き出しになった白い犬歯は、さしたる特徴もない普通の人間のものだ。

「因子とかはよくわからねーけど、今の俺の身体は吸血鬼というより普通の人間に近いから、そもそも吸血衝動自体が起きないんだと思うぞ」

「あ……」

いつになく冷静な古城の指摘を、雪菜は呆然と聞いていた。その頬が次第に紅潮して、華奢な肩がわなわなと羞恥に震え出す。

「な、なんのためにわたしはこんな恥ずかしい思いを……」

両手で顔を覆ってうずくまり、落ちこんだように背中を丸める雪菜。髪の隙間からのぞく彼女の両耳が、夕陽を浴びたように真っ赤に染まっていた。

古城はどことなく責任を感じながら、ギグケースを背負った彼女の背中を眺めていたが、ふと奇妙なことに気づいて眉を寄せた。

「……変だ」

「へ、変!? やっぱり下着が似合ってないってことですか？」

雪菜が勢いよく振り返って古城を睨む。なぜそうなる、と古城は溜息をついて、

「そうじゃねえ。〝血の伴侶〟の話だよ！」

「え？」

「第一真祖のオッサンは、〝血の伴侶〟を十二人集めれば、〝吸血王〟の眷獣を手懐けられるって言ってたよな？」

「はい」

「今の俺は血が吸えないのに、どうやって〝血の伴侶〟を増やすんだ？」

「あ……」

古城が抱いた違和感の正体に気づいて、雪菜が表情を硬くした。

吸血鬼が〝血の伴侶〟を生み出すためには、主従の間に強固な霊的経路を確立する必要がある。その触媒となるのは血と肉だ。〝伴侶〟は吸血鬼に血を捧げ、その対価として、主人たる吸血鬼は自らの肉体の一部を〝伴侶〟に与えるのだ。

ザナが用意した銀色の鎖は、古城の肉体の代用品として機能する。指輪などに加工して肌身離さず身につけていれば、ひとまず魔術的な触媒としては十分だ。

あとは古城が新たな〝伴侶〟の血を吸えば、霊的経路は完成する。だが、もし吸血行為そのものが不可能だとしたら――

「だ、第一真祖がこの事態を予想してなかったという可能性は……」

雪菜が不安そうに声を潜めて呟いた。

「あの連中ならあり得るな……」

古城が目元を覆ってうめく。世界最古の吸血鬼である第一真祖も、吸血鬼の因子だけを持つただの人間などという存在を見るのは初めてのはずだ。古城が吸血能力を失っていることを、彼らが予見できなかったとしても不思議はない。

だが、もしその仮説が正しければ、古城たちの置かれている状況はより深刻なものとなる。〝吸血王〟の眷獣を制御するために必要な十二人の〝血の伴侶〟――それを集める方法が存在しないということになるのだから。

どうすればいい、と古城が口の中だけで独りごちる。

その苦悩を嘲笑うかのように、古城の心臓がドクン、と大きく跳ねた。

狭窄した視界が深紅に染まり、喉の奥から苦悶の声が洩れる。凶悪な破壊衝動がこみ上げて、古城は喘ぐように呼吸を荒くした。自分の身体の奥底で渦巻く、膨大な魔力の存在を感じる。

「先輩……!?」

古城の異変に気づいた雪菜が、乱れた制服を直すのも忘れて立ち上がる。

「姫柊……槍だ……！」

薄れそうになる意識を必死でつなぎ止めて、古城は彼女に向かって叫んだ。一瞬、なにを言われたのかわからないというふうに、雪菜がきょとんと目を瞬く。

「え？」

「構えろ！　急げ！」

「は、はい！」

古城の剣幕に圧されたように、雪菜が銀色の槍を抜いた。聞き慣れた金属音とともに槍の全長が伸びて、展開した刃が青白い輝きに包まれる。

その鋭利な主刃に向かって、古城は自分の右腕を叩きつけた。

「先輩っ！　いったいなにを……!?」

雪菜が短い悲鳴を上げる。彼女の槍は古城の右手首を貫通し、血塗れの刃の先端が肘の近くへと突き出している。咄嗟に槍を引き抜こうとする雪菜だが、その前に彼女は動きを止めた。破れたパーカーの袖からのぞく古城の腕が、異形の姿へと変わっていたからだ。

「その腕……！」

「これがあの姐さんの血の力ってヤツかよ……」

おぞましく変化した自分の右腕を眺めて、古城は忌々しげに吐き捨てた。

古城の腕はすでに人の原形を留めていない。だからといって、古城が知る限りのいかなる魔族の腕とも違っている。それでも敢えていうならば、それは龍族の姿に近かった。

金属製の鎧にも似た、なめらかで強靭な鱗が肌を覆い、指はナイフのような鋭利な爪となっている。肥大化した筋肉の内側を満たしているのは、拍動し荒れ狂う高濃度の魔力。おそらく龍族の強靭な肉体でなければ、その魔力の密度に耐えきれないのだ。

しばらくの間はザナの血が、おまえの肉体を護ってくれる――

第一真祖は古城にそう言った。彼が予告していたのは、古城のこの姿のことなのだろう。

「眷獣の魔力が……肉体に影響を……!?」

銀色の槍を握りしめたまま、雪菜が絶句する。古城の腕を覆う鱗の色は漆黒。〝吸血王〟の眷獣の色だ。覚醒した眷獣たちが放つ魔力が、古城の意思とは無関係に漏出を始めている。ザナが残した血が肉体を変質させていなければ、膨れ上がる魔力に耐えきれずに、古城の身体はとっくに弾け飛んでいるはずだ。

だがそれも長くは続かない。眷獣を制御できなければ、いずれこの肉体にも限界が訪れる。

「姫柊！　俺ごと眷獣どもを殺せ！　こいつらが暴走したら、この島が本当に消滅する！」

「な……なに言ってるんですか⁉　そんなこと、できるはずないじゃないですか！　せっかく先輩が普通の人間に戻れたのに……！」

悲壮な決意をこめた古城の懇願を、雪菜が言下に拒絶する。しかし古城は譲らない。眷獣の暴走が近いことは、宿主である古城が誰よりもよくわかっている。

「頼む。もう時間がないんだ……これ以上は、こいつらを抑えておけない……！」

「ぐっ……」

槍を握る雪菜の手が震えた。迷いを振り切るように頭を振って、雪菜は静かに呼吸を整える。見開いた瞳から感情が消え、小柄な身体を眩い霊気の輝きが包んだ。

「姫柊！」

「わたしが先輩の眷獣を止めます！　〝雪霞狼〟の神格振動波で結界を張れば——」

「やめろ、姫柊！　おまえ一人で十二人分の霊力を負担する気か⁉」

古城の表情が焦りに歪む。雪菜が無制限に解放した霊力が、翼のような姿となって古城を包んだ。眷獣たちが吐き出す漆黒の魔力を相殺して、彼らの暴走を止めようとしているのだ。

「駄目だ！　その力をこれ以上使えば、おまえのほうが先に消えるぞ……！」

右腕から槍を引き抜いて、古城は雪菜を突き放そうとする。

今の雪菜は、第四真祖の〝血の従者〟ではない。古城の魔力と相殺して、霊力を無効化することができないのだ。〝雪霞狼〟に増幅されて人間の限界量を超えた雪菜の霊力は、彼女の肉体を浄化して、高次元存在へと強制的に昇華させる。仙術でいう羽化登仙。あるいは俗に天使化と呼ばれる現象だ。それは雪菜がこの世界から消滅することを意味している。

しかしそれがわかっていても、雪菜は霊力の放出を止めない。

「先輩が死んだら、アヴローラさんはどうするんですか？　彼女を連れ戻すんじゃなかったんですか……？」

古城に槍を向けたまま、雪菜は儚く微笑する。そして展開する翼の数をさらに増しながら、半ば自分に言い聞かせるような口調で続けた。

「大丈夫。そう簡単に天使になんてなりませんよ。わたしはそんないい子じゃありませんから」

「ぐ……」

よせ、と古城は力なく反論する。だが、その声は雪菜には届かない。〝雪霞狼〟から放たれる神格振動波が勢いを増し、古城の体内の魔力を強引に消滅させていく。

このまま眷獣たちの暴走を鎮圧できるのか。そう思えたのは、ほんの一瞬のことだった。

雪菜の霊力に耐えかねたように、古城の背中から魔力の霧が噴き出した。それは死神の鎌にも似た歪な黒い翼へと変わり、雪菜が広げた霊気の翼を引き裂いて焼き尽くす。

「姫柊っ！　逃げろ！」

実体化した濃密な魔力の翼が、古城の意思を無視して、独立した生物のように咆吼した。その翼長は優に十メートルを超えている。巨大な刃と化したその翼が、大気を裂いて雪菜を襲う。古城は為すすべもなくそれを見ているだけだ。

「っ……！」

雪菜は銀色の槍を撥ね上げて、かろうじて黒い翼を受け止めた。魔力を無効化する神格振動波の輝きが翼を深々と切り裂くが、その反動に耐えきれず、雪菜の身体も後方へと吹き飛ぶ。

堤防に激突する寸前でかろうじて踏みとどまった雪菜だが、体勢を崩した彼女をめがけて、もう一枚の翼が飛翔する。否、それはもはや翼などではない。漆黒の稲妻をまとった、巨大な召喚獣――吸血鬼の眷獣だ。

「ぐあああああああっ……！」

眷獣の動きを止めようとした古城が、逆流してきた魔力に耐えきれず絶叫する。全身をバラバラに引き裂かれたような衝撃だった。やはり今の古城では、眷獣を制御できないのだ。

「――先輩！」

苦悶する古城に気を取られて、雪菜の反応が一瞬遅れた。暴走中の眷獣を相手にするには、致命的な隙だった。漆黒の閃光と化した眷獣の疾走に、〝雪霞狼〟の迎撃が追いつかない。ましてや人間の反応速度で、眷獣の攻撃を逃れるすべはない。

このまま雪菜の全身は、なすすべもなく引き裂かれる——そう思われた瞬間、見えない壁に阻まれたように、眷獣が振り下ろした前肢が止まった。

圧倒的な破壊力を誇る眷獣の一撃を防いだのは、不可視の障壁。空間そのものに穿たれた亀裂だった。呪術によって生み出された擬似空間断層だ。いかな眷獣の攻撃力をもってしても、すでに切り裂かれている空間を破壊することはできなかったのだ。

「……乙型呪装双叉槍〝六式〟……なんてね」

片膝を屈した雪菜の背後から、冗談めかした皮肉っぽい声がした。

古風な長い黒髪に、同じく古風なセーラー服を着た少女が、穂先が二叉に分かれた奇妙な槍を持って立っている。

「え……？」

黒髪の少女をぼんやりと見上げて、雪菜が気の抜けたような声を出す。彼女が自分を救ったという事実を上手く飲みこめなかったのだろう。

そんな雪菜を蔑むように一瞥して、少女は優雅に槍を旋回させ、

「ようやく絃神島への渡航禁止が解除されたと思えば、ずいぶん愉快なことになっているのね。詳しく説明してもらえるかしら？」

異形の怪物と化した古城を見つめて、妃崎霧葉は不敵に微笑んだ。

4

古城の身体から撒き散らされた黒い血霧は、いまだ蜃気楼めいた不完全な姿ながらも、獣の形を取って雪菜たちを傲然と見下ろしていた。

本体である古城の状態はより深刻だ。怪物化が進行し、四つん這いになって地面にうずくまっている。漆黒の鱗が彼の全身を侵食し、後頭部から背中に向けて、不揃いな角が何本も突き出していた。もはや彼の自我が残っているのかすら怪しい状況だ。

霧葉は鉛色の双叉槍を構えて、そんな古城を睨みつけている。

「どうして妃崎さんが絃神島に……？」

立ち上がった雪菜が、霧葉に訊いた。〝魔族特区〟である絃神島は、本来、霧葉が所属する太史局の管轄ではない。彼女が領主選争に介入して、雪菜たちを援護する理由はないはずだ。

しかし霧葉は雪菜を冷ややかに振り返り、なぜか憎々しげに目を細めた。狙っていた獲物を卑劣な抜け駆けでかっ攫われた猟師のような表情だ。

「太史局の情報網を舐めないで欲しいわね。あなた、龍族と戦ったのでしょう？」

「あ……」

霧葉が不機嫌な理由を察して、雪菜は気まずげに沈黙する。妃崎霧葉は、太史局が誇る六刃神官――対魔獣戦闘の専門家だ。そんな彼女にしてみれば、龍族とは遭遇を願ってやまない最強の敵。最上級の獲物なのである。

「太史局の六刃神官たる私を差し置いて、龍族に手を出すなんて、ずいぶんいい度胸ね、姫柊雪菜」

「そ、それは……彼が領主選争に協力していたから、仕方なく……！」

雪菜が弱々しい声で弁解する。龍族と刃を交えたのは事実だが、雪菜たちも戦いたくて戦ったわけではない。クレードと呼ばれていた古の炎龍は、終焉教団の一員として〝吸血王〟に手を貸していたのだ。あんな化け物と戦わずに済めば、どれだけ楽だったかと思う。

だが、霧葉は冷淡に首を振り、

「言い訳は聞きたくないわ、泥棒猫。この抜け駆けの代償、あなたのオトコの身体で払ってもらうしかないじゃない」

「わ、わたしのオトコじゃありません！」

焦った声で言い返しつつ、雪菜も槍を構え直した。相変わらずの毒舌だが、霧葉の戦闘能力は雪菜と同等かそれ以上だ。この状況で彼女が隣にいてくれるのは素直にありがたい。

「それで、暁古城になにが起きているの？　第四真祖の力を手放して、ただの一般人に落ちぶれたと聞いていたのだけれど？」

「ザナさんに――第一真祖の〝血の伴侶〟に、眷獣を植えつけられたんです」

雪菜が手短に説明する。古城が第四真祖の力をなくしたことをすでに把握しているあたり、太史局の情報収集能力も相当なものだ。霧葉が自慢するだけはある。

しかしザナの名前を聞かされた瞬間、霧葉は露骨に顔をしかめた。

「〝舞神〟ザナ・ラシュカ？　眷獣を植えつけられたって、どうやって……？」

「それは……その……経口摂取というか……」

雪菜が頰を赤らめて口ごもる。その初々しい反応に、霧葉はフンと短く鼻を鳴らして、

「なるほど。要は口移しというわけね。それであなたは、目の前で暁古城の唇が奪われるのを、呆然と眺めて興奮していた、と」

「こ、興奮はしてません！」

霧葉の理不尽な暴言に、雪菜がムキになって反論する。

「まあ、あなたの特殊性癖はともかく、おおよその事情はわかったわ」

「特殊性癖ってなんなんですか……!?」

「それで、あの男をどうするつもり……？」

直前までの軽口とは別人のような真剣な口調で、霧葉が訊いた。

「眷獣の暴走を止めます」

雪菜が迷いなく言い放つ。霧葉は呆れたように片眉を上げて、

「無理じゃない？　サクッと殺しちゃったほうが手っ取り早いと思うけど？」

「そ、そんなことありません！」

雪菜は語気を荒くして霧葉に詰め寄った。

「十分な数の〝血の伴侶〟がいればあの眷獣は制御できると、第一真祖が言ってました。最悪、わたし一人でも眷獣の暴走は止めて見せます」

「……〝血の伴侶〟……ね」

独り言のようにぼそりと呟いて、霧葉は雪菜が手首に巻きつけている銀色の鎖に目を留めた。まあいいわ、と軽く肩をすくめて、彼女はセーラー服のスカーフに手をかける。そして雪菜が見ている前で、彼女はいきなり上着を脱ぎ捨てた。それを見て慌てたのは雪菜のほうだった。

「き、妃崎さん!?　こんなときになにをやってるんですか!?」

「こんなときだから脱いでいるのだけれど……？　暁古城に血を吸わせて、色仕掛けであの男を手懐ける――あなたがいつもやってることではなくて？」

薄手のタンクトップ姿になった霧葉が、怪訝そうに小首を傾げて訊き返す。スレンダーなモデル体型の彼女の肢体は、同性である雪菜から見ても魅力的だと言わざるを得ない。

その魅力的な容姿を誇示するように、古城に向かって歩み寄る霧葉。しかし異形の怪物と化した古城は、そんな霧葉を威嚇するように咆吼しただけだった。

「え!?」

古城の背中から生えた漆黒の翼が、再び獣の姿へと変わって横殴りに霧葉を襲ってくる。霧葉はギョッとしたように目を剝いて、その攻撃を空間断層で迎撃した。

「ちょっ……⁉　どういうことなの……⁉　なんで私が攻撃されるわけ⁉」

霧葉がめずらしく感情をあらわにして喚き散らす。眷獣に攻撃されたことよりも、古城が自分の誘惑に乗ってこなかったことに腹を立てているらしい。欲望に流されやすい普段の古城を知っているだけに、尚更ショックを受けているのかもしれない。

気持ちはわかる、と雪菜は彼女に少しだけ同情する。雪菜自身、ついさっき同じ目に遭ったばかりだ。

「今の暁先輩は吸血鬼としては不完全なままなんです。だから吸血衝動も発症しなくて――」

「要するに血を吸うことができない吸血鬼もどきの化け物ってことね」

いまだに怒りを引きずっているのか、霧葉は口汚く古城を罵りつつ、スカートの下に隠していた鉛色の呪符の束を取り出した。

「なにをする気ですか？」

「血を吸わせて大人しくさせることができないなら、力ずくで捕まえるしかないでしょう？」

雪菜の質問に、素っ気なく答えてくる霧葉。

「問題はあの状態の暁古城が、どの程度の回復力を持ってるのかということね。なるべく深手を負わせたくはないのだけれど……って、なに？」

隣で目を丸くしている雪菜に気づいて、霧葉が怪訝そうに眉を寄せる。

雪菜は少し慌てたように首を振り、

「いえ、すみません。まさか妃崎さんが暁先輩の安全を気遣うとは思ってなくて……」

「あなたとはいずれじっくり話をする必要がありそうね」

霧葉が雪菜を睨んでギリギリと奥歯を鳴らす。が、二人がそんな緊張感のない会話を続ける余裕があったのも、その瞬間までだった。

怪物化した古城が放つ魔力の気配が変質し、噴き出す血霧の勢いが増す。それらは空中で渦を巻き、完全な獣の姿へと変わった。質量を持つほどの濃密な魔力の塊。吸血鬼の眷獣だ。

「眷獣が！」

「実体化した……!?」

雪菜と霧葉が同時に叫ぶ。実体化した眷獣の数は二体。一体は漆黒の雷光をまとった獅子。もう一体は、同じく漆黒の人喰い虎だ。

「なんなの、この黒い眷獣は……!?」

漆黒の獅子が姿を変えた稲妻をよけながら、霧葉が叫ぶ。彼女がこれらと遭遇するのはおそらく初めてだ。

「〝吸血王〟の眷獣です！　第四真祖の眷獣と同等の力を持つ試作品だと聞いてます！」

「なるほど……第一真祖が暁古城に与えた力がこいつらってわけね」

絶え間なく降り注ぐ雷撃を、霧葉が双叉槍で迎撃する。彼女が使っているのは、紗矢華のるのだ。

〝煌華麟〟から奪った擬似空間切断の術式だった。多様な生態を持つ魔獣と戦うために開発された太史局の乙型呪装双叉槍は、あらゆる呪術や武神具の術式を複写して再現することができるのだ。

ただしその多様性の代償として、乙型呪装双叉槍は呪力の消費が激しい。このまま擬似空間切断を使い続ければ、遠からず霧葉の体力が尽きるはずだ。

「妃崎さん！」

霧葉を援護しようとする雪菜だが、人喰い虎が撒き散らす漆黒の炎に阻まれて近づけない。魔力を無効化する〝雪霞狼〟をもってしても、炎と毒を操るこの怪物を制圧するのは容易ではなかった。ましてや眷獣に護られた古城に近づくのは不可能だ。

しかも古城の体内に植えつけられた眷獣は、この二体だけではない。

「まずい……！」

霧葉が焦りに顔を歪めた。怪物化した古城が魔力を解放して、新たな眷獣を召喚しようとしている。漆黒の霧に包まれた巨大な甲殻獣だ。

吸血鬼の霧化能力を象徴するあの眷獣の攻撃範囲は恐ろしく広い。近接攻撃に特化した雪菜や霧葉との相性は最悪だ。それがわかっていても眷獣の召喚は止められない。雪菜たちが手をこまねいているうちに、漆黒の甲殻獣は完全に実体化し、禍々しい咆吼とともに凄まじい勢いで霧を噴き出す。触れるものすべてを崩壊させる凶悪な霧を——

だが、その霧が雪菜たちへと押し寄せてくる前に、雪菜たちの頭上で、女性の悲鳴に似た轟音が鳴り響いた。呪力を帯びたその轟音が強烈な暴風を生み出して、巨大な甲殻獣の本体ごと、漆黒の霧を吹き飛ばす。音そのものを触媒にして生み出した大規模な呪術砲撃だ。

「獅子王機関……！」

窮地を救われた形の霧葉が、不機嫌な表情で振り返る。

海岸沿いの堤防に立って銀色の洋弓を構えていたのは、ポニーテールの髪をなびかせた長身の少女だった。休む間もなく二の矢をつがえて、彼女は再び呪術砲撃を繰り出し、漆黒の甲殻獣を海へと突き落とす。

「紗矢華さん！」

「雪菜、無事!?　よかった……って、どうしてあなたが雪菜と一緒にいるのよ、妃崎霧葉!?　ていうか、なんで下着姿!?」

堤防から飛び降りた煌坂紗矢華が、雪菜のほうへと駆け寄ってくる。雪菜が伝書鳩代わりに送った式神を受け取って、駆けつけてきてくれたらしい。

一方、近づいてくるなり騒ぎ始めた紗矢華を鬱陶しげに見返して、霧葉は露骨に舌打ちした。

「は!?　ちょっと、妃崎霧葉、あなたね、雪菜のついでとはいえ助けてあげたのに、なにその態度!?　雪菜のついでに助けてあげたのに！」

「ずいぶん騒々しいお猿さんだこと。人間の言葉をようやく覚えて嬉しい気持ちはわかるけど、少し静かにしてくれないかしら」

「だ、誰が猿よ、この太史局の駄犬が！」

霧葉の露骨な悪口にブチギレた紗矢華が、子どものように怒鳴り散らす。初対面で本気の殺し合いを演じたこともあってか、この二人はどうも雪菜の想像以上に仲が悪い。

とはいえ、紗矢華の到着が予想より早かったのは、雪菜にとっては嬉しい誤算だった。正直、紗矢華の援護がなければ、三体目の眷獣の攻撃を無傷で切り抜けることはできなかったはずだ。

「いいからその弓でさっさとあいつらを撃ちなさい。あなたもいちおう道具を使う知能を持った生き物なのでしょう？」

「あなたに言われなくても、今撃とうと思ってたところなんだけど——てか、人をめずらしい野生動物みたいに言うなや！」

「——やれやれ。どうにか間に合ったようだね。礼を言うよ、〝空隙の魔女〟」

低レベルな言い争いを続ける霧葉と紗矢華の後方から、落ち着いた声が聞こえてくる。

波紋のように虚空を揺らして現れたのは、豪奢なドレスを着た人形めいた小柄な女性。そして彼女の腕に抱かれた黒猫だ。

「師家様！　南宮先生も……！」

かすかに表情を明るくして雪菜が二人の名前を呼んだ。紗矢華たちを連れてきてくれたのは、〝守護者〟の修復のために姿を消していたはずの那月だったらしい。

獅子王機関の教官と、絃神島最強の魔女の組み合わせ——現時点で望みうる援軍としては、おそらく最高の組み合わせだ。

「少し目を離した隙に、あの馬鹿はまたおかしなことになっているようだな」

異形の怪物と化した教え子を眺めて、那月がひどく冷静に言い捨てた。

彼女は無造作に指を鳴らして、古城の周囲の空間を歪める。どこからともなく放たれた深紅の茨が、古城と、彼の眷獣二体を搦め捕った。那月が〝禁忌の茨〟と呼ぶその細い茨は、第四真祖の眷獣すら逃れることのできない捕獲用の魔具だ。地面に縛りつけられた漆黒の獅子と人喰い虎が激しく暴れるが、深紅の茨は余計に彼らの身体をきつく締めつける。

「わたしが止められなかったせいなんです。暁先輩は無理やり第一真祖の〝血の伴侶〟にキスを……されて、それで〝吸血王〟の眷獣を——」

「体内に突っこまれたか……」

「えー……ああ、はい。まあ」

その言い方はさすがにどうかと思うが、那月につっこみを入れられる人間はここにはいない。

霧葉と紗矢華は、図らずも連携して、漆黒の甲殻獣の牽制を続けている。擬似空間切断を使う霧葉が敵の攻撃を引きつけて、紗矢華が後方から支援するという役割分担。意外にも息の合ったコンビネーションだ。

もっとも彼女たち二人がかりでも、眷獣に有効なダメージを与えるには至らない。古城本体から遠ざけて、動きを封じるのがせいぜいだ。

「〝忘却の戦王〟と、その寵妃か……さすがに雪菜一人の手に余る相手だね。むしろここまで保たせただけでも上出来か」

いつになく深刻な面持ちで黒猫——縁堂縁が呟いた。

彼女の言葉は、師匠としての贔屓目というわけではない。本来なら第一真祖と直に対面して生き延びただけでも、語り継がれるに足る幸運なのである。

とはいえ、第一真祖が持ちこんだ厄介な試練を、無事に切り抜けたとは言いがたい。霧葉や紗矢華の助けを借りても、暴走寸前の古城の動きを封じ続けるのはそろそろ限界だ。

「南宮先生、暁先輩を一時的に監獄結界に隔離することはできますか？」

雪菜が、わずかな期待をこめて那月に訊いた。

監獄結界は、那月が自らの夢の中に構築した異界の牢獄だ。夢の中の世界であるがゆえに、その結界内では時間の流れすら自由に操ることができると聞いている。

古城を監獄結界に収監して、彼の時間を凍結する。そうやって古城の暴走を抑えている間に、必要な数の〝従者〟を集めるなり、それ以外の対策を練るなりすればいい。おそらくそれが、この状況を打開するもっとも確実な方法だ。だが、

無理だな、と那月は冷ややかに首を振る。

「おまえも知っているはずだ。監獄結界に眷獣は持ちこめない。暁古城を引きずりこんでも、

やつが喚(よ)び出(だ)した眷獣はこちらの世界に残る」

「あ……」

　那月の指摘に雪菜が言葉をなくす。

　言われてみれば、以前、雪菜たちが那月と戦ったときもそうだった。監獄結界といえども、第四真祖の眷獣の魔力を完全に封じることはできないのだ。むしろ宿主(やどぬし)の本体を封じることで、逆に眷獣の暴走が悪化する可能性が高い。

「だからといって、あの眷獣どもを力でねじ伏せるのも不可能だぞ。一体や二体ならどうにかなったかもしれないが、これ以上数が増えたら絃神島(いとがみじま)が保(も)たない」

　すでに実体化を終えている三体の眷獣を睨(にら)んで、那月が言う。古城の体内に植えつけられた〝吸血王(ザ・ブラッド)〟の眷獣は全部で十二体。時間が経(た)てばそれだけ、新たな眷獣が覚醒(かくせい)する可能性が高くなる。那月の魔具(まぐ)でも、そのすべてを縛(しば)りつけておくことは不可能だ。

「眷獣はわたしがなんとかします。今はわたしだけが暁先輩の〝血の従者〟ですから……！」

　槍(やり)の柄(つか)を強く握りしめながら、雪菜が宣言する。実のところ、古城が第四真祖の力を手放したことで雪菜との霊的経路(れいてきバス)は途切れているのだが、それは雪菜が彼を見捨てる言い訳にはならない、と思う。だが、そんな雪菜の決意を逆撫(さかな)でするように、黒猫が酷薄(こくはく)な口調で告げた。

「無駄だよ。やめておきな」

「師家(しけ)様!?」

「仮におまえが完全な模造天使になったところで、第四真祖のそれと同等の力を持つ眷獣十二体を滅ぼすことなんて出来やしないさ」

「……っ！」

最後の切り札だと思っていた手段を先読みして否定され、雪菜はなにも言い返せない。

「可能性があるとすれば、宿主である坊やの本体を始末することだが、そいつもやめておいたほうが無難だろうね。今はまだあの坊やが曲がりなりにも眷獣を抑えているから、この程度の騒ぎで済んでるんだ」

茨の檻に囚われた古城を見遣って、黒猫が気怠く溜息を洩らす。見た目は怪物と化した古城だが、彼は今も自らの意思で、眷獣の暴走を止めようとしている。十二体いるはずの〝吸血王〟の眷獣が、三体しか実体化していないのがその証拠だ。

その状況で古城を滅ぼすのは、端から見ている以上に危険だ。宿主という枷を完全に失えば、眷獣の魔力が無秩序に撒き散らされる羽目になる。

「第一真祖の目的はなんだ？　奴とて暁古城に嫌がらせをするためだけに、〝吸血王〟の眷獣を持ち帰ったわけではあるまい？」

那月が泰然とした口調で訊いてくる。眷獣二体を縛りつけているのは、彼女にとってもかなりの負担のはずだが、それを表に出す気配はない。

「第一真祖は暁先輩に取り引きを持ちかけたんです」

雪菜も必死に焦りを抑えながら答える。那月は少し意外そうに眉を上げた。

「取り引き？」

「異境に行ってアヴローラさんを連れ戻す力を暁先輩に与える、と。その代わり、異境の脅威がこちら側の世界に及ぶのを防ぐように、と」

「なるほど。その取り引きの報酬が、〝吸血王〟の眷獣か」

ふむ、と那月が唇を斜めに歪める。

雪菜は手首に巻いた銀色の鎖を見下ろしてうなずき、

「〝血の伴侶〟を最低十二人そろえれば、〝吸血王〟の眷獣は制御できると第一真祖は言ってました。もしそれができなければ――」

「暴走した眷獣どもによってこの島は沈み、いずれにせよ異境への〝門〟は消滅する、というわけか。ずいぶんと乱暴なやり方だな」

「――彼奴は昔からそういう杜撰な男であったよ」

突然、会話に割りこんできた耳慣れない声に、雪菜たちがハッと身構える。

その声の主は、宝石のような淡い緑色の髪を風に揺らしながら、海岸の波打ち際近くに立っていた。すぐ傍で古城の眷獣が縛られているが、それを恐れる様子もない。

「これを見越して我が領地で騒ぎを起こしたか。業腹なことよ、戦王め」

翡翠色の瞳を細めて、女が独りごちる。彼女の見た目の年齢は、雪菜たちともさほど変わらない。野生の豹(ひょう)を連想させる、愛らしくも力強い美貌の持ち主だ。
雪菜(ゆきな)はもちろん紗矢華(さやか)も霧葉(きりは)も、そして那月(なつき)や縁(ゆかり)ですら、彼女の存在に気づいていなかった。古城(こじょう)の眷獣(けんじゅう)を圧倒するほどの、膨大な魔力(まりょく)をまとっていながら、だ。

「……あなたは……！」

翡翠色(ひすいいろ)の瞳の女を見つめて、雪菜は呆然(ぼうぜん)と呟(つぶや)いた。

想定外の乱入者だが、彼女がこの場に現れるのは考えてみれば当然のことだった。雪菜たちがいる人工島南地区(アイランド・サウス)は、彼女が支配する領地(ドメイン)だからだ。

驚く雪菜を見返して、女は愉快そうに喉(のど)を鳴らす。

「久しいな、七式突撃降魔機槍(シュネーヴァルツァー)の使い手。あれから少しは腕を上げたか？」

「〝混沌の皇女(ケイオスプライド)〟か」

声も出せずに固まる雪菜の代わりに、那月が女の肩書きを口にする。キイ・ジュランバラーダやアスワドグール・アズィーズと並ぶ本物の真祖の一柱(ひとはしら)。中米の夜の帝国(ドミニオン)〝混沌界域(こんとんかいいき)〟の領主たる第三真祖(だいさんしんそ)〝混沌の皇女(ケイオスプライド)〟——それが彼女の正体だ。

「そのような堅苦しい呼び名は好かぬ。ジャーダと呼ぶがいい、南宮那月(みなみやなつき)」

翡翠色(ひすいいろ)の瞳の女は、鋭い牙(きば)を見せながら猛々(たけだけ)しく笑った。そしてゆるりと視線を巡らせ、銀の鎖を持つ雪菜を試すように見つめてくる。

「供物(くもつ)たる〝血の伴侶〟が十二人——たしかにそれならば、あの黒き眷獣どもを調伏(ちょうぶく)することもできよう。だが、果たしてあの小僧はそれだけの従者に見合う器か？」

「……集めます。時間さえあれば、必ず」

見る者を眼光だけで射殺しそうなジャーダの視線を、雪菜は正面から受け止めた。ジャーダの瞳が輝きを増すが、雪菜は目を逸らさない。

その豪気な雪菜の態度を好ましげに眺めて、ジャーダは柔らかく微笑んだ。

「よかろう。貴様らに半日ばかり時間をくれてやる」

第三真祖が告げた直後、三条の雷撃が地上へと降り注いだ。それらは古城が召喚した三体の眷獣を正確に撃ち抜き、漆黒の巨体を吹き飛ばす。

その雷撃はジャーダの眷獣の攻撃だった。絃神島の上空を覆い尽くす巨大な雷雲そのものが、第三真祖が従えている眷獣の一体なのだ。

絶え間なく降り注ぐ雷撃を浴びて、古城の眷獣の実体化が揺らいだ。

その直後、宿主である古城もろとも眷獣たちの姿が闇に呑まれる。直径百メートルを超える巨大な闇が、古城たちを音もなく包みこんだのだ。

漆黒の霧も雷光も、人喰い虎が撒き散らす毒の炎も、その闇を逃れることは出来なかった。出現したときと同様に、巨大な闇は再び無音のまま消滅した。残ったのは海岸に刻まれた、半球型の深い傷跡だけだ。

「空間制御……いや、あの空間そのものが貴様の眷獣か、ジャーダ・ククルカン……！」

那月が険しい表情で訊いた。空間制御魔術を多用する彼女だからこそ、ジャーダの眷獣の恐ろしさを誰よりも理解しているのだろう。

無限の広がりを持つ闇の世界。その世界こそが彼女の眷獣の正体だ。自らの眷獣の内部の異空間に古城を呑みこむことで、彼を眷獣ごと封印した。吸血鬼の真祖にしか出来ない荒技だ。

「いかな余とて、彼奴を封じこむのはいささか骨が折れるのだがな」

勝ち誇るでもなく淡々とした口調で、ジャーダは苦笑まじりに呟いた。

「零時だ。今宵、深夜零時までに彼奴に捧げる供物をそろえてみせよ。それまで暁古城は余が預かる。〝無〟めの残した眷獣ごとな」

「──感謝します、ジャーダ」

雪菜が槍を降ろし、胸に手を当てて一礼する。

手に入れた猶予はわずか半日。それまでに十二人の〝血の伴侶〟を集めて、〝吸血王〟の眷獣を制御する方法を探さなければならない。だが、それが実現できる可能性はゼロではない。目の前にいる美しき真祖が、その貴重な時間を与えてくれたからだ。

「貴様の働き、愉しみにしている。我が期待、裏切ってくれるなよ、剣巫の娘」

微笑むジャーダの肉体が、質感を急激に失って溶けるように姿を消していく。

真祖の威圧感から突然解放されたことで、雪菜は急激な脱力感に襲われた。青ざめた雪菜を見上げて黒猫がなにかを叫び、紗矢華が慌てて駆け寄ってくるのが見える。

ふらつく身体を槍で支えながら、それでも雪菜は懸命に意識の糸をつなぎ止めていた。まだなにも終わっていない。始まってすらいないのだ。

古城が消え去った空虚な海岸を眺めて、どうすれば彼を救えるのか——と、雪菜は必死に考え続ける。そんな雪菜の左手首で、銀色の鎖が冷ややかな輝きを放っていた。

第三章　伴侶会議

Girls Talk

1

夜明け前——

闇に沈む鋼色の街並みを、潮風が強く吹き抜けていく。

センラというのが、街の名前だ。

異境の大海に浮かぶ人工の都市。〝東の大地〟へと続く唯一の回廊。そして龍族の侵攻を防ぐ、最前線の城砦でもある。

街の中心には塔門と呼ばれる楔形の楼閣がそびえ立ち、周囲を東西南北の四つの人工島が取り囲んでいる。周囲の海上に浮かぶ無数の群島は、〝東の大地〟からの移住を強制された捕囚民たちの居留地だった。

人口百万を超えるその街も、今は暁天の下、眠ったようにひっそりと静まり返っている。

そんな無人の街の北端。異境の海に面した海岸に、その男は静かにたたずんでいた。

「カイン！」

自分の名前を呼ばれたことに気づいて、男がゆっくりと振り返る。

それなりに造作が整ってはいるものの、目立たない凡庸な顔立ちの男だ。技術院技官のローブを羽織り、手には紅玉髄の石版を持っている。色素の薄い青白い肌と金色の瞳は、彼が

〝天部(てんぶ)〟の一員である証(あかし)だった。

「カイン！　貴様、まだこんな場所にいたのか」

軽く息を弾ませながら駆け寄ると、男は不思議そうに首を傾(かし)げて微笑した。

「やあ、きみか」

「やあ、ではない！　いつまで出歩いているつもりだ？　早く塔門(ゴープラム)に戻れ！」

緊張感のないカインの頰(ほお)を両手でつかんで、彼の視線を強引に東の海上へと向けてやる。暗い鏡のような海面の彼方(かなた)で、空が仄白(ほのじろ)く染まり始めていた。もう夜明けが近いのだ。

しかし、それを指摘されてもなお、カインは頑(かたく)なに首を振る。

「待った。待ってくれ。今、大事なところなんだ。グレンダ、そろそろ準備は出来たかい？」

カインが背後に向かって呼びかける。殺風景な海辺の広場にいたのは、齢(よわい)六、七歳ばかりの幼い娘だった。長い鋼色の髪の少女である。

彼女の足元に描かれていたのは、家が一軒まるごとすっぽりと収まりそうな巨大な魔法陣。その魔法陣から伸びたケーブルが、カインの石版(タブレット)に接続されている。石版(タブレット)の表面に浮かんでいたのは、刻々と数値が変化する複雑な数式だ。

「なんだこれは？　魔術演算の計算式か？」

見慣れない数式に眉(まゆ)をひそめて質問する。が、カインはそれを無視して、石版(タブレット)の操作を続けた。目眩(めまい)がするほどの膨大な数値を、彼は迷うことなく打ちこんでいく。

「待て。なんだこのデタラメな情報量は⁉　いったいどんな大魔術を使う気だ⁉」

「見ればわかるよ。グレンダ、危ないから少し離れてて」

「だっ！」

鋼色の髪の少女が、カインのほうへと駆け寄ってくる。彼女が先ほどまで立っていた魔法陣の中央には、一体の人形が残されていた。野生の小動物を模した不細工な人形だ。

「行くよ」

カインが石版に、最後の指示を入力する。紅玉髄の石版が眩く発光し、それに合わせて彼は膨大な神力を放った。大気が震え、見ているだけで肌がひりつくほどの神力だ。

石版を通じて流れこんだ神力で、地表の魔法陣が起動した。陣の内側に真紅の光球が出現し、中央に置かれた人形を取り囲む。

そこで起きた変化は劇的だった。布で作られていたはずのただの人形が、生々しい生物の姿へと変わり、重力に逆らって自らの意思で起き上がる。樹脂で出来た瞳には知性の光が宿り、唇が大きく裂けて笑みの形を作った。サメのようなギザギザの歯を見せて、ケケッ、と皮肉っぽく笑う。生命を持たないはずの人形が、明らかな感情を見せたのだ。

「どうだ……？」

生物として生まれ変わった人形を、カインは息を呑んで見つめていた。興奮したグレンダが、小さな龍の姿に変わってパタパタと嬉しそうに尻尾を振る。

しかしその奇跡のような出来事も長くは続かなかった。魔術演算の負荷に耐えかねたカインの石版（タブレット）が砕け散り、それと同時に魔法陣の輝きも消える。

またあとでな、とでも言いたげに嗤笑（ししょう）して、人形の身体（からだ）が動きを止めた。全身が石のように白く固まって、そのままサラサラと崩れていく。

「駄目か……上手（うま）くいったと思ったんだけど……」

叱（しか）られた子どものようにがっくりと肩を落として、カインがその場に膝（ひざ）を突いた。グレンダもしゅんと背中を丸める。

「カイン、貴様……！　貴様、人形に生命を与えたな……⁉」

うな垂（だ）れるカインの胸ぐらをつかんで引き起こす。カインは、なぜ自分が怒られているのかわからない、というふうに、きょとんと目を瞬（また）いた。

「貴様は自分がなにをやったのかわかっているのか……⁉」

「あ、ああ。もちろんだけど……」

「無生物に生命を与えただけじゃない！　貴様は世界の法則を書き換えたのだぞ！」

「正確には書き換えようとしたけれど、失敗したんだ」

ガクガクと前後に頭を揺さぶられながらも、カインは平然と首を振る。

物質の組成を変化させる。無生物に人工的な知性を与える。それはいい。そこまでは普通の錬金術（れんきんじゅつ）でも実現可能な領域だ。

しかしカインが試みたのは、そのような表面的な物質変性ではなかった。彼は人形を変化させたのではない。人形が知性体として存在する世界を、あの光球の中に創り出したのだ。世界の物理法則そのものの書き換え——それは〝天部〟とて手を出すことを許されぬ禁忌の術式だった。使い方を誤れば、世界そのものを破滅させかねない危険な技術だからだ。

「うーん。やはり僕一人の能力では、魔術演算のリソースが足りないな。誰か処理を手伝ってくれるパートナーを探さないと」

「そんな呑気な話をしてる場合か！　これほどの禁呪を完成させてなにをするつもりだ!?」

間近に顔を近づけて、殺意をこめて睨みつける。しかし意外にもカインは目を逸らそうとはしなかった。いつもと同じとぼけた口調で、しかし真面目に答えてくる。

「決まってるじゃないか。これを実用化して世界を救うんだ」

「……さっきの禁呪で世界を救う？　貴様がか？　ずいぶんと大きく出たものだな」

我知らず声に怒りが滲んだ。

無生物を生物に変えられるということは、その逆も可能だということだ。しかも錬金術と違って、カインの新しい禁呪は、物質変換の材料となる供物を必要としない。十分な魔力さえ確保できれば、この世界そのものを思うままに作り変えることが出来るのだ。

世界を救うどころではない。どう考えても、世界を滅ぼす禁忌の術式だ。

しかしカインは、そんな非難を気にも留めずに、むしろ得意げに胸を張る。

「禁呪じゃなくて〝聖閃〟と呼んで欲しいな」

「聖閃？」

「この術式の名前だよ。恰好いいだろう？」

「……くだらぬ」

悪びれる素振りもみせないカインの態度に、激しく脱力して首を振る。

「それに、いいのか？　先ほどの人形、アスワドのお気に入りだったと思ったが？」

「うん。そうなんだ。だから命を吹きこんであげたら、喜ぶだろうと思ったんだけど――」

「ただの塩の塊になってもか？」

そう指摘されたところで、カインはハッと魔法陣の中央に目を向けた。そこにあったはずの人形は、もはや原形を留めない半透明の粉末に変わっている。

風に舞う粉末を舐めたグレンダが、げえ、と顔をしかめて舌を出す。その粉末の正体は、塩だった。カインが使った禁呪は、人形を塩へと変えてしまったのだ。

「……まずいな」

「貴様の愚行の当然の報いだ。せいぜい彼奴のネチっこい報復を受けるがいい」

少しだけ胸がすくような気分を感じながら、突き放すように言ってやる。

だが、カインが見つめていたのは、かつて人形だった塩の塊ではなかった。その彼方にある水平線の方角だ。

「いや、そうじゃない。夜が明ける」

めずらしく真剣な口調でカインが呟く。そんな彼を見て、思わず罵りの言葉が口を突く。

「塵芥めが！　だから早く砦に戻れと言ったのだ！　急ぐぞ！」

「それが残念なことに、さっきの〝聖閃〟で力を使い果たしてしまってね」

カインがその場にふらふらとへたりこむ。神力を完全に消耗して、もはや立ち続けることもできなくなったらしい。

その間にも東の空は明るさを増し、水平線から白い光が洩れる。〝天部〟の肌を灼き、細胞組織を死滅させる死の輝きだ。

「熱っ熱っ、灼ける、焦げる、灰になる……！」

「……ど、どこまで愚かなのだ、貴様というやつは！」

情けない悲鳴を上げるカインを引きずって、建物の方角へと必死で走る。グレンダも手伝ってくれてはいるが、それよりも朝陽が昇るほうが早い。このままでは完全に共倒れだ。

「ええい、糞、つかまれ！　塔門まで飛ぶぞ」

「済まない、ジャ、ジャーダ。助かるよ」

咄嗟に魔具を取り出すわたしを見上げて、カインは信頼しきった笑みを浮かべた。

「ふん」

わたしは苛立たしげに鼻を鳴らして、空間転移の魔具を発動させる。

「……なんなんだ、これは……？」

暁古城は意識の片隅でぼんやりと考える。周囲は闇。一片の光すら存在しない完全な闇だ。匂いも音もなく、重力すら存在しない。自身の肉体の輪郭すら、闇に溶けこんで曖昧になる。

そんな中、過去の記憶の断片だけが、脳裏に生々しく甦る。夢というには鮮明過ぎるが、それを経験したのは古城ではない。その記憶の持ち主は、ジャーダと呼ばれている女性だった。

「ジャーダ……第三真祖の記憶を見ているのか、俺は？」

古城がその可能性に気づいた直後、濃い闇の中でなにかが揺れた。五感では知覚できないが、すぐ傍に誰かの存在を感じる。翡翠の瞳と、緑柱石の色の髪を持つ女の存在を。

「我がコアトリクエの〝子宮〟に囚われて、なおも意識があるとはな」

聞き覚えのある声が、古城の魂そのものを直接震わせた。

「ジャーダ……ジャーダ・ククルカン……」

「しかも余の記憶の中にまで踏みこんでくるか、暁古城」

己の過去をのぞき見られたにもかかわらず、ジャーダの言葉に怒りはなかった。むしろ古城のしぶとさに対する、称賛まじりの呆れの感情が伝わってくる。

コアトリクエというのは、おそらくジャーダが従えている眷獣の一体なのだろう。以前にも彼女はその眷獣を使って、ディミトリエ・ヴァトラーを異界に隔離していたことがある。ジャーダは、暴走した古城を異界に閉じこめることで、雪菜たちに手を貸したのだ。

南宮那月の〝監獄結界〟と違うのは、この空間が、魔女の夢の中などという曖昧な場所ではなく、眷獣の権能で物理的に創り出された異界だということだ。だからこそ〝吸血王〟の眷獣ごと、古城を力ずくで捕らえることができたのだろうが、そのぶんジャーダの負担も大きい。いかにジャーダが無尽蔵の魔力を誇ろうとも、この状態が長く続くとは思えなかった。いずれ限界が訪れて、古城を解放しなければならない瞬間が訪れる。

だが今の古城が混乱しているる理由は、そのことではなかった。

「なんであんたがカインと一緒にいたんだ、ジャーダ？　まさか、あれは異境の記憶か？」

古城がジャーダを問い詰める。声が出たという実感はなかったが、その問いかけはジャーダに届いたらしい。しらけたような彼女の感情が妙にくっきりと伝わってくる。

「……貴様が余にそれを訊くのか、暁古城？」

「なに？」

「その答えを貴様はすでに知っているはずだがな。第四真祖の呪いを受け継いだということは、すなわち彼奴の血の記憶をも受け継いでいるということなのだから」

「……っ！」

ジャーダの言葉に、古城は虚を衝かれたような気がした。

以前に一瞬だけ垣間見た、異境(ノード)の風景を思い出す。あのとき古城になにかを伝えようとした残留思念の持ち主は、もしかしたら古城自身ではなかったのか——？

「まあいい。たしかに貴様には真実を知る権利があるのかもしれぬ」

戸惑う古城を愉快そうに観察しながら、ジャーダが冷ややかに伝えてくる。

「せいぜいあの忌まわしき記憶を掘り起こすがいい。そして呪え。第四真祖という虚(うつ)ろなる怪物の名を受け継いだ、己の運命をな——」

2

ガラス張りの天井からは、海面越しに見上げるような青い光が降り注いでいた。

生徒たちでごった返す、昼休みのカフェテリアだ。アヴローラは、苦労して見つけた窓際(まどぎわ)の空きテーブルにランチプレートを置いて座っている。と、

「アーヴァ、ここ、空いてる？　一緒に食べよ」

不意に横から人懐(ひとなつ)こい声がした。白い帆布(はんぷ)のトートバッグを持った女子生徒が、にこやかに手を振りながらアヴローラを見下ろしている。長い鋼色(はがねいろ)の髪の少女——グレンダだ。

「う、うん」

「アーヴァのお昼はパスタランチ？　ほほう、ナスと唐辛子(とうがらし)のペンネだね。いい匂(にお)いだー」

アヴローラがたどたどしく返事をしたときにはもう、グレンダは向かいの席に座っている。いつの間にか勝手な愛称をつけられていたことに若干の戸惑いを覚えるが、不思議と嫌な感じはしなかった。

「ほ、本当は辛いの苦手なんだけど、お肉、あまり好きじゃないから」

頰を赤らめながら、アヴローラはぼそぼそと答える。

アヴローラは肉料理が食べられない。肉に染みついた血の臭いが駄目なのだ。もうひとつのランチメニューがハンバーグプレートだったので、必然的にパスタを選ぶことになる。

「へえ、それは意外だね」

グレンダが興味を惹かれたように眉を上げた。彼女の無邪気な視線に晒されて、アヴローラは困ったように首を振る。

「グ……グレンダのお昼ご飯は？」

「あたしはこれ。学校に来る前に買っておいたのだー」

えへへ、とグレンダがトートバッグから紙袋を取り出す。紙袋の中には大きめのドーナツが、五個ばかりぎっしりと詰まっていた。ストロベリーとクリームとチョコとチョコナッツ。アヴローラの好きなシュー生地のフレンチクルーラーもある。

「ずるい……お昼にドーナツなんて、そんなのあり⁉」

「もちろんありだよ。あたしがそう決めたんだもの」

アヴローラが妬(ねた)みのこもった眼差(まなざ)しを向けると、グレンダは自慢げに微笑(ほほえ)んで、バッグからペットボトルのカフェオレと菓子の袋を取り出した。新製品のポテトチップスだ。

「ポテチまで……！」

「甘いものだけだと飽きちゃうからね」

ストロベリードーナツにかじりつきながら、グレンダが平然と言ってのける。そして彼女は、呆気(あっけ)にとられているグレンダを優しく見返して、

「アーヴァはいい子だけど、ちょっと堅いかな。今のあなたは、自由に生きていいんだよ」

「……自由？」

予期せぬ指摘にアヴローラは困惑した。自由という、言葉の意味は知っている。自らの意思で行動すること。その決断の責任を背負うこと。

だが、その言葉はどこか空虚に響く。自分は誰かに利用されるために造られて、その誰かの思惑に流されて今もここにいるのだ。アヴローラはそれを知っている。だが、

「ひとつあげる」

そんなアヴローラの目の前に、グレンダがドーナツを差し出した。粉砂糖を振りまいたフレンチクルーラーだ。

「本当に欲しかったものを忘れちゃ駄目だよ。それは本物の自分を思い出す鍵(かぎ)だから」

「グレンダ……？」

怖ず怖ずとドーナツを受け取りながら、アヴローラはふと一人の少年の姿を思い出す。

もし自分の過去に自由と呼べるものがあったとすれば、それはあの少年と一緒に過ごした、わずか半年あまりの時間ではなかったのか、と。

今はもうその少年の名前すら思い出せない。だが、その時間があったから自分は生きているのだ。アヴローラはそのことを知っている。

「ねえ、アーヴァ……アヴロールシュカ。あなたには今もこの世界が奇妙に見える？」

グレンダがカフェオレをひと口すって、試すような口調で訊いてくる。

「わからない」

アヴローラはそっと首を振り、窓の外の景色へと目を向ける。

どこまでも果てしなく続く青い世界。頭上に広がる海面と、眼下の空。それが世界の正しい在り方なのかどうか、今のアヴローラにはわからない。

「そっか」

グレンダはアヴローラを責めることなく、優しい溜息をひとつ洩らした。

大人びた彼女の口元に唐突な微笑が浮かぶ。幼い少女のような微笑みだ。アヴローラの耳元に唇を寄せてきて、グレンダは笑い含みの声で囁いた。

「ねえ、知ってる？　この学校のどこかに、世界の秘密を閉じこめた教室があるらしいよ」

「世界の……秘密？」

アヴローラは目を丸くして彼女を見た。

「そう。あなたなら辿り着けるかもしれない」

グレンダは感情の推し量れない不思議な表情で首肯する。

世界の秘密、とアヴローラは口の中だけで呟いた。

「わたしがそれを見つけられたら、なにかが変わる？」

「あなたが忘れてしまった大切なものを取り戻せるよ。古城もきっと喜ぶと思う」

「……古城？」

頭で理解するより先に、身体が先に反応した。電気に打たれたように心臓が跳ねて、脳裏に記憶があふれ出す。常夏の人工島で出会った一人の少年との思い出だ。

彼の名前を忘れていたことが、アヴローラには信じられなかった。

そしてアヴローラは否応なく思い知る。ここは自分がいるべき世界ではない、と。

皆と同じ制服。退屈だが幸せな学校生活。だがそれは自分が本当に望んでいたものではない。

この世界には、暁古城がいないのだ。

「探してみてね、アヴローラ」

パリッ、と乾いた音を立てて、鋼色の髪の少女がポテトチップスをかじる。

大人びていると感じていた彼女の姿が、なぜか今は幼い少女のように見えた。

3

キーストーンゲート第一層のロビーは、荒廃した悲愴な姿を晒していた。終焉教団に蹂躙された上に、暴徒化した魔族たちの襲撃を受けたのだ。

建ち並ぶ高級ブランドの店舗は悉く無惨に破壊され、ロクに明かりすら灯っていない。

だが、魔族特区の住民にとって、その程度のトラブルは日常茶飯事だ。

設備が無事だった一部の店舗は、周囲を瓦礫に取り囲まれながらも、何事もなかったように営業を再開している。大手チェーンのハンバーガーショップも、そんな逞しい店の一軒だった。

「浅葱！　おい、浅葱ってば！　おまえ、いつまで拗ねてんだよ！」

窓際のボックス席を一人で占拠している浅葱に、矢瀬が通路を挟んだ隣の席から呼びかける。

怒って彩海学園を飛び出した浅葱は、その足で真っ直ぐにキーストーンゲートに向かって、それ以来、ずっとこの店に居座っているのだ。

テーブルの上にはセットメニューのトレイが六、七枚ばかり積み重なっている。

べつにヤケ喰いしているわけではない。それくらいは浅葱にとってごく当然の食事量だ。

頭を使うとお腹が空くというのが彼女の主張で、この少女の場合は、あながちそれも言い訳ではないのかもしれないと思う。ことプログラミングに関する限り、浅葱の能力はそれくらい図抜けているからだ。ただ、なぜかその食事代を割り勘で支払うことになっている点だけは、矢瀬的にどうしても納得がいかないのだが――

「つか、おまえに苦情が来てるぞ！　五大主電脳(ファイブエレメンツ)の演算リソースが、原因不明のプロセスに喰われて逼迫(ひっぱく)してるってよ。終焉教団(オーダー・ジ・エンド)に占領されてたころより悪化してるらしいぞ」

スマホに届いた抗議のメールを突きつけて、矢瀬が苦い表情を浮かべる。

浅葱は、学生アルバイトという身分でありながら、絃神島(いとがみじま)のメインコンピューター群に対する最優先のアクセス権限を持っている。彼女の能力を最大限に活用することが、絃神島全体の利益に直結しているからだ。そもそもセキュリティ防壁を構築したのが浅葱本人なのだから、彼女がその気になれば、権限などお構いなしにアクセスし放題というのが実情でもある。

だからといって、浅葱一人にメインコンピューターの計算資源を独占されたら、絃神島の運営が立(た)ち行(ゆ)かなくなるのは必然だ。さすがの浅葱も、これまではそんな身勝手な使い方をしたことはないはずだが――

「それをやってるのはあたしじゃないわよ。文句があるならカインに言いなさいよ」

浅葱が気怠(けだる)げにズルズルとアイスコーヒーを啜(すす)る。

矢瀬は唖然(あぜん)としたように顎(あご)を落として、

「カインだぁ？　有史以前の大昔に死んでる相手と、絃神島のメインコンピューターになんの関係があるんだよ？」

「本人が死んでても、遺産だか遺品だかは残ってんでしょ。あたしたちの頭の上にね」

浅葱が右手の人差し指を無造作に頭上へと向けた。

矢瀬はハッと真顔になって身を乗り出す。

「……異境か！　異境が絃神島の情報ネットワークに干渉してる……っていうのか？」

「キーストーンゲートの建物本体に、異境行きの〝門〟を開く機能が隠されてたんでしょ。だったら逆に向こうからこちらに手出しできても不思議はないと思うけど？」

「そうか……！」

慌ててスマホを取り出した矢瀬が素早くメッセージを打ちこんで送信する。実兄である矢瀬幾磨に、浅葱の言葉を伝えたのだろう。

「気づいてたのか？　異境にいる誰かが絃神島に干渉してることを」

「まあね」

険しい表情で尋ねる矢瀬に、浅葱は素っ気なく肩をすくめてみせる。矢瀬は苛立ったように低く溜息をついて、

「そいつの目的はいったいなんだ？」

「……実害はないから、ほっといても大丈夫よ。少なくともいまのところはね」

「いや、実害出てんだろ」

不機嫌そうに呟いて、矢瀬は脚を組み替えた。異境の干渉によって絃神島の計算資源が奪わ

れているのは、損害以外の何物でもない。

「それで、おまえは？　異境からサイバー攻撃喰らってるのを知ってたくせに、こんなところでなにをやってるんだ？」

「あたしはただの待ち合わせ。ここのほうが〝戦車乗り〟が都合がいいっていうからね」

非難がましい矢瀬の質問に、浅葱は表情も変えずにしれっと答える。

「〝戦車乗り〟？」

唐突に出てきた小学生ハッカーの名前に、矢瀬は不吉な予感を覚えた。

魔族特区運営企業の一員であるディディエ重工の特殊研究員――リディアーヌ・ディディエには、対魔族用超小型有脚戦車を市内で乗り回すという無茶な特例が認められているのだ。

そんな矢瀬の予感を裏付けるように、キーストーンゲートのロビーに轟音が響く。周囲の迷惑など一顧だにしない、ジェット戦闘機並みのエンジン音だ。

『女帝殿！　相済まぬ、遅くなり申した！』

ビリビリと周囲のガラス窓を震わせながら、真紅の有脚戦車がロビー内へと侵入してくる。

思わずハンバーガーショップを飛び出して、矢瀬はあんぐりと口を開けた。

「なんじゃこりゃあ！」

『おお、総帥殿！　この〝紅葉〟にご興味がおありか！　然もあろう、然もあろう』

戦車の外部スピーカーから流れ出したのは、時代劇口調の少女の声だ。エンジンの轟音に負けないようにと増幅されたその声も半端なくやかましい。

ただでさえ聴力が鋭敏な矢瀬(やぜ)は、自らの能力で耳を保護しながら顔をしかめて、

「も、紅葉(もみじ)?」

『女帝殿と拙者(せっしゃ)で共同開発した究極の個人兵装にござる。絃神島(いとがみじま)の渡航制限が解除されたゆえ、つい先ほど本国より試作一号機が届き申した』

「だからって、キーストーンゲートのロビーに有脚戦車(ロボットタンク)なんか持ちこむなよ！　ただでさえ今朝の暴動騒ぎで、特区警備隊(アイランド・ガード)がピリピリしてんのに……！」

矢瀬は絶望したように深々と嘆息する。厳戒態勢の特区警備隊(アイランド・ガード)が、こんな怪しい有脚戦車(ロボットタンク)の侵入を許すはずがない。

おそらくこの〝紅葉〟とやらは、破損したキーストーンゲートの天井の亀裂(きれつ)から降下してきたのに違いなかった。その証拠に有脚戦車(ロボットタンク)の背中には、垂直離着陸が可能な、ジェットエンジン搭載の飛行ユニットが装着されている。それがこの轟音の正体だ。

「稼働テストは順調みたいね？」

ハンバーガーショップを出てきた浅葱が、何食わぬ表情でリディアーヌに訊(き)く。

クールダウンを終えたジェットエンジンが停止して、ロビーにはようやくまともな静けさが戻ってきた。戦車上部のハッチが開いて、赤毛の小柄な少女が顔を出す。

最初から二人乗りを想定して造られたのか、これまで矢瀬が見てきた有脚戦車(ロボットタンク)と比較して、

〝紅葉〟は一回りほど大きかった。コクピットのサイズにも余裕が出来たのか、リディアーヌはいつものぴっちりしたパイロットスーツではなく、品のいいワンピース型のセーラー服を着ている。彼女が通う名門女子小学校の制服だ。

「制御ソフトウェアに至らぬ点はあれど、ハード的な要求仕様についてはまず及第。いきなりの実戦投入でも支障はないでござ――やや、結瞳殿、どうなされた⁉」

新型戦車を見回して満足げに喋っていたリディアーヌが、ふと表情を曇らせた。

彼女の真後ろ、戦車の後部座席に乗っていたもう一人の少女が、ぐったりと顔を伏せていることに気づいたのだ。

「大丈夫……です。ちょっと気持ち悪いだけ……」

そう言ってシートから這い出してきたのは、リディアーヌと同じ制服を着た江口結瞳だった。

気難しい猫を連想させる、大人びた顔立ちの可愛らしい少女だ。

しかし慣れない戦車に乗せられて酔ったのか、今は少々顔色が悪い。吐き気をこらえているような姿勢で、ふらふらと機体から降りてくる。

「結瞳坊まで乗ってたのかよ……ってか、実戦投入ってなんのことだ？」

矢瀬が投げやりな態度で訊いた。不本意なあだ名で呼ばれた結瞳が、むっと唇を尖らせる。

リディアーヌは、そんな質問をする矢瀬を少し意外そうに見返して、

「異境の地に赴いて、吸血鬼の姫君を救い出す務めと聞き及びて候」

「は⁉」

矢瀬が絶句して浅葱の横顔を睨む。

「ちょっと待て。おまえ、まさか一人で異境に乗りこんでアヴローラちゃんを連れ戻すつもりか⁉ 古城にフラれてふて腐れてたんじゃねえのかよ⁉」

「なんであたしがフラれたことになってるのよ。あたしは、古城がアヴローラちゃんのことを好きなのかどうか確認しただけでしょ？」

浅葱が怪訝そうに矢瀬を見た。

「あー……いや、そう言われりゃたしかにそうだけど……」

矢瀬は、今朝の古城と浅葱のやり取りを思い出しながら曖昧にうめく。

たしかに古城は、アヴローラを好きだとは明言しなかった。浅葱にしても、古城に告白したわけでもなんでもないのだから、フラれたというのは拡大解釈が過ぎる。

「あの様子じゃ、あいつ、連れ去られたのがアヴローラちゃんじゃなくても、似たような反応をしたと思うわよ。凪沙ちゃんでも姫柊さんでも、あたし――でもね」

「……まあ、そうだな。それは俺もそう思う」

友人として長年近くで見てきたからわかるのだが、暁古城という少年は、自分の身近な人間が危険に晒されるのを極端に嫌う。普段は怠惰で締まりのない印象なのに、誰かを護るときにだけ異様に行動的になるのがその証拠だ。

幼いころ、妹を護りきれずに重傷を負わせてしまったことに対する自責の念の反動なのか、それともその積極性が彼の本性なのかはわからない。だが、第四真祖の力などというものを手に入れて以来、その傾向はいっそう強まったように見えた。

だから古城が、異境に墜ちたアヴローラを連れ戻そうとするのは、恋愛感情などとはべつの動機によるものだろう。浅葱も当然そのことは理解していたらしい。

「だったらなんで今朝はあんなに怒ってたんだ？」

矢瀬は大きく首を傾げて訊いた。

再び怒りがこみ上げてきたというふうに、浅葱がカッと目を見開く。

「は？　そりゃ、怒るでしょうよ？　あの馬鹿、あたしに関係ないとか言いやがったのよ？　おかしいでしょ⁉　違うでしょ⁉　そこは、おまえだけは当然力を貸してくれるよな、とか、俺にはおまえがいないと駄目なんだ、とか言うところでしょ⁉」

「あー……」

予想の斜め上から発せられた浅葱の言葉に、矢瀬は激しい脱力感に襲われた。薄々気づいていたことだが、この幼なじみの恋愛観も、古城に負けず劣らずどこかズレている。

「えーと、あれか……要するにおまえ、古城が一人でアヴローラちゃんを救けようとしたからというか、おまえを特別扱いしてくれなかったことに腹を立ててたのか？」

「特別扱いとかじゃなくて、あたしは特別なの！　なんであたしが、ぽっと出の獅子王機関の子たちと同列扱いされなきゃいけないのよ。あたしだってアヴローラちゃんの友達なのに！」

「そ、そうか……」

大変な剣幕で浅葱に凄まれて、矢瀬は軽く仰け反った。

かつての〝焔光の宴〟で記憶を喰われて、朧気にしか覚えていないが、矢瀬や浅葱も古城と同じく、アヴローラと何度も一緒に遊んだ仲間だった。ようやく復活した彼女の身を案じて、救い出したいと思っているのは浅葱も同じだ。

その意味で、浅葱はたしかに特別なのだった。本人もそれを自負している。なのに、肝心の古城はそのことを完全に忘れている。その事実が浅葱を激怒させたのだ。

「いやだけど、おまえ、どうして古城がアヴローラちゃんを助けなきゃいけないのか、とか訊いてなかったか？」

「下心があるかどうかくらい確認するでしょ。あの馬鹿が、アヴローラちゃんを格好よく助け出したついでに彼女を口説き落とそうとか考えてたらムカつくじゃん」

「そりゃ、まあな」

たしかにそれは腹立たしいし、最初にクギを刺しておこうという浅葱の気持ちもわからなくもない。

「それはわかったが、だからってなんでおまえ一人で異境に乗りこむって話になったんだ？」

「だってそれくらいやんなきゃ、あの馬鹿にはあたしのありがたみがわからないでしょ」

浅葱が再び飛躍した理屈をこね始める。ありがたがるというよりも、むしろドン引きされるのではないかと矢瀬は思う。

「あたしがサクッと異境に行ってアヴローラちゃんを連れ戻せば、これ以上、古城を危険な目に遭わせなくて済むしね」

浅葱が目を伏せてぼそりと本音を洩らした。

矢瀬は少しだけ本気で感心して息を吐く。

藍羽浅葱はプライドの高い少女だ。古城がアヴローラをどう思っているかなど、彼女にとっては本当にどうでもいいことなのだ。そんなものはアヴローラを連れ戻して、正々堂々と決着をつければいいと、浅葱は本気でそう思っている。むしろ古城の心に傷を残したまま、アヴローラにいなくなられたほうが困るのだ。

だがしかし、と矢瀬は不機嫌そうに頭をかく。

「代わりにおまえが危険になってるじゃねえかよ」

「……それはどうかしらね」

浅葱はなぜか不敵な表情を浮かべて、天井の亀裂からのぞく空を一瞥した。単なる意地や虚勢とは違う。〝カインの巫女〟と呼ばれる彼女は、異境についてなにか矢瀬たちの知らない情報を持っているらしい。

「心配無用にござる、総帥殿。拙者も異境とやらまでお供つかまつるゆえ。もとより〝紅葉〟

は復座機でござるしな」

なおも複雑な表情を浮かべる矢瀬に、リディアーヌが力強い笑顔を向けてくる。もっとも、小学生女子に励まされたところで、余計に不安が募るだけなのだが。

そしてそんなリディアーヌの隣で、乗り物酔いからどうにか立ち直った結瞳が顔を上げ、

「そうですね。あたしも浅葱お姉さんと一緒に行きますから」

「え!?　結瞳ちゃんも来るつもりだったの？」

甲高い驚きの声を上げたのは浅葱だった。おまえも聞いてなかったのかよ、と矢瀬は呆れながら、浅葱と結瞳の顔を見比べる。

「当然です。私だって婚約者としてお役に立つところを古城さんに見せないと」

先ほどの浅葱に張り合うように、堂々とした口調で言い放つ結瞳。以前、ブルーエリジアムで起きたレヴィアタン襲撃事件の際、結瞳は古城にプロポーズされたと主張しているのだ。しかもその場にいた雪菜の反応を見る限り、まったくの誤解というわけでもないらしい。

「待って、婚約者ってなに!?　あなたが勝手に言ってるだけじゃなくて？」

さすがに結瞳の発言を看過できなかったのか、浅葱がムキになって問い詰める。一方の結瞳はなぜか余裕めいた表情を浮かべて、

「知らないんですか、浅葱お姉さん。口約束でも契約は成立するんですよ」

「いや、それは知ってるけども……！　ああもう、どうなってるのよ、〝戦車乗り〟!?」

「拙者が学び舎を出立する際、結瞳殿に事情を伝えたところ、このような顛末になったのでござる。結瞳殿は拙領地の領主であるゆえ、いかんとも逆らいがたく」

リディアーヌが少し困ったように唸った。夜の魔女リリスの転生体——世界最強の夢魔である結瞳は、現在、絃神島で最大の勢力を誇る天奏学館ドメインの領主である。つまり領地の臣民であるリディアーヌにとっては、彼女は仕えるべき主君ということになる。そんな結瞳の命令に、サムライかぶれのリディアーヌが逆らえるはずもない。

というわけで、自分も異境に同行すると言い張る結瞳を、リディアーヌは断れなかったらしい。

「いやでも、この戦車、二人乗りなんじゃやないの？」

浅葱がしぶとく反論する。しかし結瞳はにっこりと強気に微笑んだ。

「大丈夫です。私、自分で飛べますから」

「ぐぐっ……」

めずらしく相手に言い負かされた浅葱が、悔しげに唇を波打たせる。

転送用の〝門〟が絃神島の上空に出現する以上、異境に行くためには、輸送ヘリなどの飛行手段が必要だ。リディアーヌの戦車がオプションの飛行ユニットを装着しているのも、それを見越してのことだろう。

しかし結瞳は自前の翼で空が飛べる。それに夢魔の精神支配能力で飛行型の魔獣を操り、運んでもらうという手段もある。浅葱がどれだけ反対しても、結瞳は一人で異境まで行くことができるのだ。

「……滅茶苦茶だな、おい」

うんざりした口調で呟きながらも、矢瀬は頭の中で計算を始めていた。

古城が第四真祖の力を手放した今、神獣レヴィアタンすら操る結瞳は、絃神島最強の魔族の一人だ。〝聖殲〟の使い手である浅葱を乗せたリディアーヌの戦車も、反則的な戦闘能力を発揮すると考えて間違いない。

実際、シャフリヤル・レン率いるMARの部隊とまともに戦える人工島管理公社の手札は、おそらく彼女たちだけだろう。特区警備隊の全部隊を護衛につけた上で、三人を異境へと派遣する。あながち非現実的な案とも言い切れない。

だが、その場合の彼女たちの生還率はどの程度になるか――

無意識にそんな冷酷なことを考えていたせいか、背後に近づいていた誰かの存在に、矢瀬はギリギリまで気づかなかった。

「――総帥」

抑揚の乏しい冷静な声に、うおっ、と間抜けな声を上げて矢瀬は振り返る。

薄暗いロビーの通路に立っていたのは、秘書ふうのビジネススーツを着た女性だった。肩口で切りそろえた青色の髪は、彼女が人工生命体であることを示している。

「どうしたんだ、アナトさん？　まだなにか急ぎの仕事か？」

人工島管理公社秘書の人工生命体に、警戒の表情を浮かべて矢瀬が訊く。

矢瀬は、肩書き上は矢瀬財閥の総帥ということになっているものの、実務を取り仕切っているのは実兄の幾磨である。その幾磨の秘書が、こんなところまで矢瀬を追いかけてきたということは、少なくとも緊急の用件なのは確実だった。ひたすら面倒な予感しかしない。

しかし青髪の秘書は、あくまでも無表情なままうなずいて、

「肯定。ですが、まずは総帥ではなく、藍羽様に」

「あたし？」

名指しされるとは思っていなかったのか、浅葱が困惑したように眉を寄せる。

その直後、青髪の秘書の背後から、小柄な女性が姿を現した。

「こんなところにいたか、藍羽浅葱」

「え？　那月ちゃん？」

人形めいた幼い美貌の女教師を見て、浅葱がぱちぱちと目を瞬いた。行方知れずになっていたはずの那月が、まさか自分を探しているとは思っていなかったのだろう。

「話がある。悪いが同行してもらおう」

しかし事情を説明することなく、いつもの傲岸な口調で那月が言う。

浅葱は少しムッとしたように担任教師の魔女を睨みつけ、

「今から？　なんで？」

「暁古城の眷獣が暴走した」

「……は？」

さすがにその答えは予想外だったのか、浅葱がしばらく言葉を失った。

「こ、古城の眷獣が暴走って、なんでそんなことになってるのよ？　あいつ、第四真祖の力を手放したんじゃなかったの？」

「話はあとだ。説明している時間がない」

詰め寄ってくる教え子を、那月が冷たく突き放す。

そして那月は無感情な瞳を、立ち尽くしている結瞳とリディアーヌに向けた。その瞬間、二人の小学生はビクッと怯えたように肩を寄せ合って硬直する。どうやら結瞳たちは、過去に那月になにか酷い目に遭わされたことがあるらしい。自分たちよりも小柄な魔女を見る二人の表情には、隠しきれない恐怖の色が浮かんでいた。

「ディディエ重工の強化人間と、夢魔の娘か。ついでだ。貴様らも一緒に来い」

「ぬ……？」

「あ、あの……」

結瞳たち二人の返事を待たずに、那月が空間転移の魔術を発動する。波紋のような揺らぎが虚空に広がり、背後の有脚戦車ごと、二人の小学生の姿がかき消えた。

「おい、那月ちゃん！」

那月の横暴を見かねた矢瀬が、思わず声を荒らげる。だが、その声が届く前に、那月は再び魔術を発動させて姿を消していた。いつの間にか浅葱もいなくなっている。

あとに残されたのは、矢瀬だけだ。

「……古城の眷獣が暴走って、なんだ？　なにがどうなってる？」

まったく理解不能な事態に、矢瀬は本気で頭を抱えた。

吸血鬼の力を手放したはずの古城が、なぜか今になって眷獣を暴走させ、それを知った那月が、浅葱と小学生コンビを連れ去った。どうしてそんなことになっているのか、さっぱり状況がわからない。と、

「──総帥」

「うわ⁉　アナトさん、まだいたのか？」

気配を感じさせない青髪の秘書を、矢瀬は顔を引き攣らせながら見返した。

秘書は表情を変えないまま、クリップボードに束ねられた書類を矢瀬の前に差し出してくる。

「こちらに承認のサインをいただきたいと、矢瀬幾磨室長からの要請です」

「あ、ああ……なんだ、そんなことか」

署名用のペンを受け取って、矢瀬は書類に目を落とす。そして目を血走らせて息を呑んだ。

それほど特殊な書類というわけではない。ごくありふれた事務手続き上の申請書だ。だが、

わざわざ矢瀬にその書類が回されてきたのは、申請者があまりにも特殊な人物だったからだ。

「——キーストーンゲート上空への侵入許可証？　ちょっと、待て。なんであの人が……⁉」

流麗な欧文で記された申請者の署名を眺めて、矢瀬は呆然と呟いた。

書類のレターヘッドに描かれていたのは、大剣を持つ戦乙女。

とある王家の紋章だった。

4

叢雲珈琲店は、絃神市内に八店舗を構えるチェーン系のカフェだった。高品質のコーヒーをそこそこの値段で提供し、おまけに美形の店員が多いという評判で男女問わず高い人気を誇っている。

しかし今日に限っては、客たちの注目を集めているのはその美形店員たちではない。

「おい、見ろよ」

よく日焼けしたチャラそうな金髪の大学生が、隣の友人の肩をつつきながら、店の奥のカウンターを指さした。

カウンターの前で飲み物を待っているのは、高校生の二人組だ。

一人は彩海学園の制服を着た小柄な黒髪の少女。強い輝きをたたえた大きな瞳が印象に残る、ちょっと人間離れした感のある、とんでもなく可憐で端整な容姿の持ち主だ。

彼女の隣にいるのは、見慣れない制服を着た女子高生。清楚な雰囲気のミディアムボブで、こちらも相当可愛らしい顔立ちをしている。

親しい先輩後輩という間柄なのだろうか。共に生真面目そうな印象で、目立つ容姿のわりに世間ずれしていない雰囲気がなかなか魅力的だ。

「なんだありゃ。レベル高ェな……芸能人か？」

店内なのにサングラスをかけたままの友人が、呆気にとられたような呟きを洩らす。至極もっともな感想だった。金髪のチャラ男も真剣に考えこんで、

「どうだろうな。制服着てるし、普通に学生だとは思うが」

「……だな。ちょっと声かけてみるか、俺、右の黒髪な」

サングラス男が、気合いを入れるように自分の頬を叩く。ナンパするにはハードルの高そうな相手だが、あれほどの美少女たちを前にして声をかけないという選択はあり得ない。

「じゃあ、俺は胸が大きいほうの――」

飲みかけのコーヒーをひと口啜って、金髪男がそう言いかけたとき、その耳元でトスッ、と気が抜けたような音がした。

「う熱ちっ！」

コーヒーカップから洩れだした中身が、金髪男の指を濡らしている。

ふと見ればカップを貫通するような形で、男の人差し指と中指の隙間に、銀色の針が突き刺さっていた。長さ二十センチほどもありそうな金属製の細い針だ。その針がカップに穴を空け、その結果、中のコーヒーがこぼれ出したのだ。

「は……針？　なんで喫茶店の中に針が……!?」

カップを握る手を震わせながら、男がうめく。

磁器製のコーヒーカップを貫通する針。サイズからしてもただの縫い針とは思えない。当たりどころが悪ければ、最悪、即死の可能性もある。いや、むしろこれはそのために造られた針ではないのか、という気がした。暗殺者が隠し持つための武器として――

「誰の胸が、なんだって……？」

すぐ近くから聞こえてきた静かな声に、金髪男はハッと我に返る。目の前に立っていたのは、両サイドだけを長めに残したショートヘアの女子高生だった。彼女が着ている制服は、カウンター前のミディアムボブの少女と同じものだ。

彼女の両手に握られているのが、カップに突き刺さっているのと同じ金属製の針だと気づいて、男は声にならない悲鳴を上げる。

全身を冷や汗で濡らしながら、男は、サングラスの友人に助けを求めようと眼球だけを横に巡らせる。しかし彼の耳に聞こえてきたのは、友人の懇願の声だった。

「た、助けて……！　助けてくれ……！」

黒髪の少女に声をかけようとしていたサングラス男は、右腕を中途半端に上げたままの不自然な姿勢で固まっている。彼の首筋に突きつけられていたのは、抜き身の刃だ。髪をポニーテールに束ねた長身の少女が、銀色の長剣をサングラス男の喉元に押し当てていたのである。

「これだから下賤で下品で下劣で下卑たナンパ男なんて下等生物は……！」

憎悪のこもった眼差しでサングラス男を睨みつつ、長身の少女が低く吐き捨てる。

「うちの雪菜に！」

「唯里に！」

「「手を出そうなんて！」」

長身の少女が剣を振り上げ、ショートヘアの少女が針を持った両手を振りかぶった。

まごうかたなき鮮烈な殺気に、二人の男は今度こそ腹の底から絶叫した。

「う、うわあああっ……！」

「ひいいいいいっ！」

殺されるという恐怖だけに衝き動かされて、脇目も振らずに逃げ出していく二人。そんな男たちを見送って、少女たちが渋々と武器を降ろす。

「ふん……まったく」

隠し武器の針を制服の袖口にしまいながら、志緒が不満そうに息を吐いた。

「少し甘くなったのではないか、煌坂。あのような連中の頸動脈の二本や三本、サクッと斬っておいても罪に問われることはないと思うが」

「それを言うなら甘いのはそっちでしょう、斐川志緒。あなたが二人まとめて呪術砲撃で吹き飛ばしておけば、私が手を下すまでもなかったはずなんだけど？」

鞘代わりの楽器ケースに長剣を収めつつ、紗矢華が頰を膨らます。

その直後、パチン、と誰かが指を鳴らすような音がした。前触れもなく襲ってきた衝撃波を額に喰らって、紗矢華と志緒が悲鳴を上げる。

「一般市民相手になにをやってるんだ、おまえたちは」

呆れたような冷ややかな声の主は、豪奢なドレスを着た小柄な影だった。どこからともなく姿を現した南宮那月が、紗矢華たちに向かって冷ややかに言い放つ。紗矢華と志緒が、武器を振り回してナンパ男たちを追い払う様子は、しっかり目撃されていたらしい。

「痛ったあ……！」

「くううっ……！」

苛烈な戦闘訓練を受けた獅子王機関の舞威媛は痛みには慣れているのだが、那月の不可視の衝撃波は、人体に効果的に苦痛を与える強さに調整されているらしく、紗矢華と志緒は涙目になったまま動けない。

「志緒ちゃん？　煌坂さんも、なにやってるの？」

注文した飲み物を抱えて戻ってきた唯里が、うずくまる紗矢華と志緒を見て怪訝な顔をした。

「いや……なんでもないんだ」

「ちょっと部外者の人払いをね」

志緒と紗矢華が泣きそうな声で説明する。

純真な唯里は、自分がもてることを自覚していない。そんな唯里を不埒な目で見る男たちは、これからも自分が護るのだ。そんな決意を新たにしつつ、志緒は額を押さえてうめく。

「はあ……」

唯里は、そんな志緒たちを、どこか困ったような表情で見つめていたのだった。


「獅子王機関の舞威媛というのは馬鹿しかいないのかしら？」

叢雲珈琲店のオープンテラス席。日除けのパラソルの下に座った妃崎霧葉が、ガラス越しの店内を眺めて冷淡に呟いた。一般市民を相手に武器を振り回して暴れた紗矢華と志緒が、南宮那月に制裁されてのたうち回っているところである。

「まったく返す言葉もないね」

霧葉の呟きに答えたのは、縁堂縁の使い魔の黒猫だった。本来はペット持ちこみ不可の飲食店だが、屋外のテラス席ということで大目に見てもらっているらしい。

喫茶店にたむろする同世代の少女たちと猫。一見のどかな光景だ。

だが、もちろん霧葉や獅子王機関の攻魔師たちは、互いに馴れ合うためにこのカフェを訪れているわけではない。眷獣を植えつけられて暴走した暁古城――その対策をこれから話し合う予定なのだ。

時刻はすでに午後一時をだいぶ過ぎている。

暁古城が再び解放されるまで、残された時間は十時間あまり。本土に応援は要請してあるが、領主選争の混乱のせいで、獅子王機関も太史局も大きな戦力を動かせそうにない。暁古城の騒動は、ここにいる人間だけで片付けなければならない可能性が濃厚だ。

「妃崎さんの天然塩キャラメルカプチーノのホットです。師家様には猫用の山羊ミルクを」

トレイを持って戻ってきた雪菜が、溜息をつく霧葉たちの前に、それぞれ頼まれていた飲み物を置く。そんな雪菜を見上げて、霧葉は皮肉っぽい笑顔を浮かべた。

「あなた、そういうの似合うわね、姫柊雪菜。攻魔師なんかやめてカフェの店員に転職したら？　あなたなら商店街の看板娘くらいにはなれてよ？」

「あはは……」

賞賛とも嫌味ともつかない霧葉の台詞に、雪菜は曖昧に笑って応じる。

雪菜が給仕に慣れているように見えるとしたら、それは凪沙の影響だろう。暁家で日常的に夕飯をご馳走になることになって以来、サービス精神旺盛で品数が多い凪沙の料理を食卓に運ぶのが、雪菜の日課になっていたからだ。

だが、そんな平和な日々も、古城を救い出すことが出来なければ二度と戻らない。そう思うと否応なく焦りがこみ上げる。

「うちの貴重な剣巫に変なことを吹きこむのはやめとくれ」

口の周りに山羊乳の滴をつけた黒猫が、霧葉を迷惑そうに睨んで言った。霧葉が無言で肩をすくめて、雪菜はそんな霧葉の隣に座る。

店内に残っていた紗矢華たちも、テラスに出てくるところだった。

那月の折檻のダメージが残っているのか、どこかしょんぼりとした様子の紗矢華と志緒を、唯里がやや呆れ顔で案内してくる。

そして彼女たちに続いて現れたのは、彩海学園の制服を着崩した華やかな髪型の女子高生と、名門女子校の制服を着た二人の小学生だった。

「藍羽先輩……！」

彼女の姿を見て雪菜は安堵する。古城に腹を立てて学校を飛び出した彼女に、協力を拒まれたらどうしようと心配していたのだ。

「これはいったいなんの騒ぎなの？」

アイスコーヒーのカップを手の中で回しながら、浅葱が不機嫌そうに訊いてくる。

　雪菜はなにも答えられずに沈黙して、助けを求めるように縁の使い魔の黒猫を見た。浅葱に伝えるべき情報が多すぎて、正直なにから説明すればいいのかわからない。しかし黒猫は山羊ミルクを舐めるのに夢中で、浅葱の疑問に答える気はなさそうだ。

　そのせいで雪菜が途方に暮れていると、

「あら、江口結瞳？」

　隣に座っていた霧葉が、浅葱の背後の小学生を見て微笑を浮かべた。それはそれは実に見事な悪役っぽい微笑みだ。

「ひっ……！」

　結瞳が小さく声を上げて硬直する。彼女は以前、霧葉に利用される形で、危うく命を落としかけたことがあるのだ。しかし霧葉にして見れば、結瞳の反応は心外なものだったらしい。

「なにその態度。べつに取って喰ったりはしないわよ。あなたにはいつか謝りたいと思ってたんだから。ほら、おいでおいで」

「うう—……」

　大きな目を開いて身構えた結瞳が、きしゃーっ、と猫のように息を吐きながら霧葉を威嚇する。そんな結瞳を面白がって、じりじりと彼女ににじり寄ろうとする霧葉。

「やめなさい！　結瞳ちゃんが恐がってるでしょうが！」

　睨み合う霧葉と結瞳の間に紗矢華が割って入り、どうにかその場は事なきを得る。が、前途は多難だと雪菜は肩を落とした。こんな調子で本当に話し合いが成立するのか、不安が募る。

「あの……どうして結瞳ちゃんたちまで？」

思わず恨みがましい口調で那月に訊く。いつの間にかテーブルに着いていた那月は、この店の味が口に合わなかったのか、不満そうな表情で紅茶を啜りつつ、

「藍羽と一緒にいたのでな。暁の婚約者だなんだと騒いでいたのでついでに連れてきた。暁と縁のある娘は、一人でも多いほうがいいだろう？」

「たしかにそれはそうなんですけど……」

雪菜はなんとも言えない表情を浮かべて黙りこむ。いくら古城のことを慕っているとはいえ、まだ小学生の結瞳に、吸血鬼の〝血の従者〟の話を聞かせるのは、さすがに問題があるのではないかと思ったのだ。

「で……？　古城の知り合いの女の子ばかりこんなに集めてどうするつもり？　どこかに閉じこめて殺し合いでも始めようっての？」

いつまでも本題に入らないことに苛立ったのか、浅葱が棘のある口調で訊いてくる。

その挑発に応じたのは、もちろん霧葉だった。

「あら……それはそれで愉しそうね。だとすれば真っ先に潰されるのはあなただと思うけど、いいのかしら、〝カインの巫女〟？」

一触即発で睨み合う浅葱と霧葉のせいで、雪菜はキリキリとした胃痛を覚えた。

今度は紗矢華も、霧葉を止める気はなさそうだ。

殴り合いの喧嘩なら一般人の浅葱が六刃神官の霧葉に勝てる道理はないのだが、ここは絃神島である。浅葱は、衛星レーザー砲を含めた絃神島の全インフラを、自分の武器として自在に操れる。おまけに〝カインの巫女〟である浅葱は、〝聖殲〟の魔具たる絃神島そのものに護られているともいわれている。

世界そのものを書き換える禁呪が自動発動して、彼女を決して死なせないのだ。ありとあらゆる偶然と必然に護られた浅葱を殺しきるのは、霧葉にとっても容易なことではないはずだ。

それを知っているからこそ、霧葉は、浅葱がブルーエリジアムを訪れたときを狙って彼女を殺そうとしたのだが――

「えっと……ごめん、誰だっけ？」

そんな霧葉をじっと見つめながら、浅葱が困ったような口調で言った。

浅葱を攻撃的に睨んでいた霧葉が、居心地悪そうに目を逸らす。霧葉は、抹殺対象である浅葱のことを当然知っていたのだろうが、浅葱は霧葉が自分を殺そうとしていたことを知らない。直接顔を合わせるのも初めてだ。

そのことに最初に気づいた志緒が、ぶふっ、とこらえきれずに噴き出した。唯里が、少し慌てて志緒の口元を覆って、

「ぷっ……くっ……だ、駄目だよ、志緒ちゃん。笑ったら妃崎さんに悪いから……」

「だって、あんな恰好つけて挑発しておいて、実は初対面でした、とか……」

小声で囁き合いながら、二人は肩を小刻みに震わせる。

そんな状況でも霧葉は必死に冷静を装って、

「……そうね、自己紹介を怠った無作法は謝るわ、藍羽浅葱。私は太史局の妃崎霧葉。以前、そこの江口結瞳を利用して、あなたをブルーエリジアムごと吹っ飛ばそうとした実行犯といったら、思い出してもらえるかしら？」

「ああ……あったわね、そんなことも。このところあちこちから命を狙われ過ぎて、すっかり忘れてたわ」

浅葱がハッと霧葉の言葉を鼻先で笑い飛ばす。

余裕ぶったその態度に業を煮やしたのか、霧葉は殊更に尊大に胸を張り、

「ついでに言えば、私と暁古城は、二人で一緒に温泉旅館に行った間柄よ」

「は？」

浅葱が初めて表情を強張らせた。もっとも、驚いているのは彼女だけではない。紗矢華や結瞳や唯里やなぜか志緒までもが、一斉に霧葉を睨んでいる。

霧葉はようやく満足したように薄く口角を上げて、

「もちろん二人きりで温泉にも入ったわ」

「な、なにそれ!?　詳しく説明してもらおうじゃないの!?」

胸ぐらを絞め上げるような勢いで、霧葉に詰め寄ったのは紗矢華だった。

一方、唯里は、混乱したような表情で雪菜を見つめて、

「雪菜、今の話、本当なの⁉」

「ええ、まあ……嘘ではないですが」

「姫柊はそれでいいのか……⁉」

ダン、とテーブルを叩いて志緒が立ち上がる。

「それは、その、なんていうか、いろいろ事情がありまして」

歯切れの悪い口調で答えながら、雪菜はそっと目を伏せた。そのあたりの経緯を、あまり詳しく説明すると、雪菜も温泉旅館に同行して一緒に泊まっていたことがバレるのだ。

上司である縁に報告書は提出しているものの、意識不明の古城を看病する際に寝落ちして、同じ布団で朝を迎えたことなどはもちろん隠してある。唯一、その事実を知る霧葉を刺激して、うっかり暴露されるのはなんとしても避けたいところだ。

そんな雪菜の願いが届いたのか、テラス席に唐突な声が響き渡る。

「おお、皆の衆、勢揃いだな。待たせて済まぬ！」

場違いなほど明るい声の主は、身長三十センチにも満たない、オリエンタルな美貌の人形だった。雪菜と同じ制服を着た銀髪の少女が、その人形を抱いて控えめな微笑を浮かべている。

「……誰？」

霧葉が、胡散臭いものを見るような視線を人形に向けた。

人形は、待ってましたとばかりに大きくうなずいて、

「うむ、よくぞ訊いた、目つきの悪い娘よ。妾はヘルメス・トリスメギストスの末裔にして、大いなる作業を究めし者。パルミアのニーナ・アデラードである」

「……古の大錬金術師、ニーナ・アデラード？　この珍妙な生き物が？」

仁王立ちするニーナを見返して、霧葉は信じられないというふうに首を振る。実に当然の反応だった。なにしろニーナ・アデラードといえば、齢二百七十歳を超えるといわれる伝説的な錬金術師なのだ。この怪しい着せ替え人形のような代物がその名を名乗ったところで、すぐに受け入れられるものではない。

「すると、あなたが叶瀬夏音ね？」

霧葉がどうにか気を取り直して、銀髪の少女に確認する。

「はい、私でした。すみません、遅くなりました」

夏音は柔らかく笑ってうなずき、その場を見回して頭を下げた。

おそらく嫌味のひとつも言ってやろうと待ち構えていた霧葉は、先に夏音が謝るとは思っていなかったのか、タイミングを外されて決まり悪そうに黙りこむ。天然でつかみどころのない夏音のようなタイプは、さすがの霧葉も扱いづらいらしい。

「――べつにあなたが謝る必要はないでしょう」

最後にテラスに現れたもう一人の少女が、人々の視線から夏音を庇（かば）うように前に出る。長い頭巾（ウィンプル）を被った白い髪の少女だ。彩海（さいかい）学園中等部の制服に剣帯（けんたい）をつけ、幅広の鞘（さや）に収められた剣を提げている。

「いきなり叩（たた）き起こされて連れて来られたと思ったら、これはどういう面子（メンツ）ですの？　どこかに閉じこめて殺し合いでもさせるつもりなら、受けて立ちますわよ？」

テラスにいる攻魔師（こうまし）たちを見回して、香菅谷（かすがや）雫梨（しずり）が剣の柄（つか）に手をかける。

いくら魔族特区といえども、これだけの人数の攻魔師や魔族が一カ所に集まる機会は少ない。ましてや理由も聞かされずに集められたのなら、雫梨が警戒するのも無理はなかった。だが、

「あー……ごめん。その話はもう終わったから」

浅葱（あさぎ）が面倒くさそうに答えて、ヒラヒラと手を振った。雫梨はムッとしたように唇を曲げて、

「は⁉　ですから、説明しろと言っているのです！　終わったってなんなんですの⁉」

「たしかにそうだな。説明に入らせてもらおうか。あまり時間もないのでな」

それまで無言だった那月（なつき）が、不意に口を開いた。

全員が黙りこんで彼女に注目する。所属も種族も立場も違う少女たち。共通している点はたったひとつ——全員が暁古城（あかつきこじょう）の関係者ということだけだ。

そんな少女たちを眺めて、那月は淡々と告げた。

「面倒な話は抜きだ。貴様ら、悪いが、暁古城の妻になってくれ」

その瞬間、陽当たりのいいカフェのテラス席は、異様な緊張感と軋むような沈黙に包まれた。

5

「つ、妻？　妻って、新妻とか人妻とか幼妻とかの妻？」

真っ先に口を開いたのは、紗矢華だった。最初に動揺から立ち直ったというわけではなく、単に動揺のあまり思考がダダ漏れになった、という印象が近い。

「暁古城と結婚しろということか？」

続けて志緒が確認する。この場にいる中では比較的冷静に見える志緒だが、蓋をしたままのプラスチックカップから必死にアイスコーヒーを飲もうとしているあたり、やはり少なからず混乱しているらしい。

「安心しろ。結婚といっても偽装結婚だ。今夜ひと晩だけ、あいつにつき合ってくればいい」

そんな志緒たちに向かって、那月がさらに意味深な言葉を投げかける。

絶句して石のように固まっていた雫梨が、その言葉でハッと正気を取り戻し、

「ど……どういうことですの!?　ひと晩だけの結婚なんて、そんなふしだらな婚姻関係、聖団の修女騎士として認められませんわ！」

「そ、そうだ！　だいたいそんなので式や披露宴はどうするんだ？」

やはり混乱しているのか、志緒が激しく的外れなことを口にする。

くいくい、と志緒の袖を引き、意外にも冷静に諭したのは唯里だった。

「カス子ちゃん、志緒ちゃん……妻というのは、たぶん吸血鬼の〝伴侶〟のことだと思うよ」

「……は？」

「吸血鬼の〝血の伴侶〟？」

雫梨と志緒が、ぽかんと目を見開いて那月を見る。那月は、ふっ、と素っ気なく息を吐き、

「ほかにどんな意味があると思った？」

「わざと誤解を招くように言いましたね？」

雪菜はやれやれと息を吐き、半眼になって那月を睨みつけた。

「貴様らの反応を見てみたかったのでな」

那月は悪びれることなく言い放ち、その場にいる全員の顔を確認する。

いまだ動揺醒めやらぬ紗矢華や志緒と、怒りをあらわにしている雫梨。意外に冷静な唯里と、頬を赤らめて恥じらっている夏音。霧葉はふて腐れたように頬杖をつき、結瞳は古城の妻になれという那月の言葉を当然のように受け入れていた。むしろ吸血鬼の〝伴侶〟の話だと聞かされて、落胆しているような気配すらある。

一方、リディアーヌは、他人事のような顔で平然とオレンジジュースを啜っている。そして浅葱は無言のまま、退屈そうにストローを指先で回していた。彼女がなにを考えているのかは、

雪菜にもさっぱりわからない。

「ですけど、今さら古城の〝血の伴侶〟というのはどういうことですの？　あの男、第四真祖の力を手放して普通の人間に戻ったと聞いていましたのに……」

雫梨が訝しげに首を傾げて呟いた。

彼女は〝吸血王〟と古城の最後の戦いを見ていたわけではない。だが、雫梨が負傷の手当のために滞在していた人工島北地区の第六魔導研究所には、獅子王機関の閑古詠がいた。おそらく雫梨は、そこで古城が第四真祖の力をなくしたことを知らされたのだろう。

「――完全に手放したわけじゃなかったってことでしょ」

浅葱が突き放すようにぼそりと言った。

「第四真祖の眷獣はアヴローラちゃんに譲ったけど、あいつの身体は完全な人間には戻らずに、吸血鬼の性質を残していた。違う？」

「気づいてたんですか？」

雪菜は驚いて浅葱を見つめる。

「でないと、計算が合わないものね」

浅葱は特に誇ることもなくそう言った。第一真祖に指摘されるまで、雪菜がまったく気づかなかった事実に、浅葱は早い段階で辿り着いていたらしい。

「……はい。暁先輩の肉体は、完全な人間ではなく吸血鬼でもない不安定な状態でした。その先輩に、第一真祖の〝伴侶〟が〝吸血王〟の眷獣を無理やり植えつけたんです」

詳しい事情を知らない者にもわかるように、雪菜があらためて説明する。

予想どおりというわけでもないが、素直に驚きの声を上げたのは志緒と唯里だった。

「第一真祖⁉」

「〝吸血王〟の眷獣って、どうやって……？」

「そうか……あのとき、ザナ・ラシュカは……」

ただ一人、紗矢華だけが悔しそうに唇を噛んでいる。

雪菜と共にザナと戦った紗矢華もまた、ザナがあの場に現れた理由に気づいたのだ。

消滅する〝吸血王〟の眷獣を封印するという真の目的に備えながら、ザナ・ラシュカは、雪菜と紗矢華を圧倒した。二人がかりで挑んだにもかかわらず、雪菜たちは余裕を持ってあしらわれてしまったのだ。その結果が、古城が暴走し、絃神島が消滅の危機に瀕しているという今の状況だ。

「今の暁先輩には、当然、〝吸血王〟の眷獣を制御することはできません。彼らを掌握するための時間も魔力も足りないから」

感情を圧し殺した声で雪菜が続ける。

「ふむ。そこで伴侶が必要という話になったのでござるな」

それまで黙っていたリディアーヌが、合点がいった、というふうに呟いた。

雪菜は小さくうなずいて、銀色の鎖をテーブルの上に置く。ザナが用意した触媒の鎖だ。

「ニーナさん、これを指輪に加工してもらうことは出来ますか。十一人分必要なんですが」

「……なんと、灰輝銀ではないか。これはまたずいぶんと稀な金属を……！」

「院長様、涎でした」

雪菜から鎖を受け取って頰ずりせんばかりに喜ぶニーナを、夏音が優しくたしなめる。〝雪霞狼〟によく似た質感のこの鎖は、実は古の大錬金術師が喜ぶくらいの貴重品だったらしい。

「しかし、惜しいの。これだけの量の灰輝銀、混ざり物さえなければ、城ひとつ建てても釣りが来たであろうに……！」

「混ざり物でした？」

諦めきれないようにうめくニーナに、夏音が尋ねる。うむ、とニーナが首肯して、

「古城の血と肉だな。なるほど、これを触媒に霊的経路を結ぶ気か」

雪菜の意図を察したニーナは、鎖に無造作に魔力を流した。

まるで出来の悪い知恵の輪のように鎖の連結がぽろぽろと解除され、十一個の鎖環が、同じ数の指輪へと変わる。宝石などは嵌め込まれていないが、意外に凝ったデザインなのは、ニーナの粋な計らいだろう。

「わたしの指輪と合わせて十二人ぶん——第一真祖の試算では、これで血の伴……いえ、〝血の従者〟を十一人揃えれば、暁先輩は〝吸血王〟の眷獣を制御できるようになるはずです」

新しく生み出された十一個の指輪を、丸く円のように並べて雪菜が言った。

「要は私たちに贄になれと言うわけね？　眷獣に捧げるための供物になれ、と？」

霧葉が偉そうに脚を組んでふんぞり返る。縁の使い魔の黒猫が、苦笑するように目を細めて、

「もちろん強制する気はないよ。そもそも獅子王機関にはあんたに命令する権利はないしね。だからこうやって頭を下げてお願いしているのさ」

「猫に頭を下げられてもまったく誠意を感じないのだけれど？」

霧葉が額に手を当てて、溜息をついた。

「だが、暁の眷獣が完全に暴走すれば、この島は跡形もなく吹き飛ぶだろうな」

南宮那月が無表情に告げる。雫梨が、ビクッと肩を震わせた。彼女は〝吸血王〟の眷獣を間近で見ているだけに、那月の言葉が誇張ではないと気づいたのだろう。

「暁古城は今どこにいますの？」

「ジャーダが……今は第三真祖が異界に閉じこめてくれています。期限は今日の真夜中、深夜零時まで。それ以上は彼女の力でも封印が保たないと」

「住民の避難は間に合いそうにありませんわね」

雫梨がきつく唇を噛んだ。彼女はかつて大規模魔導テロによって、故郷の〝イロワーズ魔族特区〟を失っている。雫梨の仲間たちは、住民の避難誘導に最後まで尽力し、結果、雫梨を除く全員が命を落とした。そのことを思い出したのかもしれない。

「よろしい、ならばこのわたくしが犠牲になって差し上げますわ！」

なにかを吹っ切ったような強気な笑みを浮かべて、雫梨が勢いよく立ち上がる。しかしそんな雫梨の決意は、予想外の人物の声によって挫かれた。

「雫梨ちゃんは駄目でした」

夏音がいつもと同じ柔らかな表情で、しかしきっぱりと宣告する。

「な、なぜですの⁉」

焦って訊き返す雫梨の手脚には、よく見れば厳重に包帯が巻かれていた。指輪を嵌めるべき左手の薬指と小指も、当て木つきでがっちりと固定されている。

「カス子ちゃんの怪我はひどかったの？」

唯里が心配そうな声で夏音に訊いた。雫梨が少し困ったように顔をしかめる。説明するタイミングを逃してしまったせいで、唯里はカス子が雫梨の本名だと素で勘違いしているのだ。

「た、たいしたことはありませんわ」

「肋骨四本と左腕尺骨を骨折、あとは打撲と捻挫、肉離れ。関節の腱も傷めているね。正直、立って歩いているのが不思議なくらいだよ」

懸命に強がる雫梨を無視して、黒猫が淡々と負傷部位を羅列する。

予想以上の雫梨の惨状に、雪菜たちは驚き呆れ果てた。それは普通に絶対安静レベルの重傷のはずだ。古城のことを心配している場合ではない。

「鬼族(オグレス)の肉体は頑丈だが、獣人(じゅうじん)や吸血鬼のような再生能力はないからな。そこの白髪(しろかみ)には領主特権で魔力が供給されているから、一時的にハイになっているようだが」

「聖団(ギゼラ)の修女騎士(パラディネス)の加護ですわ……！」

冷静に解説する那月(なつき)に、雫梨は小声で反論する。雪菜にも薄々わかってきたのだが、雫梨が修女騎士(パラディネス)の加護と言い出すのは、たいてい彼女がやせ我慢をしているときらしい。

　雫梨はそれでも自分は大丈夫だと主張して指輪を奪おうとするが、そのたびに唯里たちに邪魔されて苦痛に顔を歪(ゆが)める。そしてそんな雫梨を尻目(しりめ)に、彼女の隣にいた銀髪の少女が、そっと指輪に手を伸ばした。

「院長様、指輪をひとつくださいますか？」

「え？　叶瀬(かなせ)夏音？」

　おっとりとした性格の夏音が迷わず大きな決断を下したことに、紗矢華(さやか)が驚いて声を洩(も)らす。言葉にこそ出さないが、霧葉(きりは)や唯里たちも意外そうな表情を浮かべていた。資料で知っている夏音の人となりと、彼女の行動のギャップに戸惑っているのだろう。

　一方で、指輪をねだられたニーナに動揺はない。意外に思いきりのいい夏音の性格を、つき合いの長いニーナはよく知っているのだ。

「うむ。主(ヌシ)ならば、こんなものだな」

　夏音の指に合うようにサイズを調整して、ニーナが夏音に指輪を渡す。夏音は、その指輪を左手の薬指に嵌めて、雪菜に見えるように手を掲げた。

「雪菜ちゃんとお揃い、でした」

嬉しそうに微笑む夏音を見て、雪菜は嬉しいような切ないような不思議な感情に襲われる。

さすがは彩海学園で〝聖女〟と呼ばれる美少女の微笑み。同性の雪菜ですら蕩けそうになる凄まじい破壊力だ。これなら暴走状態の古城ですら、ひとたまりもないだろう。

だがそれは、制御不能な眷獣の脅威に夏音をさらすということでもある。

「夏音ちゃん、本当にいいの？」

雪菜は、半ば脅すようなつもりで夏音に訊いた。複雑な生い立ちの夏音ではあるが、彼女は、雪菜たち攻魔師とは違う。たまたま強い霊力を持つだけの民間人だ。いくら非常事態とはいえ、こんな危険な作戦には本来関わらせるべきではない。

「お兄さんが私でもいいと言ってくれるなら、喜んで」

しかし夏音は、指輪を嵌めた自分の左手を、大切そうに右手で包みこむ。

「お兄さんにはこれまで何度も助けてもらいましたから。留吉と八さんと、ばーくろうも」

「え？　誰……？」

唐突に出てきた聞き慣れない名前に、雪菜は目を丸くした。監視役の雪菜の知らないところで、古城がまた余計なトラブルに巻きこまれていたのだろうかと不安になる。

しかし夏音はなにやら嬉しそうに、いそいそとポケットからデジタルカメラを取り出した。

そして撮影した写真を得意げに表示する。

「猫でした。お兄さんが里親探しを手伝ってくれました。とても嬉しかったです。そのときの写真もありました」

「わ、可愛いねえ」

「っ……くっ……」

写真をのぞきこんだ唯里が感嘆の声を上げ、同じ写真を見て紗矢華が小さく噴き出した。デレデレとした締まりのない表情で、猫たちと戯れている古城の写真である。

「そんな理由で吸血鬼の〝伴侶〟になると決めていいのか？　それはどうなんだ……？」

「それよりも私はその猫たちのネーミングセンスが気になるのだけれど」

常識人の志緒がなにやら深刻な表情で悩み始め、霧葉がぶつぶつと独りごちている。と、

「あ、あの！」

結瞳が突然勢いこんで立ち上がり手を挙げた。

「私も！　私も古城さんの〝伴侶〟になります！」

そう言って雪菜たちの返事を待つことなく、テーブルの上の指輪に手を伸ばす結瞳。だが、彼女が指輪をつかもうとした瞬間、結瞳の身体は虚空に溶けこむようにかき消えた。

その直後、テラスの植えこみの木の中から、くぐもった彼女の悲鳴が聞こえてくる。どうやら那月の空間転移で、植えこみの中に吹き飛ばされたらしい。

「言い忘れていたが、そこのチビっ子二人は今の話の対象外だ」

指を鳴らしたような姿勢のまま、那月が澄ました顔で告げる。

「ど、どうしてですか？」

バキバキと木の枝をかき分けながら、髪と制服を乱した結瞳が這い出してくる。

そんな彼女の姿を見つめて、雪菜は溜息をつき、

「そうですね、さすがに先輩に小学生の血を吸わせるのは問題ですよね」

「たしかにな。そこまで行くと吸血鬼というよりはただの変質者だからな」

志緒が真顔で同意する。

その会話を聞いていたリディアーヌが、どことなく不本意そうに唇を尖らせて、

「ならば、なにゆえ拙者たちを連れてきたのでござろうか？」

「おまえたちはついでだと言っておいたはずだが？」

那月が冷ややかにリディアーヌを睨んで黙らせる。

たしかに、無駄に能力と行動力だけはある上に、中途半端に事情を知っている小学生二人を、放置しておくのは少々危険だ。なにしろ彼女たちは、浅葱にそそのかされて聖域条約機構軍との戦争に加担したという前科持ちなのだ。教育者として、二人を自分の目の届くところに置いておきたいという、那月の気持ちはよくわかる。

「この島が沈むかどうかの瀬戸際なのに、そんなこと言ってる場合じゃないと思います！」

それでもめげずに抗議する結瞳。彼女の主張にも一理あるのが悩ましいところだ。

結瞳たちの会話を聞いていた雫梨が、ここぞとばかりに立ち上がり、

「小学生なんかに頼らなくても、〝従者〟の頭数が足りればよろしいのでしょう？」

「雫梨ちゃんは駄目でした」

得意げに胸を張ろうとした雫梨を、夏音がやんわりと椅子へと押し戻す。

「だからなんでですの⁉」

必死に抗議する雫梨だが、椅子に座らされただけで苦痛で涙目になっている彼女を、あえて危険な任務に連れて行こうなどと言い出す者はさすがにいない。ただ、

「いや……だが、たしかにカス子の言うとおりだな。絃神島の全島民の命がかかっているときに、獅子王機関の舞威媛が私情を持ちこんでいる場合じゃない」

「斐川志緒……⁉」

さっと手を伸ばして指輪をつかむ志緒を見て、紗矢華が愕然と目を剝いた。それほど古城と親しくないと思っていた同期生が、自分から古城の〝血の従者〟になると言い出したことに驚いているらしい。

しかし志緒の相方である唯里は、なぜかそれを予見していたような納得の表情で、

「そうなんだ……やっぱり志緒ちゃんも古城くんのこと……」

「ち、違う！　私は攻魔師として、市民の生命財産を護るために仕方なく……って、志緒ちゃ

んも、というのはどういう意味だ、唯里!?」

「雪菜、わたしにも指輪をもらえるかな」

志緒の詰問をあっさり無視して、唯里が雪菜に手を差し出す。

「……唯里さん……いいんですか？」

指輪を渡しながら、確認する雪菜。唯里は、いやあ、と照れたように笑って、

「わたしは前に古城くんに血を吸われたこともあるしね。い、嫌じゃなかったかな」

「なんだって!? 待て、唯里！ やっぱりあのときのアレはそういうことだったのか!?」

「な……な……」

唯里のまさかの告白を聞いて、志緒と紗矢華が目を白黒させる。

赤面している唯里の傍で、雪菜も同じように頰を赤らめていた。唯里が古城に血を吸われる羽目になったのは、彼女が、雪菜と古城の吸血行為をのぞき見していたのが原因なのだ。

そんなこんなで微妙な空気に包まれている獅子王機関の攻魔師たちの隣では、なぜか霧葉が、真剣な顔つきでニーナと向かい合っている。

「──だから、ここのところ、もう少し垢抜けたデザインにならないかしら。こんな感じのミニマルでラグジュアリーな感じに」

「注文の多い娘だな、キリハとやら……」

スマホで検索した参考画像を見せながら、ニーナに細かな指示を出している霧葉。どうやら

自分の指輪だけ、デザインを豪華にしろと要求しているらしい。

「ちょっ……!?　なんで、あなたまで指輪を手に入れてるのよ、妃崎霧葉!?」

霧葉の手の中にある指輪を見て、いつの間に、と紗矢華が騒ぎ立てる。

「第四真祖級の吸血鬼の〝血の伴侶〟なんて得難い力、獅子王機関に独占させるわけにはいかないでしょう？」

完成した指輪を装着した霧葉が、さも当然のごとく言ってのける。そして彼女はいつものように意地悪く笑って、

「それに私と暁古城は、裸のおつき合いをした仲ですもの。責任はとってもらわないとね」

「ぐっ」

紗矢華がなぜか敗北感を漂わせながら言葉を詰まらせる。

「あのとき妃崎さんは、普通に水着着てましたよね。ご自分だけ」

雪菜が古城の名誉のために口を挟むが、霧葉はまったく表情を変えずに、

「暁古城はそのほうが興奮するって言ったわよ？」

「本当ですか!?　言ってませんよね!?　嘘ですよね!?」

思わず本気になって反論する雪菜。

すると紗矢華がなにを思ったのか、霧葉に張り合うように声を荒らげて、

「待って、雪菜！　私も！　私も暁古城には血を吸われたことがあるし！」

「あら、残念。あなたのぶんの指輪はないみたいよ、煌坂紗矢華！」

テーブルの上に置かれた指輪を、霧葉が手品のように素早く隠す。勝ち誇る霧葉に、紗矢華が鼻息荒くつかみかかって、

「そんなはずないでしょ⁉ まだ四人しか受け取ってないんだけど⁉」

「お待ちなさい、その前に私にも指輪を！ 指輪を寄越せと言っているのですわ！」

さらにそこに雫梨も乱入。雪菜たちが呆然と見守る中、本格的に取っ組み合いの喧嘩が始まった。呪的身体強化を使っている紗矢華と霧葉を相手に一歩も引かないのは、怪我人とはいえ、さすがの鬼族といったところか。

「やれやれ、これでどうにか六人……そこの重症患者を入れて七人か」

本気の喧嘩を続ける霧葉たちを無視して、那月が冷静に人数を数える。

「どうにか過半数と言ったところだね。多数決ならこれで決まりだけど、〝吸血王〟の眷獣を相手にするには厳しいね」

同じく落ち着いた口調で黒猫が答え、那月が小さくうなずき返す。そして那月は、雪菜に醒めた視線を向けて、

「ほかに暁に血を吸われた経験者は？」

「……わたしが把握している範囲では、アスタルテさんとグレンダさんと――」

「グレンダ⁉ あの男、あんな小さな子にまで手を出していましたの？」

なぜか紗矢華の髪を引っ張っていた雫梨が、唖然としたように顔を上げる。

唯里と雪菜が慌てて首を振り、

「ち、違うの。ううん、違わないんだけど……」

「あのときのグレンダさんは、わたしに化けてたみたいなんです。暁先輩は、それでうっかり血を吸ってしまって」

「そんなおバカな言い訳を信じたんですの？」

「ちょろ……」

雫梨と霧葉が哀れむような視線を雪菜に向けてくるが、実際、馬鹿げた言い訳だと思うので反論できない。

そのとき唯里が、あれ、となにかに気づいたように周囲を見回した。

「そういえば、グレンダは？　カス子ちゃんと一緒じゃなかったの？」

「あ……」

唯里の言葉で、雪菜もグレンダの不在に気づく。彼女は、負傷した雫梨と鬼族の女性を乗せて、人工島管理公社の第六魔導研究所に向かったはずだった。だから、当然、そのあとも雫梨と行動を共にしていると思っていたのだ。

しかし夏音は、少し落ちこんだような表情でゆっくりと首を振った。

「雫梨ちゃんを治療している間に、いなくなってしまいました」

「……いなくなった？」

「わたくしたちに何も言わずに、外に出て行ってしまったのですわ」

霧葉からついに指輪を奪い取った雫梨が、傷の痛みに顔をしかめつつ説明する。

「今の北地区の状況なら、一人で出歩いてもそれほど危険はないと判断して、警備の方々に捜索をお任せしてきたのですけれど」

「そ、そうか。その判断は間違ってないと思うが……」

「グレンダ……どうして……」

志緒と唯里が、雫梨たちに気を遣いながらぽつりと呟く。

いないものは仕方がない、というふうに、那月が事務的な口調で会話を続ける。

「アスタルテは暁の〝血の伴侶〟にはなれない。あいつはすでに自前の眷獣を体内に抱えているからな。グレンダについては、私にもよくわからんな。あの龍の娘は何者だ？」

「それは私たちにも正直さっぱり……」

志緒が力なく言い淀む。グレンダという奇妙な龍族の少女のことは、今もブルーエリジアムの研究施設で詳しい研究が進められている。しかし調べれば調べるほど新たな謎が増え、たしかなことはなにひとつわかっていないのが現状だ。

「古城くんには懐いてたから、戻ってくれれば協力してくれるとは思うけど……」

唯里が不安そうにうつむいて言う。しかし那月は厳しい視線を彼女に向けて、

「あの娘が懐いていたのは暁ではなく、第四真祖に懐いていたのではないのか？」

「そんなことはない……と思います……けど……」

咄嗟に反論する唯里だが、その口調はどこか自信なさげだった。

「あまり当てにしないほうがよさそうね」

グレンダとはほぼ面識のない霧葉が、ばっさりと冷静に切り捨てる。その言葉は的を射ているだけに、誰も反論しようとはしなかった。いまだに取っ組み合っていた紗矢華が無言で霧葉の頬をつねり上げ、霧葉が同じように反撃しただけだ。

「ほかに吸血経験があるのは優麻さんと、あとは――」

雪菜が指折り数えながら、古城の吸血対象の記憶を探る。

なんとなく胸の奥がざわつくのは、古城が自分以外の誰かの血を吸ったという事実が、監視役としての自分の力不足と直結しているせいだろう。そんな腹立たしい記憶を思い出しているうちに、雪菜の視線が、テラス席の奥に座る浅葱へと向けられる。

「藍羽浅葱？　あなたもですの？」

雪菜の態度に気づいた雫梨が、咎めるように浅葱を見る。浅葱はなにも答えずに、自分の頬にかかる髪を払っただけだった。

「これで九人、か」

那月が表情も変えずに言う。古城の幼なじみである優麻は、古城の〝伴侶〟になることを、おそらく厭わない。ましてや普段から古城への好意がダダ漏れになっている浅葱については、わざわざ確認するまでもないという計算なのだろう。が、

「悪いけど、あたしは協力しないわよ」

浅葱の口から出てきたのは、雪菜たちの予想だにしない言葉だった。

「あ、藍羽先輩？」

雪菜は、驚くよりもむしろ放心したような表情で浅葱を見る。雫梨もなぜか狼狽して、

「どうして、なんですの？　あなたも暁古城のことは心憎からず思っているのだとばかり……」

「だったら、なに？　あんたたちと一緒に雁首そろえて順番に古城に血を吸ってもらうの？冗談じゃないわよ！　ふざけないでよね！」

憤懣を隠そうともしないきつい口調で浅葱が言う。

志緒がおろおろと取りなすように浅葱と雪菜の間に割りこんで、

「いや、藍羽浅葱。気持ちはわかるが、絃神島の全住民の命が――」

「そんなのクソ喰らえだわ。なんであたしが〝伴侶〟とやらになんなきゃいけないのよ。古城のバカが花束を抱えてやってきて頭を下げて頼みこむなら、考えてやらなくもないけどね！」

居丈高な態度で放言する浅葱を、雪菜たちは言葉もなく見つめた。どこからそんな自信が出てくるんだ、と疑問に思いつつ、浅葱らしいと思わなくもない。なにしろ彼女は、かつて聖域条約機構を相手に喧嘩を売った傑物なのだ。

「そもそも〝血の伴侶〟を十二人集めれば眷獣を従えられるって話も、どこまで本当なんだか、怪しいもんだわ。それって第一真祖が勝手に言ってるだけでしょ」

雪菜を見据えて、浅葱が冷静に指摘する。その言葉に雪菜は虚を衝かれた。古城に眷獣を植えつけた第一真祖の言葉だからと無条件に信用していたが、それが真実だという確証などどこにもなかったのだ。

「そんなつまらないやり方で、あいつらが満足すると思う？」

「ぬ……」

那月や縁を含めた全員の表情が変わる。永劫の時間を生きる吸血鬼の真祖たち。どうしようもなく退屈を持て余した彼らは、常に娯楽に飢えている。そんな彼らが、自分たちの決めた筋書きどおりに雪菜たちが動く様を見て、果たして満足するだろうか。

答えは、否、だ。

たとえ十二人の〝血の伴侶〟を集めても、それだけでは古城は救えない。第一真祖が企てた計画の裏をかき、彼らの想像の上を行く必要がある。

「なにか考えがあるんですね」

雪菜が強い視線で浅葱を見る。それを見た浅葱がようやく笑みを浮かべた。

「上手くいくって保証はないから、無理に手伝えとは言わないわよ。みんなでよってたかって古城を誘惑するよりは、マシなやり方だと思うけどね」

露骨に挑発的な浅葱の言動に、うぐぐ、と紗矢華が低く唸る。唯里と志緒も戸惑ったように黙りこんでいる。

一方、キラキラと瞳を輝かせて立ち上がったのは、二人の小学生たちだ、

「そのやり方なら拙者や結瞳殿の出番もありそうでござるな」

「なにをすればいいんですか、浅葱お姉さん？」

雪菜とリディアーヌたちが乗り気になったことで、流れは変わった。もともと〝伴侶〟を集めるだけで古城を救えるという保証はどこにもなかったのだ。だとすれば、少々リスキーでも、よりリターンの大きなやり方に賭けてみるのも悪くない。

「気に入らないわね、藍羽浅葱」

霧葉が乱れた髪を振り払いながらゆらりと立ち上がる。浅葱を睨む彼女の口元には、しかし、愉しげな笑みが浮かんでいた。

「やっぱりあなたは、ブルーエリジアムと一緒に吹き飛ばしておけばよかったわ」

「ありがとう。褒め言葉として受け取っておくわ」

霧葉の視線を正面から受け止めて、浅葱が掌を相手に向ける。

そして二人はまるで長年の親友同士のように、力強いハイタッチを交わした。

そんなわけのわからない友情が芽生える瞬間を、雪菜たちはただ呆然と眺めていた。

第四章　追想
Recollections

1

その変わり者の領主代行は、塔門奥の工房に籠もって、奇妙な道具の背によじ登っていた。全身を鋼色の装甲で覆った機械だ。どうやら乗り物の一種らしい。

車輪の代わりに履帯で走行し、尋常ではない長さの筒のようなものを乗せている。

総じて原始的な造りではあるものの、工夫を凝らした設計のそこかしこに、どこか執念にも似た強い熱意が見て取れる。造り手の強い意志、あるいは可能性を感じさせる機械だった。

技官の衣装を着た領主代行は、その見慣れない機械を熱心に調べていたのだ。

「カイン、あなた……また、仕事を抜け出しているの……ネ？」

工房を訪れた若い武官が、そんな領主の姿を見上げて苦笑する。

紫色の髪を持つ小柄な人物だ。傍目には見目麗しい女性にしか見えないが、実は彼が男性で、しかも凄まじい神力を誇る高位の貴族であることはセンラでは有名だった。彼もまた、領主代行と並び立つ変わり者の一人なのだ。

「やあ、アスワド、内乱の鎮圧、お疲れさま」

きみが無事でなによりだ、と微笑みつつ、カインと呼ばれた男は機械を弄る手を止めない。

いかにも彼らしいその態度に落胆しつつ、アスワドは、領主代行をそれほどまでに魅了する機械に興味を惹かれた。

「これは、なに？」

こんな玩具をどこで拾ってきたのか、とアスワドが訊く。

「東の地から、キイたちが持ち帰った兵器だよ」

カインは、乗り物の背に取りつけられた筒を無造作に撫でていた。言われてみれば、それは東の地で見かける、大砲と呼ばれる道具に少し似ている。

「兵……器？」

「こいつと同じものを一台破壊するために、獣人が八体ばかり犠牲になったらしい。キイも危うく身体半分、吹き飛ばされそうになったそうだ」

「人類ごときの作った道具が、キイを傷つけたという……ノ？」

アスワドの瞳に驚きが浮かんだ。キイ・ジュランバラーダという男は、名うての戦士であり、〝天部〟でも有数の神力の使い手だ。その彼が、劣等種である人類に傷を負うなど、にわかに信じられる話ではないのだろう。

〝天部〟と呼ばれる高等種族がいつから地上を支配していたのか、それは彼ら自身にもわかっていない。だが、支配者と被支配者。その序列は絶対であり、覆されるものではなかった。

姿形こそ似通ってはいたが、脆弱で短命な人類と違って〝天部〟の寿命は長く、肉体的にも強靭だ。高い運動能力や筋力に加え、神力と呼ばれる超常の力を持っている。さらには不死身に近い再生能力までも。

彼らは、その優れた技術を活かして、様々な下位種族を創り出した。

護衛や兵士に適した高い戦闘力を持つ獣人種。建設や荷物の運搬に適した膂力を誇る巨人族。愛玩や家事労働向けの妖精種。水中での労働を目的とする魚人族。そして数えきれないほどの彼らの亜種である。

自らの神力と下位種族を駆使して、〝天部〟は凶暴な魔獣たちを駆逐し、地上に数多の巨大都市を建設した。文明は高度な発達を遂げ、今や星々の海に辿り着くことすら夢物語ではなくなりつつある。

だが、圧倒的な支配者としての地位を謳歌する〝天部〟にも苦悩はあった。

そのひとつが太陽だ。

太陽の輝きを浴びた瞬間、〝天部〟の生体組織は崩壊し、灰になる。待っているのは確実な死——否、消滅だ。強靭な肉体の生命力を持ち、さらには遺伝子操作技術すら手に入れた〝天部〟だが、太陽光を克服することは、ついぞ叶わなかったのである。

そして〝天部〟に科せられた足枷は、人類という種族の存在だ。〝天部〟にとって人類とは、貴重な労働力であり、庇護すべき領民であり、そして大切な食料だった。

自らの神力を保つため、そして生命を維持するために〝天部〟が欲するのは、人類の血液。人の生き血を吸わなければ、〝天部〟とは生きていけない生物だったのだ。

「うん。こいつは本当に凄い兵器だ。鋼の壁は中級貴族の神力を弾くし、この大砲をまともに喰らえば、巨人族ですらひとたまりもない。おまけに御者台は完全に密閉されていて、霧になった我々でも侵入できないそうだ。そんなのが何台もまとめて襲ってきたというんだから、キイもさぞかし手を焼いただろうね」

食料であるはずの人類が手に入れた兵器を、カインは興奮気味に絶賛する。

「ずいぶん嬉しそう……ネ、カイン」

アスワドが皮肉のこもった口調で告げるが、カインがその棘に気づく気配はない。

「ここ二百年ほどの東の地の技術の進歩は本当に素晴らしいよ。彼らは長く生きられないぶん、めまぐるしい速さで変わっていく。いずれ彼らは僕らの手の届かない場所に辿り着くだろう。そう遠くない未来にね」

「……人類が、〝天部〟を超えるという……ノ？　あの脆弱な生き物……ガ？」

アスワドが嘲るように小さく笑った。しかしカインは真顔で首を振る。

「個体同士の優劣を競っても意味はないよ。人類という種族そのものが、ひとつの生物なんだ」

「あなたはまるで、人類のような楽天的な考え方をするの……ネ」

アスワドの表情にかすかな苛立ちが浮かんだ。

「人間の文明なんて、すぐに滅びる……ワ。短命な彼らは、経験から学ぶことができない……

愚かな争いを繰り返し、文化も芸術も灰に帰る。これまでもずっとそうだった……」

「そうとは限らないさ。たとえひとつの命が尽きても、彼らの血の記憶は残り続ける」

カインが自信ありげに言い切った。戸惑うアスワドを、変わり者の領主代行が真っ直ぐに見据えてくる。

「変化しているのは東の地の住人だけじゃない。地上で暮らす領民たちも、かつての彼らとはもう違う。きみたちもそれに気づいてるんだろう？」

アスワドは無言でうなずいた。

人類の一部に、神力と似て非なる特別な力を操る者たちが生まれている――その噂は、地上で暮らす〝天部〟の間にも、恐怖を伴って広まり始めていた。

詳しい原因はわかっていない。〝天部〟や他の魔族と人類の交配が進んだ結果とも、高次元の霊的存在による干渉であるともいわれている。

理由はどうあれ、〝天部〟を殺すほどの力を手に入れた彼らは、市井の人々の間で〝聖人〟と呼ばれ、信仰の対象になりつつあるともいう。さらには、鬼族や長命種、そして龍族といった〝天部〟の敵対種族が、人類に協力的であるという事実も無視できない。

彼らに呼応する形で、獣人などの下位種族も〝天部〟に反旗を翻し、人類との共闘の道を選ぶ。その結果が、世界各地で発生している領民たちの反乱だった。

人間の血を吸わなければ生きていけない身でありながら、その人間たちを無力な家畜か奴隷のように扱ってきたツケが回ってきたのだ。

領民を失えば、彼らの血を啜って生きる〝天部〟の繁栄は失われる。飢えた〝天部〟は、領民を手に入れるために、同族同士で争い、やがて滅びの道を行くことになるだろう。

そのような最悪の事態を避けるために、〝天部〟の王族たちが打ち出した対策は、異境の果てにある世界——人類の故郷といわれる〝東の地〟へと赴き、新たな領民を手に入れることだった。すなわち、人類の捕囚である。

その決定を愚かだと笑うのは、いささか残酷だといえるだろう。彼らは知らなかったのだ。東の地ではすでに人工の輝きが闇を駆逐し、〝天部〟の力をもってしても、人類を狩るのは、もはや容易ではないのだと。

ましてや〝天部〟の餓えを癒やすほどの、まとまった数の人類を連れ帰ることなど、彼の地の守護者たる龍族が許すはずもなかった。彼らを屈服させるだけの力は、もはや〝天部〟には残されていないのだ。

「〝天部〟は、滅びゆく種族な……ノ？　人類の血を吸わなければ生きられない我々は、いずれ彼らに滅ぼされる運命なのかしら？」

アスワドが、自嘲するような寂しげな微笑を浮かべて問いかける。

「このまま〝天部〟が変化を拒めば、そうなるだろうね」

カインは迷うことなく平然と告げた。

「変化？」

「そう。人類(ヒト)の血を吸わなくても生きられるように。そして太陽の下を歩けるように」

「素敵……ネ。もしそれが出来たら、本当……ニ」

アスワドが、夢を見る少女のような表情で首を振る。

「でも、そうはならない……ワ」

「そうだね。〝天部(てんぶ)〟は変化を受け入れない……誰かが強制的に変えない限りは」

人類(ヒト)の造った兵器からひょいと飛び降りて、カインはどこか邪悪な表情を浮かべた。

自らを選ばれた上位種族と定義したがために、〝天部〟は変化することを認めない。彼らに変化を強いる者があれば、必ずや裏切り者と呼ばれるだろう。

神たる〝天部〟の身でありながら、人類に加担した咎神(きゅうしん)と――

「ねえ、カイン……いつか、もし〝天部〟が人の血を吸わなくても生きられる日が来たら……そのときは……」

アスワドグール・アズィーズが、カインに向かって、ちょっとした願い事を口にする。

ささやかな、本当にささやかな――だが、彼が〝天部〟である限り決して叶(かな)うことのない、夢物語のような儚(はかな)い願いを。

2

どうしてこんなことになってしまったのか——？

豪華なホテルの広間に立ち尽くしたまま、羽波唯里は虚ろな瞳でそんなことを考える。

時刻は午後六時を過ぎたあたり。暁古城が再び解き放たれるまで、残り六時間を切っている。

直接目にしたわけではないが、無理やり植えつけられた眷獣の影響で、古城の肉体は怪物化しているらしい。暴走した彼が理性を残しているというのは、正直、望み薄だろう。

そんな彼を、ひとまず完全な吸血鬼に戻す。それが藍羽浅葱の考えた作戦の第一段階だった。

荒唐無稽に聞こえるが、技術的には、さほど難しい話ではないらしい。浅葱には〝聖殲〟があるからだ。世界を書き換える禁呪を使って、新たな古城の肉体を元の状態に上書きしてしまえばいい。十二体の眷獣に護られた古城に近づき、〝聖殲〟を撃ちこむことができるかどうかは、またべつの問題ではあるのだが——それは今ここで悩んでも仕方がないことだ。

それよりも問題はそのあとのことだった。古城の肉体を本来の吸血鬼の姿に戻したとしても、眷獣の暴走を止められなければ、なんの解決にもならない。本来は彼のものではない眷獣たちを、強制的に従えて支配下におくだけの膨大な魔力——彼らを手懐けるだけの〝餌〟が必要なのだ。

だから〝餌〟を手に入れる。順番どおりだ。理屈はわかる。

だがその結果、自分がこのホテルを再び訪れ、第二真祖と対峙していることにはどうしても納得がいかない唯里だった。しかし唯里の混乱などお構いなしに、謁見の儀式は進んでいく。

「イブリスが人間の娘に目をかけているとは聞いていたけれど……なるほど、あなただったの……ネ、〝カインの巫女〟」

広間の奥に設けられた仮の玉座から、紅い瞳が唯里たちを見下ろしていた。中東の夜の帝国〝滅びの王朝〟の領主、アスワドグール・アズィーズ——すなわち第二真祖〝滅びの瞳〟その人だ。

「突然の訪問をお詫びします、瞳王。本日は陛下にお願いがあって参りました」

第二真祖と正面から向き合って、藍羽浅葱が堂々と答える。隣でそれを聞いていた唯里は、生きた心地もしなかった。血の気の引いた唇は青ざめ、嫌な汗が背中を流れ落ちる。

アスワドと対峙しているのは、唯里と浅葱の二人だけである。

浅葱は、なぜか〝滅びの王朝〟第九王子のイブリスベール・アズィーズと知り合いらしく、彼の口利きで第二真祖との謁見の約束を急遽取りつけたのだ。

一方、浅葱の随伴に唯里が選ばれた理由は、第二真祖と顔見知りだからという、ただそれだけの理由である。だが、ちょっと待って欲しい、と唯里は思う。

たしかに唯里は、彼と食事を共にした仲だ。

ただしそれは、唯里がアスワドと戦った挙げ句に、捕虜（ほりょ）になった上での出来事である。アスワドの温情——というよりも彼の計略に利用される形で、そのあたりの処分はうやむやになっているものの、真祖に剣を向けたという唯里の負い目は消えていない。

そんな唯里がのこのこと舞い戻り、あまつさえ第二真祖に頼み事するというのは、なんとも無礼で図々しい振る舞いに違いなかった。

とはいえ、わずかなりとも第二真祖と縁（コネ）のある人間が、唯里以外にはいなかったのだから、こうなるのはむしろ必然だった。滅多（めった）に人前に出ないことで知られる第二真祖〝滅びの瞳（フォーゲイザー）〟は、他の真祖たちと比べても謎が多い。彼と面識があるというだけでも、外交的な価値は計り知れないのだ。唯里にとってはなんとも気の重いことである。

「言ってご覧なさい……ナ」

唯里の苦悩を見透かしたように蠱惑的（こわくてき）に笑って、アスワドが話を促した。

「では、申し上げます。陛下には、これより絃神島（いとがみじま）〝領主選争〟において、彩海（さいかい）学園ドメイン領主、香菅谷（かすがや）雫梨（しずり）・カスティエラの臣民（しんみん）になっていただきたく——」

浅葱は怯（ひる）むこともなく、第二真祖に向かって平然と要求を突きつける。

その瞬間（しゅんかん）、広間の中の空気が凍りついた。

アスワドを取り巻く王朝の重臣（じゅうしん）たち。背後に控えていた護衛の兵士たち。その誰もが驚きで固まっていた。ただ一人、謁見の仲介役であるイブリスベールだけが、噴き出すのをこらえるかのように、うつむいて肩を震わせている。

「儂に、鬼族の娘の臣下になれ……ト？」

アスワドが静かに問い返した。御意、と浅葱は微笑みを浮かべる。

唯里は心臓が止まるような気分を味わった。いや、本当に何秒か止まっていたかもしれない。浅葱の態度は慇懃だったが、言葉の内容は傲慢そのものだ。真祖に臣従を求めた者など、東西の歴史を繙いても、いまだかつて存在したとは思えない。

凛とした浅葱の横顔が、唯里には空恐ろしいもののように感じられた。

聖域条約機構に戦争を吹っ掛けたときにも思ったことだが、藍羽浅葱という少女は底が知れない。尋常でない胆力に加えて、頭も切れる。おまけにそこらのアイドルよりも容姿に恵まれているのだから、正直ずるいとすら思ってしまう。第四真祖の〝血の伴侶〟に相応しいのは、まさしくこういう子なのだろう。

だとしても、今回は相手が悪い。なにしろ交渉相手もまた、吸血鬼の真祖なのである。

「人間ごときが！」

「なんと……無礼な……！」

「いかに王子の知己といえど見過ごせぬ」

広間に集った重臣たちの間で、ざわめきが起きる。彼らの目に浮かぶ感情は、怒りが半分。

残る半分は恐怖だった。第二真祖の怒りに触れて、巻き添えになることを恐れているのだ。

しかし浅葱は、自分に向けられた憎悪と怒りの視線を、涼風のごとく平然と受け流す。

「無論、タダでとは申しません。相応の対価を用意したつもりです」

浅葱がにこやかに笑って告げる。アスワドグールはかすかに目を細めた。彼がなにを考えているのかは、その表情からはわからない。

「夜の帝国(ドミニオン)の領主である儂(ワタシ)を納得させる見返りを、あなたが用意できるという……ノ？」

「も、もちろんです。ですよね、藍羽さん!?」

目の前の恐怖から逃れるために、唯里が上擦(うわず)った声で確認する。

「当然よ」と自信ありげにうなずく浅葱。

その見返りとやらがなんなのか、具体的な内容を唯里は聞いていない。ただ、任せておけと請け負った浅葱が、なにやら慌(あわ)ただしく奔走(ほんそう)していたことは知っていた。おそらく相当な価値のある代物(しろもの)を用意したのは間違いないだろう。今となってはそれを信じるしかない。

イブリスベールの従者たちが、白い布で覆(おお)ったワゴンを静かに押してくる。浅葱が用意した対価とやらが、その上に載っているらしい。

「興味深い……ワ。なに……かしら？」

紫色の髪を揺らして、アスワドが上体を乗り出した。

浅葱はワゴンにかかった布を勢いよく取り去り、堂々と得意げに胸を張る。

「カレーよ」

目が点になる、というのはこのことだろう、と静まり返った広間の中で、唯里は、自分とは無関係のひどく遠い世界の出来事のように考えた。第二真祖の重臣たちも、〝滅びの王朝〟の兵士たちも、全員が放心したように動きを止めている。それはアスワドですら例外ではない。ただ一人、イブリスベールだけが、笑いを必死で噛み殺している。

「は？」

唯里がようやく声を出す。

悪い冗談であってくれという唯里の願いを踏みにじるように、ワゴンの上に載っていたのは、業務用の炊飯器と使いこまれた寸胴鍋である。

「絃神島でいちばん美味しいといわれてる名店、人工島西地区〝ネルール〟の欧風カレーよ。一日二十食限定の幻の逸品を、常連のコネで鍋一杯譲ってもらったの」

浅葱が意気揚々と説明を続けた。だが、それでも広間にいる家臣たちは無反応だ。

「あ、藍羽さん……！」

唯里は思わず浅葱の肩をつかんで、彼女をガクガクと前後に振り回した。さすがにもう我慢の限界だ。事ここに至っては、唯里の首が飛ぶのはもはや必然。だが、その前にひと言文句を言ってやらなければ気が済まない。

「あなた馬鹿なの⁉　馬鹿だったの⁉　第二真祖との交渉の材料はあなたが用意するというから、安心して任せておいたのに⁉」

　唯里がアスワドと一緒に食事を取ったとき、たしかに彼は、市販のレトルトカレーを美味そうに食べていた。それを浅葱に話したのは唯里である。だからといって、第二真祖相手の貢ぎ物にカレーを用意するとは普通は思わない。

「ちょ……な、なに⁉　言っとくけど、ネルールのカレーは本当に予約が取れなくて、王侯貴族だって滅多に食べられるものじゃないんだからね……！」

「そういう問題じゃないでしょ！　少しくらい味が良くたって、夜の帝国の領主との取り引きの対価が、カレーというのはおかしいでしょ⁉」

「だからこのカレーの味の良さは少しじゃないから！　店主が自ら産地に赴いて買いつけた、こだわりの肉と野菜と果物を九十六時間かけてじっくり煮込んだ濃厚な味わいに、厳選された秘伝のスパイスが利いて、その味わいは孤高にして至高！　絃神島カレー界の重鎮、小澤さんも脱帽の美味しさなのよ！」

「いや、誰なの、小澤さん……！」

　ああもう、と唯里は頭を抱えて苦悩する。なのに浅葱は、まったく反省の素振りも見せず、

「あとカレーに合わせるお米も、絃神島の稲作プラントで作られた最高級米〝マギアカリ〟を、

ミネラルの豊富な海洋深層水で炊き上げた美味しいご飯だから！　ネルールのカレーとの相性もバッチリよ！」

「だから、そういうことじゃなくってええええ……！」

「……っ……」

取り乱した唯里の絶叫を遮ったのは、囁きにも満たない小さな吐息だった。それを洩らしたのはアスワドだ。玉座に座る彼は身体を曲げて、苦しげに全身を震わせている。そして、

「ぷふっ……ぶっ……あはははははは！　あははははははははは！」

「へ、陛下……!?」

人目もはばからず爆笑するアスワドを、家臣や兵士たちが、途方に暮れたように呆然と見つめていた。彼らの表情に浮かんでいたのは、驚愕と恐怖と混乱だ。

アスワドに長く仕えてきた彼らにとっても、初めて目にする光景なのだろう。目の端に涙を浮かべて笑う第二真祖の姿など。

「カレー……この儂に……カレーで膝を折れと……あはははっ！」

ついに笑い疲れたのか、ひぃひぃ、と苦しげな呼吸を始めるアスワド。それでも笑いの発作は治まらず、何度も思い出したように噴き出し続ける。

唯里は無言で立ち尽くしたまま、それを見守ることしかできない。一方の浅葱は、どこか不興げな表情だ。どうして自分が笑われているのか、今ひとつ理解していないらしい。

「こ……これほど笑ったのは……何世紀ぶり……かしら……この島は本当に飽きない……ワ」

そのまま五分近く笑い転げ、家臣たちが本気で不安な表情を浮かべ始めたころ、アスワドはようやく姿勢を正して、静かに呼吸を整えた。

そして彼は、背後に控える家臣の一人に呼びかける。

「ねえ、将軍……かつて香辛料は、同じ目方の金銀にも匹敵する値段で取り引きされていたのだそう……ネ？」

「たしかに。いささか古い時代の話にはなりますが」

将軍と呼ばれた武人ふうの男が、張りのあるバリトンボイスで答えた。さすがにアスワドの家臣だけあって見てくれがいい。燻し銀の映画俳優を彷彿とさせる、渋い容姿の中年男性だ。

彼の返答に、アスワドは満足そうにうなずいて、

「ならば、香辛料の終極たるカレーは、王への献上品として相応しい品と言えるわ……ネ？」

「御意」

将軍が短く肯定する。彼らの迂遠なやり取りを、唯里は驚きの表情で眺めた。

アスワドとて、本気でカレーが黄金に値する献上品だと信じているわけではないだろう。だが、今の短い問答を経たことで、その虚構は真実へと変わった。

浅葱が相応の対価を差しだした以上、アスワドの家臣たちも、彼女の要求を非礼と切り捨てることはできなくなった。次は真祖であるアスワドが、浅葱に慈悲を与える番である。

「いい……ワ、今宵ひと晩、我が〝滅びの王朝〟は、鬼族王家の娘を主君と仰ぎましょう」

アスワドが厳かな口調で宣下する。

押し寄せる疲労と脱力感に軽い目眩を覚えつつ、唯里は懸命に気を引き締めた。かろうじて取り引きは成立したが、今も第二真祖との謁見は継続中だ。彼の気まぐれで、これからどんな無理難題が吹っ掛けられるかわかったものではない。

「ただし、条件が……ひとつ」

警戒する唯里をからかうように、アスワドが意味深な微笑みを浮かべた。唯里が、びくっ、と肩を震わせる。アスワドは、くくっ、と愉しげに喉を鳴らして、

「儂の晩餐に、つき合いなさい……ナ。そのカレーを食べながら、あなたたちの陰謀の詳細、ゆっくり聞かせてもらう……ワ」

「喜んで」

浅葱は力強く笑ってうなずいた。

3

塔門最上階の領主の間には、巨大な地図が投影されていた。地上界の世界全図である。七割の海と三割の陸地。かつてその陸地のほぼすべては、〝天部〟の支配領域だった。

だが、今や〝天部〟の支配が及ぶ範囲はかつての六割ほどにも減っている。魔族と、そして人類の反乱が原因だ。

長く続く戦乱によって多くの都市が失われ、そこに済む〝天部〟も命を落とした。今や〝天部〟の凋落は誰の目にも明らかだ。もはや敗戦の報告は、めずらしいものではなくなっている。

それでも、その日の一報は、地上から隔絶した異境にまで大きな衝撃を与えた。

「ウバイド領が壊滅した？」

長椅子に行儀悪く寝そべっていたキイ・ジュランバラーダが、驚いて勢いよく上体を起こす。長身で精悍な顔つきの軍人だ。

ウバイドは、古大陸の中央に位置する〝天部〟の公爵領だ。東西の交通の要衝として栄え、強力な軍隊を持っている。反乱軍の侵攻が激化しているとは聞いていたが、そう容易く陥落するような土地ではないはずだ。

「たった三日でなにがあった？　古大陸の反乱軍には、そこまでの勢力はなかっただろ？」

キイが真剣な目つきを地図へと向ける。

地図上に浮かぶ光点は〝天部〟の都市を、矢印状の記号は反乱軍の部隊を示している。だが、ウバイド領の周囲にはなんの輝きもなかった。都市も軍隊も跡形もなく消えたのだ。

「メヘルガル公が眷獣を使った」

紅玉髄の石版を見下ろして、カインが静かに呟いた。普段の鷹揚で自然体の彼とは、別人のような厳しい口調だ。

「眷獣だと？」

キイがこめかみを震わせる。

眷獣とは異世界からの召喚獣。物理的な実体を持つほどの濃密な魔力の塊だ。

その戦闘力は絶大で、しかも物理攻撃は彼らにほとんど効果を持たない。〝天部〟の技術が生み出した、究極の破壊兵器である。

だが、眷獣の召喚は〝天部〟の掟で固く禁じられていた。

戦争の道具として使うには、眷獣はあまりにも強力過ぎたのだ。

ひとたび召喚された眷獣は、都市や森林を焼き尽くし、地形を変え、敵味方問わずあらゆる生物を駆逐する。〝天部〟の神力をもってしても、彼らを制御するのは容易ではない。そして暴走した眷獣は誰にも止められない。それはまさしく災厄そのものだ。

ウバイドの領主メヘルガル公は、その眷獣を召喚し、結果すべてを失った。敵も味方も。自らの領地すら。

「ナラクヴェーラの侵攻で州都が脅かされて、焦ったんだろうね。反乱軍や大同盟諸国も、眷獣の召喚を始めているらしいよ」

「報復合戦かよ。こいつは行くとこまで行くかもな」

キイが投げやりに天井を仰ぐ。〝天翔る戦車〟をはじめとする〝天部〟が開発した兵器の多くは、すでに反乱軍の手に落ちていた。実際の兵器の製造は、〝天部〟が下位種族と呼んで侮(あなど)っていた魔族や人間たちが行っていたのだから当然だ。ウバイド領で眷獣が使われたことで、反乱軍も容赦(ようしゃ)なくそれらの兵器を投入してくるだろう。

それに対抗するために、〝天部〟は再び眷獣を使わざるを得ない。そうなれば、もはや歯止めは利かない。戦火は確実に拡大することになる。

「そうだね。ジャーダたちの話じゃ、龍族(ドラゴン)もかなりピリピリしてるそうだ」

「だろうな」

カインの言葉に、キイはうんざりと息を吐く。

反乱軍との戦争の激化にともなって、人工島であるセンラに流入してくる〝天部〟の難民は、増加の一途を辿(たど)っている。人類が次々に〝天部〟の支配から逃れていく中、血液の確保も困難さを増していた。この状況が続けば、飢えた〝天部〟は、いずれ東の地を襲うしかなくなる。東の地の守護者である龍族(ドラゴン)は、それを警戒しているのだ。

「なあ、カイン……このままいけば〝天部〟はどうなる？」

センラの領主代行に、駐留部隊の指揮官が問いかける。

地図上の光が消えた場所――壊滅したウバイド領を見つめて、カインは嘆息した。

「眷獣の本当の恐ろしさは、破壊力よりも、むしろそのあとの記憶汚染だ。制御を離れた眷獣は、実体化を維持するために、周囲の知的生命体から際限なく〝情報〟を奪う」

「彼らが餌を喰い尽くして消滅したときには、〝天部〟は滅びているだろうね。少なくとも、文明を維持する力は残ってないはずだ」

「なるほどな。だが、それは〝天部〟に限った話じゃないだろう？」

キイは不機嫌そうに鼻を鳴らす。

召喚された眷獣は、当初の目標を破壊したからといって勝手に消えてくれるわけではない。彼らは、自らの実体化を保つために、周囲の生者から記憶を奪い続けるのだ。

完全に記憶を奪われた者は、自らの生命活動を維持する意欲すら失い、やがて衰弱して死に至る。〝天部〟も魔族も人類も関係なく無差別に。眷獣がもたらす破滅は平等なのだ。

「俺たちは自業自得だからしゃあねえが、とばっちりを喰らうほかの種族のことを考えたら、ほっとくわけにもいかないか。なあ、どうすればいい？」

キイがいつになく真剣な目つきでカインを見つめる。

いつもの茶化すような表情ではない。高貴な王族として生まれながら、慣習を無視した奇妙な行動を繰り返し、ついには異境に放逐された〝天部〟でいちばんの変わり者に、キイは信頼を寄せていた。おそらくはアスワドとジャーダも同じだろう。

逆にいえば、〝天部〟の運命を変えられるのは、この四人だけということだ。

「一度召喚された眷獣を、外部からの干渉で消滅させるのは難しいよ。眷獣同士をぶつけても、どちらかが相手を喰らって力を増すだけだ」

カインは普段どおりの他人事のような口調で言った。

「なんかあるだろ、やり方が。おまえなら思いつくんじゃないのか？」

キイは粘り強く訊き返す。ふむ、とカインは少し考えて、

「魔力と対になる高次元の霊力をぶつけて対消滅させるのが、理屈としてはいちばん簡単かな。そのための神格振動波駆動術式もいちおう完成してるしね」

「例の〝杭〟だな？　いや、〝槍〟だったか？　まあ、なんでもいいが」

以前にカインに見せてもらった、銀色の魔具の姿をキイは思い出す。

神格振動波駆動術式。ありとあらゆる結界を斬り裂き、魔力を無効化するあの魔具ならば、たしかに眷獣にも有効だろう。

「ただ、あれは〝天部〟や、〝天部〟が造った魔族には使えない。あれを使えるのは、聖人や聖女と呼ばれてる人類の変異体だけだ」

「……よりによって〝天部〟殺しの連中かよ」

カインはうんざりしたように頬杖を突いた。

人の身でありながら霊力を操る力を手に入れた聖人たちは、〝天部〟にとっての天敵だ。眷獣に対抗するためとはいえ、彼らにカインの魔具を渡すのは、回り回って〝天部〟の首を絞めることになりかねない。

だが、それでも最終的には、彼らに槍を渡すことになるのだろう。背に腹は代えられない。地上を蝕(むしば)む眷獣(けんじゅう)の脅威は、それほどまでに深刻なのだ。

「ほかの方法は？　人類(ヒト)に頼らずに済むやつはないか？」

キイが気を取り直したように訊(き)き直す。

カインは少し考えて、意を決したようにぽつりと呟(つぶや)いた。

「滅ぼすことができないのなら、封印するしかないね」

「封印だと？　一撃で城を焼き尽くすような化け物をか？」

「物理的に閉じこめる必要はないよ。実体化してるとはいっても、彼らの本質は魔力(まりょく)の塊(かたまり)だ。憑依(ひょうい)させて取りこんでしまえばいい」

「記憶を喰(く)らう怪物を、身体(からだ)の中に入れろってのか。ぞっとしねえな」

キイは大げさに肩をすくめた。眷獣が魔力の塊だというのなら、生物に取(と)り憑(つ)かせることもおそらく不可能ではないだろう。だが、その負担に耐えられる生物がいるとは思えない。〝天部〟の肉体をもってしても、眷獣の魔力の反動を抑えこむのは不可能だ。

しかしカインなら、こうも考えるはずだ。

存在しないなら造ればいい、と。

そして彼には〝聖閃(せいせん)〟がある。世界の法則を書き換える禁呪(きんじゅ)が。

「社会活動を行う知的生命体は、いわば情報を生み出すために存在しているようなものだし、相性しだいでは眷獣も大人しく従うと思う。一人で足りなければ、ペアリングで情報量を拡大してもいい」

キイの推理を裏付けるように、カインは饒舌に語り続ける。彼はとっくに考えていたのだ。召喚された眷獣の脅威から、地上の世界を救う方法を。

「ペアリング？」

聞き慣れない単語にキイは戸惑った。

「結婚だよ。魔術的な、ね。〝血の伴侶〟ともいうかな」

「面倒くさい話になってきたな」

「ああ、もちろん、重婚でも、同性間でも構わない」

「べつにそこは気にしてねえよ」

やれやれ、とキイは苦笑しながら訊き返す。

「で、眷獣を取りこんだあとはどうなる？」

「べつにどうもしないよ。力の弱い眷獣なら、宿主が死ねば一緒に消滅するはずだ」

カインはなんでもないような口調で言った。

「力の強い眷獣は？」

キイの目つきが鋭さを増す。カインは表情を変えないまま、その強い視線を受け止めた。

「時間をかけて力を弱める。子どもや孫に眷獣の一部を分け与えることで、世代を重ねるごとに弱体化させることができるはずだ」

「理屈はわかるが、ずいぶん気の長い話だな。おまえらしくもない」

キイの本心からの呟きに、カインは寂しげな微笑みを浮かべた。

「ひとつだけ問題があるとすれば、自分たちが完全に力を失うまで、憑依した眷獣は、宿主を絶対に死なせないだろうということかな」

「たとえば、首を落としても、か？」

声に驚きを滲ませてキイが確認する。

「そう。心臓を貫いても、高温で焼き尽くしても、粉々にしても宿主は死ねない。老衰もなしだ。憑依した時点の記憶を頼りに、元の姿に再生する。眷獣の魔力が尽きるまで何度でも」

「完全な不老不死じゃねえかよ」

「そうだね。特に最初に眷獣が取り憑いた真祖はね」

カインの口元が苦悩に歪む。

その表情で、キイはすべてを理解した。カインは自らが眷獣の器になるつもりだったのだ。

だが、それは実現できない。なぜなら〝聖閃〟を使えるのはカインだけだからだ。

自らが放った〝聖閃〟で、自らの存在を書き換えることはできない。だからカインは自分の代わりに、キイが真祖になることを望んでいる。おそらくはアスワドとジャーダにも。

これから先、世界各地で使われる眷獣をすべて浄化するには、キイ一人では間に合わない。

最低でも三人の真祖が必要だ。

眷獣の呪いから解き放たれるまで、永劫の時を生きる怪物。そんな存在になれといわれて、受け入れる酔狂な性格の持ち主は、おそらくキイたちだけだろう。

「いいんだか悪いんだかわからんが、確実に人生に飽きそうだな」

「きみの場合は、それなりに愉しくやりそうだけど」

「おまえにだけは言われたくねえよ。なあ」

キイはゆっくりと視線を巡らせて、同じ部屋にいた第三の人物に呼びかける。

そこにいたのは、幼い少年だった。十二、三歳といったところだろうか。〝天部〟ではない。人間だ。死にかけたところをカインが保護して、なんの酔狂か知らないが、血を吸うでもなく、手元において大事に育てている。読み書きを教えただけでなく、最近では領主の仕事を手伝わせてもいるようだ。いい感じに生意気なその少年を、キイもそれなりに気に入っていた。

「おまえもそう思うだろ、ミゼン、――零・カレイドブラッド」

キイに問われた少年は、少し困ったような顔をして遠慮がちにうなずいた。

4

「アスタルテ、今何時だ？」

助手である青髪の人工生命体の少女に、南宮那月が素っ気なく訊いた。

彼女たちがいるのは、人工島東地区の突端に位置する、絃神港のコンテナ基地。暁古城の解放予定地点である。眷獣との戦闘になった際、周囲への影響がもっとも少ない場所として選ばれたのが、この広大な資材置き場だったのだ。

「午後十一時三十七分。作戦開始時刻まで残り約二十三分です」

アスタルテが、抑揚の乏しい口調で回答する。損傷した肉体の再調整を終えたばかりだが、彼女の態度は普段と変わらない。培養槽の中で眠っている間に、絃神島で起きた事件の情報も、すでに彼女の頭には入っている。

「住民の避難状況は？」

「半径一・五キロ以内のエリアに民間人はいません。作戦区域に通じるすべての道路は、特区警備隊により封鎖済み。簡易魔力結界の人口カバー率は九十六パーセントです」

「攻魔局で出来るのは、ここまでか」

那月は無表情に溜息を洩らした。

絃神港のコンテナ基地が広大とはいえ、相手は〝吸血王〟の眷獣たちだ。その気になれば絃神島程度、簡単に消し飛ばせるような連中である。特区警備隊の簡易結界など、気休めにしかならないだろう。

出来ることなら、市街地から遠く離れた絃神新島あたりで戦いたかった。だが、生憎それは不可能だ。藍羽浅葱の〝聖殲〟が、この島の中でしか使えないからである。

「勝算はあるのかい、〝空隙の魔女〟？」

那月の頭の上に乗っていた黒猫が、無責任な口調で訊いてくる。

「なぜ私に訊く？　これだけの大規模魔導災害になれば獅子王機関の管轄だろう？」

「作戦の立案者はあんたの教え子だったと思ったけどね？」

「生憎、教師の仕事は自宅に持ち帰らない主義でな」

那月が何喰わぬ態度で冷たく言った。黒猫は苦笑するように目を細める。

「まあ、あの子たちに責任を押しつけようとは思っちゃいないさ。もとより不測の事態だし、上空があれでは本土からの応援も期待できないからね」

「そうだな」

頭上に浮かぶ、逆しまの人工島の影を見上げて、那月は小さく舌打ちした。陽が沈んで夜が訪れたことで、異境へと通じる〝門〟が再び開放されたのだ。

その〝門〟へと突入していくのは、自衛隊所属の輸送ヘリだった。絃神市国の要請に基づき、日本政府は自衛隊特殊攻魔連隊の派遣を決定したのだ。

特殊攻魔連隊に与えられた任務は、侵略者である武装勢力の排除である。すなわち、シャフリヤル・レン率いるＭＡＲ社は単なる魔導犯罪者ではなく、国家の敵として位置づけられたということになる。

その結果、対魔導テロ組織である獅子王機関も自衛隊に協力し、主要な戦力を提供することになっていた。MAR社の戦力を考えれば、自衛隊の投入もやむを得ないところだし、獅子王機関としても人材の供与に異存はない。

だが、そのぶん地上の脅威に回せる戦力は減る。つまり〝吸血王〟の眷獣の相手は、手持ちの人員だけでどうにかするしかないということだ。

正直きつい相手だ、と那月たちは厳しい表情を浮かべた。が、そんな深刻な雰囲気をぶち壊すように、バタバタと慌ただしい足音が聞こえてくる。

「すみません、遅くなりました！　大丈夫か、唯里……」

「だ、大丈夫……第二真祖がなかなか解放してくれなくて……うう、胃が痛い……」

息を切らせて駆けつけてきたのは、斐川志緒と羽波唯里である。

だが、戦闘が始まる前だというのに、志緒は息を切らせているし、唯里は青い顔で腹を押さえている。第二真祖との交渉に向かった先で、ストレスで胃をやられてしまったらしい。

「話し合いは上手くいったんだよな……？」

「うん、なんとか……でも、カレーが辛くて辛くて……」

「……カレー？」

部下の攻魔師たちの間の抜けた会話に、縁が複雑そうな顔で黙りこむ。

那月はやれやれと息を吐き、青髪の人工生命体へと目を向けた。

「アスタルテ、今の自分の状況がわかっているな」

「肯定」

アスタルテが表情を変えずにうなずいた。

再調整を終えたとはいえ、彼女は瀕死(ひんし)の重傷から復帰したばかりだ。おまけに古城(こじょう)が第四真祖の力を手放したことで、彼女との間に確立していた霊的経路(れいてきパス)が途切れている。今のアスタルテは眷獣の召喚(しょうかん)に、古城の魔力を利用できない。つまり彼女が眷獣を使うには、自分の命を削るしかないということだ。

だが、それを理解していてもなお、アスタルテは当然のような態度で続ける。

「最大限の作戦行動を継続するため、眷獣の使用は可能な限り短時間に留(とど)めます」

「…………」

那月はなにか口を開きかけ、その言葉を途中で呑(の)みこんだ。

保護観察下の人工生命体(ホムンクルス)とはいえ、アスタルテは那月の所有物ではない。独自の意思を持ち、自らの行動を決める権利を持っている。彼女が古城のために戦うと決意したのなら、那月にはそれを止める資格はない。

だから、那月はただひと言、

「任せる」

事務的な口調でそう告げた。

アスタルテはそのことに感謝するように、唇の端を一ミリ足らず吊り上げ、言った。

「命令受諾(アクセプト)」

コンテナ置き場(ヤード)の北端に立って、煌坂紗矢華(きらさかさやか)はイライラと腕を組んでいた。その原因は、約束の時間に大幅に遅刻したにもかかわらず、堂々と歩いてやってきた霧葉(きりは)である。

「遅いわよ、妃崎(きさき)霧葉!」

なぜこいつが私の相方なのか、という不満を、露骨に滲(にじ)ませながら紗矢華が言う。

実のところ、紗矢華たちがペアを組む理由は明白だった。紗矢華と霧葉が得意とする呪術(じゅじゅつ)の相性がいいからだ。二人はそれぞれ射程の長い攻撃呪術を持っている。さらに疑似空間切断による防壁という、強力な防御手段を互いに使いこなす。

ある程度の溜(た)め時間が必要な呪術砲撃をどちらかが使う際、もう一人が、前衛となって敵の眷獣(けんじゅう)の攻撃を防ぐ。そうやって攻防に隙(すき)のない布陣が可能なのである。

ただし二人の連携が取れれば、だが。

「ごめんなさいね。念入りにシャワーを浴びていたものだから。ねえ、結瞳(ゆめ)ちゃん」

霧葉が、長い黒髪をこれ見よがしにかき上げながら、隣にいる江口(えぐち)結瞳に同意を求めた。

たしかに風呂(ふろ)上がり直後の霧葉からは、ボディソープだかシャンプーだかのいい匂(にお)いが漂(ただよ)ってくる。少しだけ申し訳なさそうにうなずく結瞳の髪もサラサラだ。

「あとは下着選びに手間取ってしまって……ちらっ」

そう言ってセーラー服の脇の部分を、ブラが見えそうなギリギリまでまくり上げる霧葉。紗矢華はものすごく深いしわを眉間に刻んで、

「いや、べつに見たくないんだけど……だいたい、なんで今ごろシャワー浴びてるの？」

このあと激しい戦闘になれば、間違いなく埃を被るし汗もかくだろう。なのになぜ、と紗矢華は首を傾げる。

しかし霧葉は、むしろ不思議そうに結瞳と顔を見合わせて、

「だって、このあと、暁古城に血を吸われるかもしれないのでしょう？　汗臭い女だなんて思われたら嫌じゃない。もしかしたらそれ以上の行為に及ぶことになるかもしれないし」

「そ、それ以上の行為って……あなたねえ！」

小学生の前で言うことか、と紗矢華は焦るが、当の結瞳は平然としていた。

結瞳の正体は、他人が心の奥に秘めた欲望を操る夢魔だ。いわば究極の耳年増である彼女にとって、その程度の会話は、特に気になることではないのだろう。むしろ子ども自分を扱いする紗矢華に対して、若干不満そうですらある。

霧葉はそこでふと紗矢華の首筋に視線を向けて、

「まあ、経験者であるあなたは、多少臭いくらいどうでもいいのかもしれないけど」

「く、臭くないわよ！」

反射的に言い返しながら、紗矢華は、たぶん、と心の中で付け加える。

冷静に思い返してみると、絃神島に戻ってきてからお風呂に入った記憶がない。しかしそれは仕方がなかったのだ。飛行機からパラシュートで落っことされて、絃神新島を彷徨って、MARの基地で一戦交えて、ヘリからパラシュートで落っことされて、それから第一真祖の〝血の伴侶〟と殴り合った挙げ句に、暁古城の眷獣と戦闘――いつどこで入浴する余裕があるというのか。ぶっちゃけ過労死する寸前だ。

もっとも今回の作戦で、紗矢華が古城に血を吸わせる予定はない。たしかに予定はないのだが、作戦どおりに行かない可能性は普通にあり得るし、そもそも予定がないからといって臭くてもいいというのは女子としてどうか。

そんなふうに紗矢華が悶々と悩んでいると、結瞳が唐突に話題を変えた。

「紗矢華お姉さんの初体験は、どんな感じだったんですか？」

「初体験というか、吸血体験だからね！」

紗矢華は少し慌てながら訂正する。

「あれはまあ献血みたいなものというか、絃神島と雪菜を救うために仕方なく――」

「どうせ、その無駄にでかい胸で卑しく誘惑したんでしょう？」

ケッと吐き捨てるような口調で霧葉が混ぜ返した。

「違うわよ！　あのときは暁古城が私をお姫様抱っこしてくれてね、それでね……」

「あら。もう、こんな時間。そろそろ配置についたほうがいいわね」

「ちょっ……最後まで聞きなさいよ！　まだ人が話してる途中なんだけど⁉」

無理やり会話を中断された紗矢華が、思わず金切り声を上げる。だが、霧葉の言うとおり、無駄話をしている時間がないのもたしかだった。

頬を膨らませながら紗矢華が長剣を取り出していると、結瞳がなにを思ったのか、突然ぴったりとくっついてくる。

「ゆ、結瞳ちゃん？」

「大丈夫。いい匂いですよ」

紗矢華の髪を一房手に取って顔を寄せ、結瞳はにっこりと微笑んだ。

「結瞳ちゃん……！」

天使もかくや、という結瞳の笑顔に、感激の表情を浮かべる紗矢華。だが、結瞳はそんな紗矢華の耳元にそっと顔を寄せ、温度のない冷たい声で警告するように囁いた。

「でも、古城さんの正式な婚約者は私ですから、そのことは忘れないでくださいね」

頭上に浮かぶ鋼色の都市を見上げて、ふむう、とニーナが感心したような声を出す。

「あれが異境への〝門〟か。思っていたよりもいささか地味だの」

どこか呑気なニーナの言葉に、夏音は優しい微笑みを浮かべた。世界中の魔術師たちの度肝を抜いた異境の出現も、古の大錬金術師であるニーナにかかっては形無しだ。空中に浮かぶ〝門〟というから、もっとド派手な花火のようなものを彼女は想像していたらしい。

「あの世界の向こう側から訪れる存在を、お父様は、恐れてました。私を模造天使に変えて、地上から逃そうとするほどに」

夏音が硬い口調で告げる。彼女の義父である叶瀬賢生が、血生臭い模造天使の儀式を行おうとしたのは、いずれこの地上を襲う恐怖を予見し、それを恐れていたからだ。災厄の化身である第四真祖すら、賢生にとっては、その恐怖を超える存在ではなかった。

しかしニーナは、表情を曇らせる夏音に明るく笑いかけ、

「案ずるな。妾がついておる。暁古城が復活すれば、彼奴も力を貸してくれよう。主は決して一人ではないぞ」

「――そのとおりであります、王妹殿下」

ニーナの言葉に力強く同意したのは、気配もなく現れた一人の女性だった。

銀髪を短く切りそろえた、軍人ふうの若い女だ。鎖帷子を仕込んだ改造軍服は、どことなく忍者装束を連想させる。

「おお、主。戻ったのか」

「はい。ユスティナ・カタヤ要撃騎士、遅ればせながら帰参いたしました」

懐かしそうなニーナの声に、ユスティナが跪いて深々と頭を垂れる。

ユスティナはアルディギア王家に仕える聖環騎士団の一員だ。王女ラ・フォリアの命で紘神島に派遣され、昨年から夏音の護衛を務めていた。

先日アルディギア王国で起きた反乱事件の後始末のため、本国に残っていたユスティナだが、紘神島の渡航制限が解除されたことで、再び夏音の護衛に復帰したらしい。

「お帰りなさいでした」

「ありがたきお言葉、光栄であります」

夏音の笑顔を向けられたユスティナが、くっ、と感激の涙を拭う。そして彼女は胸元から、金色に輝く装飾品を取り出した。

「ときに、失礼ながら王妹殿下におかれましては、これより戦場に赴かれるとのこと。つきましては、是非ともこちらをお持ちいただきたく」

「……ほう、腕輪だな……」

錬金術師としての血が騒いだのか、夏音より先に興味を示したのはニーナだった。ユスティナが差し出した腕輪をペタペタと触り、ギョッとしたように目を見張る。

「ぬ、お……この金属……神代の代物か⁉」

「アルディギア王家に伝わる重宝、〝スクルドの楯〟であります。太后様より、王妹殿下にお渡しするようにと」

「太后様が……？」

夏音が驚きに息を呑んだ。

楯の名前で呼ばれているが、腕輪自体はそれほど大きなものではない。せいぜい男性向けの腕時計程度の太さで、装飾も大人しめだ。翼を模した浮き彫りが薄く施されているだけである。

ニーナが興奮するくらいなのだから、造られて相当の年月が経っているのだろう。

しかしどのような処理が為されているのか、腕輪の表面には曇りひとつなく、完成した直後のように美しく輝いていた。王家の重宝というのも納得だ。

「たしかにお預かりしました」

夏音が自分の手首に腕輪を嵌める。ニーナは涎を垂らしそうな勢いでそれを見つめて、

「か、夏音……頼む、その腕輪、妾に貸してくれ。少しだけ、ほんの少しだけだから！」

「ユスティナさん、ひとつお聞きしたいことがありました」

一人で騒いでいるニーナを無視して、夏音がユスティナに問いかけた。

「なんなりと」

頭を垂れたままユスティナが応じる。

「――絃神島に戻ってきたのは、ユスティナさんだけでしたか？」

すべて見透かしたような夏音の何気ない言葉に、ユスティナは背筋を震わせた。

そして彼女は恐怖とともに思い知る。慈悲深い天使のような微笑みを浮かべていても、この銀髪碧眼の少女は、紛う方なくあのアルディギアの王族なのだと。それでこそ、ユスティナが命を賭けて仕えるに値する主君だと。

ユスティナは夏音の顔を見上げて、無言のまま笑みを口元に浮かべる。

夏音は小さくうなずいて、満足そうに北の空へと目を向けた。

白いフード付きのマントで全身を覆って、雪菜は海を見つめていた。

隣には、同じくマントを巻きつけた雫梨が立っている。

強い海風が吹きつけてはいるものの、肌寒さを感じる気温ではない。それでも雪菜たちがマントを手放さないのは、その下に着けている装備のせいだった。

なんでも、古城を救う過程において、それが切り札になるかもしれないのだという。効果は疑わしいが試す価値はある、のだそうだ。理屈はわからないでもない。

わからないでもないのだが——

「香菅谷さんはいいんですけど、わたしがこれを着る必要はないですよね……」

今から着替えてきてもいいでしょうか、と雪菜は恨みがましく訴える。

それを聞いた雫梨は、「はあっ⁉」と目を剝いて、

「そんなの絶対駄目ですわ！　そもそもどうしてわたくしだったらいいんですの⁉」

「それは、その……矢瀬先輩に言われましたよね。暁先輩を正気に戻せるかどうかが、今夜の作戦のキモだから、少しでも成功率を上げるために試してみる価値がある、って」

「たしかにその話を聞いたときは納得しましたけど、今にして思えば、騙されてるような気がしてきましたわ……」

雫梨が悔しそうにガリガリと爪を噛む。やはり彼女も薄々おかしいとは気づいていたらしい。

雪菜は溜息をつきながら、雫梨の姿をじっと見た。ほっそりとした鬼族の少女の手脚はかすかに震えている。緊張のせいだけではないだろう。彼女は本来、安静が必要なレベルの重傷患者なのだ。

「あの、香菅谷さん、大丈夫ですか？」

「大丈夫……って、なにがですの？」

「無理をしてませんか？　その、今夜の作戦は、香菅谷さんの負担がいちばん大きいから」

心配そうに尋ねる雪菜を見返して、雫梨は複雑な表情を浮かべた。咄嗟に強がりの言葉を口にしかけて、考え直したように首を振る。

「……わたくしは、あなたと同じですわ」

「え？」

「わたくしも古城の監視役だったのです。恩莱島――造られた偽物の世界の話ですけれど。それでも、わたくしの中では、古城は今でもわたくしの監視対象なのですわ。目が離せない弟のような存在で、大切な仲間で、わたくしの……」

「香萱谷さん……」

思いがけない雫梨の告白に、雪菜が驚いて目を瞬いた。

雫梨は勢いよくマントを翻し、どこか芝居がかった仕草で胸を張る。

「ですから、あなたに気遣われるようないわれはなにもありませんの。古城を救うのは、わたくしの当然の義務であり権利なのですわ。必要なら〝血の伴侶〟でもなんでもなって差し上げますし、むしろ未来永劫あの問題児を監視するのは修女騎士の義務ですらありますわ！」

晴れ晴れとした声音で言い切る雫梨を、雪菜は気まずげな表情で見つめた。こんなところで雫梨の口から、こんな重い告白が飛び出すとは思っていなかったのだ。

「いえ……あの、わたしが聞きたかったのは、香萱谷さんの怪我のことで……」

決まり悪げに目を逸らしながら、雪菜がぼそぼそと小声で言う。

「は⁉」

自分の勘違いに気づいた雫梨が、ぷるぷると小刻みに拳を震わせた。

「な、なんでそんなまぎらわしい訊き方をするんですの⁉　わざとですの⁉」

「ち、違います！　ていうか、そんなにまぎらわしかったですか……⁉」

雪菜が慌てて首を振った。戦闘前に仲間の体調を確認するのは、むしろ当然だと思う。

　しかし雫梨は、顔を耳の先まで真っ赤に染めて、

「わたくしにだけこんな恥ずかしいことを言わせるなんて許せません！　こうなったらあなたも白状なさい！　あなたは古城のことをどう思ってますの⁉」

「そ、それは監視役としては思うところはいろいろありますけど——」

「女としてどう思っているのかと訊いてるのですわ！」

「え、ええー……」

　もの凄い勢いで雫梨に詰め寄られて、雪菜はじりじりと後ずさる。しかしムキになった雫梨が引き下がる気配はない。

　どうしてこんなことに、と心の中で苦悶しながら、懸命に言い逃れの言葉を探す雪菜だった。


「大丈夫？　なんか、疲れてない？」

　数分後、集合場所に現れた雪菜と雫梨を見て、浅葱が怪訝そうに訊いてきた。雪菜たちは、力のない笑みを浮かべただけである。

　約二キロ四方ほどもある広大なコンテナ基地。その東側が雪菜たちの持ち場だった。

　雪菜たちと一緒に待機しているのは、浅葱と矢瀬、そして赤いロボットタンクに乗ったリディアーヌだ。

南側には、唯里と志緒。北側には紗矢華と霧葉がいる。

市街地に近い西側は、那月とアスタルテがカバーすることになっていた。四方から包囲するような形で、古城の眷獣を封じこめる布陣である。

直接的な戦闘能力を持たない夏音と結瞳も、バックアップ要員として参加している。矢瀬は、通信係を兼ねた指揮官だ。これだけ広大な戦場だと、彼の持つ特殊能力は頼もしい。

「あの、ほかの方たちは？」

浅葱の追及を誤魔化すために、雪菜は強引に話題を変えた。

『皆、すでに持ち場に着いてるでござる』

リディアーヌが、戦車のコクピットに籠もったまま素直に答えてくる。

「欲を言えば、助っ人が、あと二、三人は欲しかったわね」

戦車の背中に乗った浅葱が、無念そうに呟いた。

あと数分も経たないうちに、第三真祖が古城を解放することになっている。

雪菜たちの作戦はシンプルだ。怪物化した古城に近づいて、浅葱が〝聖殲〟を叩きこむ。古城を完全な吸血鬼に戻すのだ。

ひとまずそれをクリアしなければ、作戦は次の段階に進めない。

だが、そこで問題になるのは、古城が召喚する眷獣たちである。

彼らが古城を護っている限り、浅葱は古城に近づけない。古城に〝聖殲〟を使うためには、誰かが囮になって眷獣をおびき寄せ、彼らを足止めしなければならないのだ。

　だが、現状では囮の人数が少なすぎる。一人で一体の眷獣を引きつけてもまだ足りない。雪菜たちは最初から、圧倒的に不利な状況で戦いに挑まなければならないのだ。

「琉威さんや優乃さんも、手伝いたいとは言ってくれたのですけど……」

　雫梨が無念そうに目を伏せた。宮住琉威や天瀬優乃は、若さに似合わぬ優秀な民間攻魔師だ。しかし彼らの戦闘スタイルは、眷獣との戦いに向いていない。琉威の狙撃では火力が圧倒的に足りないし、優乃の物理攻撃はそもそも眷獣に効果がない。

『真祖クラスの眷獣に通用する攻撃手段なぞ、持ってないのが普通でござるからな。協力を申し出てくれるだけでかたじけのうござる』

　リディアーヌが雫梨を真剣にフォローする。彼女の言葉は、慰めではなく厳然たる事実だった。並みの眷獣ならまだしも、〝吸血王〟の眷獣に対抗できる攻魔師は、特区警備隊にもほとんど存在しないのだ。

「とりあえず俺たちで出来る限りの準備はしたさ。あとは古城の出方次第だな」

　矢瀬が投げやりな口調で言う。浅葱の作戦がシンプルなぶん、前もって出来る仕込みは多くない。ここから先は出たとこ勝負だ。矢瀬としては祈るしかないという気分なのだろう。

　戦車の背中に乗っていた浅葱が、そんな矢瀬を険しい目つきで見下ろした。

「ところで、基樹……あの服、本っ当に効果があるんでしょうね？　古城が絶対に喰いつくって言うから、仕方なく着てもらってるんだけど……！」

マントを羽織る雪菜たちをちらりと眺めて、浅葱が眉を吊り上げる。

強い海風にあおられて、マントの裾がめくれていた。そこからのぞいているのは、ストッキングに包まれた太腿と、身体にぴったりとフィットしたボディースーツだった。手首には白いカフスを巻き、頭に被ったフードの下にはウサギの耳をかたどったヘアバンドをつけている。

いわゆるバニーガールの衣装である。

「それに関してだけは信用してくれていいぜ。二人の役目は古城を誘惑することだからな」

なぜか自信に満ちた口調で、矢瀬がきっぱりと断言する。

そんな矢瀬を、雪菜と雫梨も半眼で睨みつけた。古城を救うために必要だと力説されて仕方なく着ることにしたのだが、言いくるめられたという意識がどうしても拭えない。

「ていうか、なんでバニーガールなのよ。水着とかじゃ駄目だったわけ？」

浅葱がもっともな疑問を口にする。水着で眷獣と戦うのもそれはそれで抵抗があるが、バニースーツよりはマシかもしれない、と雪菜は思う。

しかし矢瀬は断固拒否するとばかりに首を振り、

「水着はスポーツウェアじゃねえかよ。そんな健全な服装で、古城が興奮するかっての！」

「……バニーガールの衣装ならいいわけ？」

「バニースーツってのは、そもそも男の注目を集めるための衣装だからな」

説得力があるのかないのか、よくわからない主張を続ける矢瀬。

あの、と雪菜は怖ず怖ずと手を挙げて、

「暁先輩がバニーガールに興味を示したところは今まで見たことがないんですが……」

「バニーガールにこだわっているのは、単にあなた個人の趣味ではありませんの？」

雫梨も疑惑の眼差しを矢瀬に向ける。いやいや、と矢瀬は大げさに首を振り、

「そんなことないって。もしこれで効き目がなかったら、問題があるのは、衣装じゃなくて姫柊ちゃんたちの発育のほうだから――って、大砲を人に向けるんじゃねえよ！」

浅葱が戦車を操作して砲門を矢瀬に向け、それに気づいた矢瀬が悲鳴を上げた。

雪菜は肩を落として深く息を吐く。

「すみません、やっぱり今から着替えてきていいですか？」

『遺憾ながら、時間切れでござる、剣巫殿』

リディアーヌのひと言が、雪菜の望みを無情に断つ。

時刻は間もなく深夜零時。第三真祖との約束の時間だ。

迷いを捨てて緊張を高める雪菜たちの眼前で、ゆらり、と波紋のように虚空が揺れた。

雪菜と雫梨が、咄嗟に自分たちの武器を構える。が、そこに出現したのは意外な人々だった。

「――ごめん、お待たせ。どうにか間に合ったみたいだね」

スポーツブランドのパーカーを着たボーイッシュな人影が、雪菜たちに向かって朗らかに手

を振っていた。〝蒼の魔女〟仙都木優麻である。

攻魔局預かりの身分である優麻は、彼女一人の意思では自由に動けない。その優麻が手伝いに来てくれたということは、矢瀬や那月が裏から手を回してくれたのだろう。

那月と同様に空間制御魔法を使いこなす優麻の存在は、眷獣が相手でも心強い。間に合わないと思っていた頼もしい助っ人の出現に、雪菜は表情を明るくした。

だが、優麻が連れてきたもう一人の少女に気づいて、その表情が凍りつく。

彩海学園の制服を着た小柄な少女だ。長い黒髪を短く束ね、快活な雰囲気を漂わせている。

「凪沙ちゃん⁉」

雪菜の声が驚きに震える。雫梨も驚愕に目を見張っている。

「どうしてここに……⁉」

浅葱がキッと矢瀬を睨みつけた。矢瀬は呆然と首を振る。凪沙がこの場に現れたのは、彼の意思ではなかったのだ。

「あー……実は、ね……」

優麻が困ったように額をかく。どうやら彼女も、本心から望んで凪沙を連れてきたわけではないらしい。言いづらそうにしている優麻の代わりに、凪沙は自ら雪菜の前に出る。

「あたしがユウちゃんを探して、連れてきてくれるように頼んだの！」

「……どうして？」

雪菜は怯えたように訊き返した。古城の実の妹とはいえ、凪沙は魔族でも攻魔師でもない一般人だ。暴走した眷獣たちの傍に近づけるのは、あまりにもリスクが高すぎる。

しかし凪沙は、怒りを浮かべた真剣な瞳を雪菜に向けてきた。雪菜が初めて目にする表情だ。

「どうしてもこうしても、また古城君が大変な状況なんだよね!?　で、雪菜ちゃんたちみんなで、どうにかしようとしてるんだよね!?　だったらあたしが手伝うのは当然じゃない！　浅葱ちゃんもユウちゃんも、夏音ちゃんだって手伝ってくれてるんでしょ!?」

これまでに見たこともない凪沙の剣幕に、雪菜は圧倒されてなにも言い返せない。

動揺していたのは雪菜だけではなかった。浅葱と矢瀬は本気で青ざめ、雫梨は凍りついたように固まっている。リディアーヌは戦車の中で息を潜めて隠れている。

それほどまでに凪沙の怒りは強烈だった。

沈黙した凪沙の大きな目から、ぽろぽろと涙がこぼれ始める。

凪沙の怒りは正当だった。実の兄が生死の狭間で苦しんでいるときに、一人だけなにも伝えられることなく、蚊帳の外に置かれていたのだ。彼女には雪菜たちを責める資格がある。

「凪沙ちゃんはだいたいの事情は全部知ってるんだよ。マンションのリビングが荒れてたのを見てすぐに調べたみたいで」

優麻が溜息まじりに説明する。

「調べた？　あ……？」

古城から以前に聞かされた情報を、雪菜は不意に思い出す。暁兄妹の母親である暁深森は、医療系の接触感応能力者なのだと。そして彼女の能力は、娘である凪沙にも受け継がれているのだと。

凪沙自身はその能力を基本的に使わない。それほど使い途のある能力ではないし、そもそも他人の過去や秘密になど、彼女は興味がないのだろう。それに彼女の祖母である暁緋沙乃から、能力の使用をきつく戒められている可能性が高い。暁家の嫁と姑の確執は、部外者の雪菜ですら知っているくらい有名な話だ。緋沙乃が深森の能力を毛嫌いしているのは間違いなかった。

だが、そんな凪沙でも、あの自宅リビングの惨状を見れば、能力を使わざるを得ないだろう。あの場には、古城が心臓を貫かれた際の血痕がくっきりと残っていたのだから。その血に触れることで、凪沙は兄の身に起きた出来事を知ったのだ。

雪菜は凪沙に謝罪しようと口を開きかけ、しかし何も言えずに唇を噛んだ。

異変が起きたのは、その直後だった。

『皆の衆――！　魔力反応！　どでかいでござる！』

リディアーヌが切迫した口調で叫ぶ。

広大なコンテナ基地の空気が変質していた。凄まじい魔力が大地を震わせ、空気がピリピリと帯電している。眩い金色の霧が集まって、広場の中央に美しい女性の姿を形作る。

第三真祖――ジャーダが事前の打ち合わせどおりに、封印した古城を連れて現れたのだ。

「基樹！」

矢瀬に向かって、浅葱が怒鳴った。

「ああ、わかってる。凪沙ちゃんは俺が見てっから、おまえらは予定どおり進めてくれ。もう、時間がない！」

呆然と立ち竦む凪沙を抱え上げ、矢瀬が浅葱に怒鳴り返す。彼もまた凪沙と同様の過適応能力者――大気を操る念動能力者だ。眷獣相手に戦うのは無理でも、凪沙を抱えて避難するのはそれほど難しくない。風圧によるアシストで筋力を底上げできるからだ。

「――暁古城の〝伴侶〟たちか」

膨大な魔力を撒き散らしながら、ジャーダが厳かな口調で告げる。

洩れ出している魔力は、彼女自身のものではない。彼女の眷獣による封印を破って、古城が脱出しようとしているのだ。

「約束の時間だ。貴様らの手並み、見せてもらうぞ」

ジャーダの言葉が終わると同時に、雷鳴のような轟音を立てて空間が軋んだ。

巨大な質量の出現によって爆風が巻き起こり、禍々しい閃光が夜の空を照らした。

自らの意思を持つ濃密な魔力の塊が――漆黒の眷獣たちが出現する。

その中央にいるのは、一体の魔物。漆黒の外骨格に覆われた異形の怪物だ。

「――姫柊さん、香菅谷さん、行くわよ！」

有脚戦車(ロボットタンク)に乗りこみながら、浅葱(あさぎ)が叫ぶ。

「はい」

銀色の槍(やり)を構えながら、雪菜(ゆきな)がマントを脱ぎ捨てた。バニースーツに包まれた肢体(したい)があらわになるが、それを恥ずかしがっている余裕はない。

「ここから先は、わたしたちの聖戦(ケンカ)です」

槍の柄(つか)を強く握りしめ、自らに言い聞かせるように雪菜は呟(つぶや)く。

波打つ深紅の長剣(ちょうけん)を抜き放った雫梨(しずり)が、その呟きに応(こた)えるように短く吼(ほ)えた。

「ですわ！」

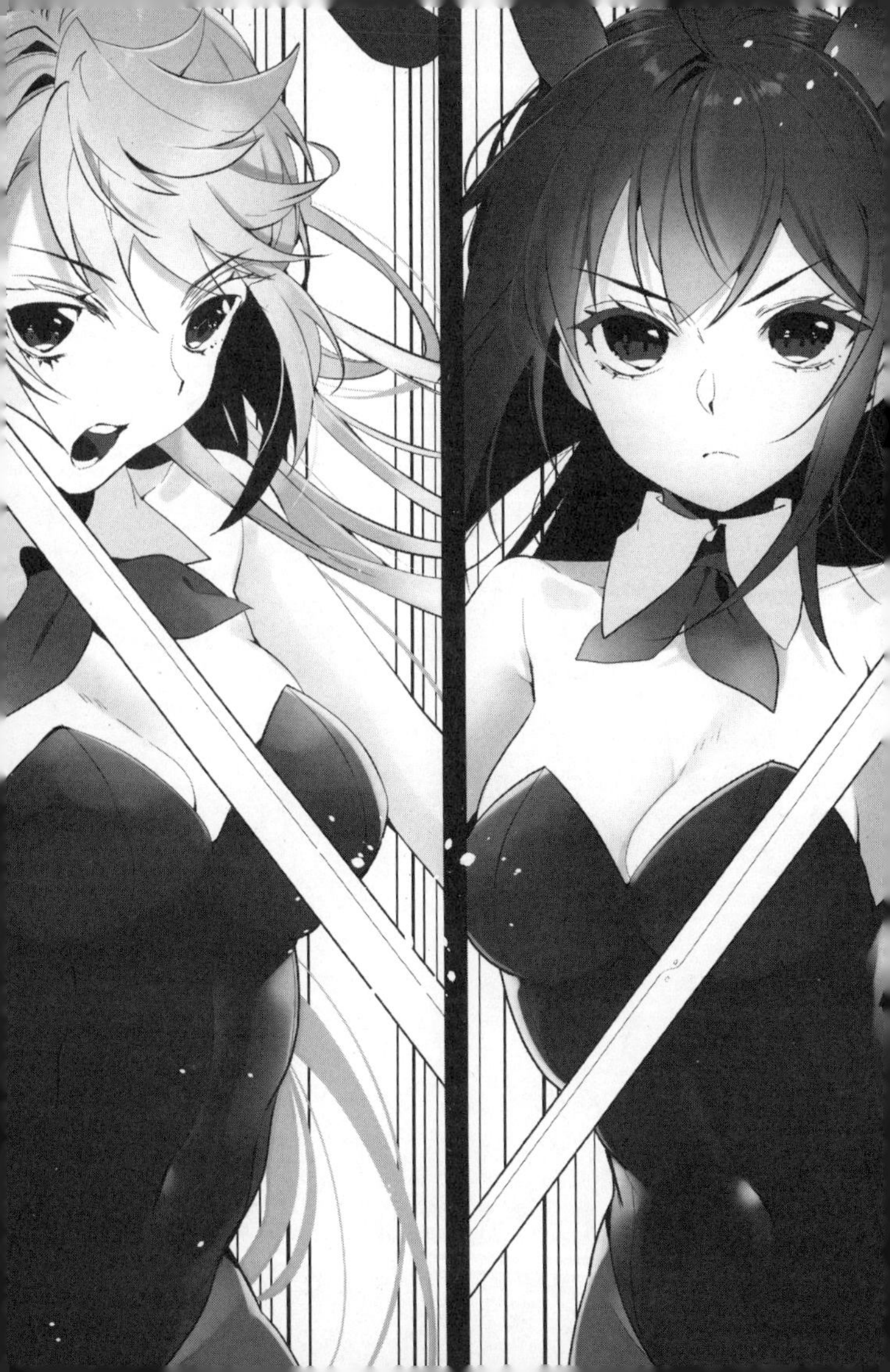

第五章　血のように赤く
Blood Red

1

鋼色の街が、燃えていた。

爛熟した技術の粋を極めた人工の都市が、無惨に焼け落ち、崩れていく。

美しい街並みも、幾何学的な螺旋を描く交通機関の軌道も、高くそびえ立つ塔門も、等しく傷つき、崩壊する。空は炎を照らして赤く輝き、海もまた深紅に染まっていた。

だが、それほどの破壊の中にありながら、奇妙な静けさが街を満たしている。

声が聞こえない。悲鳴も、慟哭も、苦悶のうめきも、怨嗟の声も。

都市の崩壊を嘆く者は、この島には存在しないのだ。

人口数百万を数えたはずの街は、今や滅びゆくだけの廃墟に変わっていたのだった。

そんな無人の廃墟の片隅で、最後に残った男たちが対峙している。

一人は〝天部〟。そして、もう一人は人間……否。かつて人間だった若者だ。

「——勇者よ、よくぞここまで辿り着いた。褒めてやろう」

からかうような無邪気な笑みを浮かべて、〝天部〟の男が静かに告げた。

崩れかけた建物の壁にもたれて、彼はぐったりと倒れている。

青白い唇からこぼれているのは鮮血だ。

彼の胸には深い傷が穿たれ、あるべき臓器は跡形もなく失われていた。たとえ〝天部〟の生命力をもってしても助からない。どうしようもないほど確実な致命傷だった。

「こんなときまでふざけてる場合かよ、カイン」

もう一人の男が、弱々しく叫ぶ。彼の目からあふれていたのは涙だった。後悔と苦悩に満ちた血の涙だ。地面に落ちた槍が、乾いた音を立てる。穂先を血で濡らした銀色の槍だった。

「なぜだ、こうなることがわかっていて、あんたは、どうして……⁉」

「僕はやりたいことをやっただけだよ」

傷ついた男は、微笑みを浮かべて呟いた。昔と彼と同じ穏やかな微笑みだ。

「あの十二体の特別な眷獣だけは、キイたちに任せるわけにはいかなかった。彼らには、もう十分すぎるほど重い荷物を背負わせてしまったからね」

「あんたなら、ほかにもっと上手いやり方があっただろう⁉」

若者が男の前に膝を落とした。涙を流す若者を見つめて、男は愛おしげに首を振る。

「いや、これでよかったんだ。たぶんきみにも、すぐにわかる」

男は晴れやかに笑って、顔を上げた。彼の視線の先にいたのは、崩れかけた塔門の頂に止まった一体の龍だった。鋼色の鬣を持つ巨大な龍族だ。

「グレンダ、済まない。あとのことは頼むよ」

祈りに似た男の言葉を聞いて、その龍は小さくうなずいた。

龍の腕には、人間の若い娘が数人抱かれている。紅玉髄の石版を抱く彼女たちの正体は、カインが育てていた巫女たちだ。

彼女たちの無事を確認して、カインは満足したように大きく息を吐き出した。

眩い光が、彼の横顔を照らしたのはその直後だった。深紅に染まった水平線から、異境の太陽が顔を出している。もうすぐ夜が明けるのだ。

「カイン！」

若者が、咄嗟に男を庇おうとする。

しかし傷ついた男は、澄んだ瞳を向けて若者を止めた。若者は黙って唇を噛む。彼は思い出したのだ。傷ついた男の最後の望み。男が夢見ていた光景を。

「ああ、綺麗だ、これが……暁の輝きか……」

幼子のような無垢な表情で、男が呟く。

光を浴びた彼の姿が、サラサラと砂のように崩れていく。

「さようなら、第四真祖。願わくば、きみの〝血の記憶〟を受け継いだ誰かが幸せに——」

「カイン——！」

暁古城は、自らの記憶の中で絶叫した。

それはかつて第四真祖と呼ばれた少年の記憶。世界最強の、そして人工の吸血鬼の記憶だ。

記憶に引きずられるような形で、怒りと悲しみと絶望が古城の心を支配する。

古城の血の中に棲む眷獣が、その黒い感情に呼応するように力を増す。

自分たちを閉じこめた闇色の牢獄を、力任せに破ろうと彼らは唸りを上げる。

空間が軋み、なにかが音もなく砕け散った。

牢の扉が開き、光が射す。

そして獣たちは再び解き放たれた。絃神島。魔族特区の大地へと――

2

斐川志緒は、六歳のときに父親を失った。彼女の父は警察所属の攻魔師で、魔導テロ事件の鎮圧に向かい、市民を庇って命を落としたのだと聞いている。

父親の記憶はすでに朧気で、交わした会話もほとんど覚えていない。だが、そのあとすぐに、志緒が獅子王機関の攻魔師になる決意をしたのは、つまりそういうことなのだろう。

十二体の眷獣を従えた黒い影が、広場の中央に着地する。

不揃いな角と、鎧のような外骨格。闇の中で輝く真紅の瞳。

人々の憎悪を一身に集めたような、禍々しい異形の怪物だ。

「あれが、暁古城なのか……あんな恐ろしい姿が……⁉」

漆黒の怪物の姿を見つめて、志緒は両手を震わせた。恐怖ではなく、激しい怒りが原因だ。

「志緒ちゃん！　行くよ！」

銀色の長剣を構えた唯里が、古城に向かって飛び出していく。志緒たちの相手は、怪物化した古城を取り巻く眷獣たちだ。彼らを古城から引き離し、足止めする。それが自分の役目だとわかっていても、志緒は古城から目を離せない。

凡庸な少年。それが暁古城に対する志緒の第一印象だった。

怠惰で、魔術の心得もなく、学校の成績もギリギリ及第といったところ。顔立ちは、まあ、それなりだが、雪菜のような破格の美少女と釣り合うとはとてもいえない。ごくありきたりの一般人だ。豪胆で破天荒な彼の父親とは似ても似つかない。そう思っていた。

それなのに雪菜や紗矢華、それに唯里。彼と接触した少女たちは、皆、彼に惹きつけられていく。グレンダですら彼に懐いている。まったく理解できないことだと思っていた。

その認識がひっくり返ったのは、絃神島が未確認魔獣の襲撃を受けた日のことだった。

彼は、あえて自分自身の魔力を相手に喰わせるというやり方で、不死身に近い魔獣たちを強引に倒したのだ。

志緒はその行為に度肝を抜かれたし、畏怖を覚えた。一歩間違えば自分が喰われるかもしれない危険な行為を、古城はなんの躊躇もなく実行したのだ。

そのときになって志緒はようやく自分の勘違いに気づく。

世界最強の吸血鬼の力を持つ少年が、凡庸に思える。それがすでに普通ではないのだと。

古城は第四真祖の力を、己のために使わない。使おうとすら思わない。そのくせ自分以外の誰かを救うためなら、平然と自分を危険にさらす。

そんな割の合わない行動を取るのは、ただの馬鹿か、あるいは本物の王だけだ。彼の生き方はあまりにも危うく、黙って見てはいられない。

そして志緒には彼を支える力がある。今の志緒は、幼く無力なあのときの自分とは違うのだ。

「六式降魔剣・改、起動――！」

唯里が、長剣を振り上げて眷獣へと立ち向かう。

彼女の正面にいるのは、巨大な牛頭神。不浄の土と関連づけて語られる、吸血鬼の大地の属性を象徴する眷獣だ。

漆黒の熔岩で出来た戦斧を、唯里は擬似空間切断の障壁で受け止める。そして、

「起動――！」

唯里は腰から二本目の長剣を抜いた。六式降魔剣・改の二刀流。紗矢華の〝煌華麟〟とは違い、変形機構を廃して軽量化した量産品だから可能な荒技だ。

「あああああああああっ！」

唯里の二撃目が、牛頭神の巨体を袈裟懸けに斬り裂いた。

魔力の塊である眷獣にとっては、ほとんど効果はない。だが、再生するまでの一瞬、時間を稼ぐことはできる。

さすが唯里、と志緒は微笑む。親友の優しさと強さが、我がことのように誇らしい。だから、

「――認証申請！　六式降魔弓・改・モード・アルムブラスト、解放！」

志緒は、ありったけの呪力を構えた武器へと注ぎこんだ。洋弓ではない。六式降魔弓・改に隠されたもうひとつの姿――攻城兵器たる弩だ。

量産型の六式・改は、剣と弓、それぞれを組み合わせることで、空間ごと削り取る弩砲へと変わるのだ。

『六式降魔弓・改・モード・アルムブラスト、起動』

起動した弩砲の射線上には、漆黒の霧に覆われた巨大な甲殻獣の姿がある。触れるものすべてを霧へと変える、吸血鬼の霧化能力を司る眷獣。その攻撃範囲は、おそらく〝吸血王〟の十二体の眷獣の中で、もっとも広い。霧のごとき眷獣の本体には、いかなる物理攻撃も通用しないはずだ。だが、志緒の弩ならば――

「喰らえっ！」

六式降魔弓・改から放たれた閃光が、槍となって眷獣を貫いた。その閃光に触れた場所が、ごっそりと跡形もなく消滅する。甲殻に包まれた眷獣の本体を、周囲の空間ごと抉り取ったの

だ。

「なんとかいける……か。あとは、私たちがどれだけ保つかだな」

志緒が強気な笑みを浮かべて呟いた。

天災に匹敵するといわれる強大な眷獣たちにも、志緒たちの攻撃は通用する。

だが、その均衡は長くは続かない。無尽蔵の魔力を持つ眷獣たちに対して、志緒たちの呪力には限りがあるからだ。限界が訪れる前に暁古城を救い出さなければ、この島は今夜消滅する。

「雪菜、お願い……！」

唯里が祈るように呟くのが見える。

彼女の呟きに自分の祈りを重ねて、志緒は再び弩を構えた。

「――起きろ、〝輪環王〟」

那月が傲岸な口調で己の影に命じた。

大地を揺らして出現したのは、金色の甲冑をまとった巨大な騎士像だ。

機械仕掛けの黄金の騎士。闇そのものを閉じこめたような分厚い鎧の内側から、巨大な歯車や駆動装置の蠢く音が、怪物の咆吼のように聞こえてくる。悪魔の眷属。魔女の〝守護者〟。魂を売り渡す契約の代償として、那月が手に入れた力の象徴だ。

那月が見つめる視線の先には、互いに絡み合う双頭の龍が浮かんでいる。吸血鬼の貪婪と暴食を司る眷獣。その忌まわしい漆黒の龍が、那月に向かって急降下する。

那月は虚空から鋼の錨鎖を撃ち出すが、その鎖は龍に絡みつく前に、巨大な顎に喰いちぎられていた。神々の魔具である〝呪いの縛鎖〟が、まるで飴細工も同然だ。

「すべての次元ごと空間を喰い荒らす〝次元喰い〟か。これは〝禁忌の荊〟でも縛れんな」

双頭龍の顎に呑みこまれる前に、空間転移で距離を取りながら、那月は乱暴に鼻を鳴らした。

那月の〝守護者〟の本来の力を解放すれば、力で押し潰すことは不可能ではないが、その場合は、周囲に及ぼす被害が甚大なものになる。幼かったかつての那月が悪魔に捧げた願いはあまりにも大きすぎたのだ。その願いが世界に災厄をもたらすほどに。

だが、〝守護者〟を封じたままの那月の攻撃力では、漆黒の双頭龍に有効なダメージを与えられない。

ならば、と那月は、自らの眼前に空間制御の魔法陣を展開する。そこに召喚されたのは、眷獣の攻撃を防ぐ楯となる漆黒の防壁。

双頭龍は、それに構わず防壁ごと那月を喰らおうとする。が、防壁を喰いちぎった瞬間、彼らは苦悶の咆哮を上げた。

「――貴様自身の肉体でも喰っていろ」

人形のような精緻な美貌に、酷薄な笑みを浮かべて那月が吐き捨てる。

那月が防壁として使ったのは、空間をねじ曲げて召喚された双頭龍自身の肉体だった。自分自身の肉体を喰らって荒れ狂う眷獣を、那月は冷ややかに睥睨しながら再び新たな鎖を放った。

「妃崎霧葉、そっちは任せたわ！」

「……は？」

一方的に言い放って、無防備な背中を向けてくる煌坂紗矢華を、霧葉は信じられない気分でぽかんと眺めた。紗矢華は霧葉の友人でもなんでもない。同じ組織の同僚でもない。以前、彼女にぶっ飛ばされて任務を達成できなかった恨みも忘れていない。もっとも、その前に紗矢華をぶん殴って気絶させたのは霧葉だったりするのだが。ともあれ、互いが敵対関係に近いのは今も変わらない。

それなのに紗矢華はこともあろうに、その霧葉に背中を預けている。人が好い、という程度の言葉では言い表せない。こいつ馬鹿か、というのが素直な感想だ。

そして霧葉がなによりも腹立たしいのは、そんな紗矢華の気持ちがわかってしまうことだ。この女の性格は気に入らないし、自分よりも胸がでかくて脚が長いのも気に入らない。サラサラの髪や長い睫毛やすっとした鼻筋も実に不愉快だ。しかし、彼女の実力は認めざるを得ない。

霧葉（きりは）が自分の背中を任せても大丈夫だと信頼する程度には――

「まあ、あなたに頼まれたからどうということはないのだけれど……調子が狂うわね」

本当に腹立たしい、と思いながら、霧葉は鉛色の双叉槍（スピアフォーク）を構えた。

仕方なく、本当に仕方なく気まぐれで、紗矢華（さやか）を護（まも）るような形で、迫り来る眷獣（けんじゅう）の前に出る。

目の前にいたのは漆黒（しっこく）の水妖（すいよう）――水の精霊（ウンディーネ）だ。彼女が触れた人工島の大地が、土に帰って崩壊していく。音も熱もない静かな破壊。だが、その凄（すさ）まじい勢いは恐怖そのものだった。吸血鬼の再生能力を象徴するこの眷獣は、接触したものすべてを原子レベルにまで還元する。見た目の派手さはないものの、厄介さでは随一だ。

「この黒い液体……超還元能力ってやつね……」

大地を侵蝕（しんしょく）する水妖の肉体を眺めて、霧葉は不機嫌そうに唇を歪（ゆが）める。いかなる姿にも形を変えて、変幻自在に忍び寄る破壊。その侵攻を喰（く）い止めるのは容易ではない。

しかし霧葉は唇を吊（つ）り上げ、地上から這（は）い寄る眷獣の肉体に双叉槍（スピアフォーク）を突き立てた。キン、と耳障りな振動音が轟（とどろ）き、眷獣の肉体が爆発したように吹き飛ばされる。

未確認魔獣Ⅸ４（アンノウンナインフォー）が操る共鳴破砕の術式だった。霧葉の乙型呪装双叉槍（リチエルカーレ）は、戦った相手の術式を複写（コピー）して再現することができるのだ。

侵攻を邪魔された水妖が、怒りをあらわに霧葉に攻撃を集中した。

霧葉はその攻撃をことごとく撥（は）ね返す。眷獣の超還元が発動する前に、共鳴破砕の超振動が、水妖の肉体を弾(はじ)いているのだ。しかし巨大すぎる眷獣本体に、霧葉の攻撃は届かない。

「きりがない……か。よくよくデタラメな破壊力だこと。でも……」

ボロボロに刃毀(はこぼ)れした双叉槍(スピアフォーク)の穂先(ほさき)を眺めて、霧葉が薄く溜息(ためいき)を洩(も)らす。共鳴破砕を発動する瞬間、わずかに眷獣に接触しただけで、呪術(じゅじゅつ)的に強化されているはずの金属がこの有様(ありさま)だ。決して侮(あなど)っていたわけではないが、さすがは〝吸血王(ザ・ブラッド)〟の眷獣といったところか。想像以上の破壊力である。

双叉槍(スピアフォーク)が完全に駄目になる前に、と霧葉は迷わず撤退を選ぶ。せめて紗矢華とは逆方向に眷獣をおびき寄せながら。

しかし霧葉たちがいるのは、人工島の突端だ。霧葉が逃げた先は袋小路で、すぐに追い詰められてしまうことになる。それでも霧葉の表情に焦りはなかった。

霧葉が追い詰められるということは、敵の移動経路も予測できるということだからだ。

「運が悪かったわね。私はあなたのようなデカブツ退治の専門家なの」

ぼそりと口の中で呟(つぶや)いて、霧葉は事前に仕掛けてあった呪術を起動する。

周囲に散らばっていた幾つかのコンテナが割れて、その中にあった武器があらわになる。

鋼色(はがねいろ)の穂先を持つ巨大な突撃槍(ランス)。長さは軽く五メートルを超え、重量はおそらく百キロ以上。その重厚な突撃槍(ランス)が三十本以上、漆黒の水妖を取り囲むような形で配置されている。

霧葉は対魔獣戦闘の専門家。太史局(たいしきょく)の六刃神官(りくじんしんかん)だ。自分よりも遥(はる)かに巨大な敵との戦いは、むしろ彼女の得意分野なのである。

「なにが癒しの眷獣よ。癒しとか、そういうの、ムカつくのよ——甲型呪装単槍！」

霧葉の呪力を感知した突撃槍が、閃光とともに一斉に撃ち出された。

鼓膜が麻痺するほどの轟音が広大なコンテナ置き場を揺るがし、爆風が地上を駆け抜けた。

太史局の切り札である甲型呪装単槍の正体は、最新鋭の軍艦の主砲と同じ電磁投射砲である。小型化されているとはいえ、超音速で撃ち出される突撃槍が、圧倒的な運動エネルギーにより巨大な水妖を粉砕する。

もっとも魔力の塊である眷獣に、物理攻撃は意味がない。粉々に飛び散った水妖も、何事もなかったようにすぐに復活するだろう。それでも時間稼ぎとしては十分だ。

「派手にやってくれるわね、太史局」

霧葉の奮戦を横目で見ながら、紗矢華は銀色の呪矢を射放った。六式重装降魔弓の呪術砲撃。大規模な儀式呪術にも匹敵する威力のその砲撃は、しかし漆黒の眷獣が放った暴風にあっさりと弾かれる。

「さすがに正面からぶつかったら押し負けるか」

眷獣の反撃から逃げ惑いながら、紗矢華は悔しげに呟いた。

紗矢華が相手にしているのは、暴風に包まれた漆黒の双角獣だ。嵐を操るという吸血鬼の権能が反映された眷獣である。暴風を撒き散らすだけのシンプルな敵だが、そのぶん破壊力と攻撃範囲が凄まじい。

できることなら戦いたくない相手だ。正直、逃げ出してしまいたい。だが、

「暁古城……雪菜……」

紗矢華が視線を向けた広場の中央には、異形の怪物と化した古城の姿があった。そんな彼を救うために、眷獣の群れに突っこんでいく雪菜も見える。

銀色の指輪を嵌めた左手を、紗矢華は強く握りしめる。

この傍迷惑な双角獣に、雪菜の邪魔をさせるわけにはいかないのだ。

「――獅子の舞女たる高神の真射姫が讃え奉る！」

完全に無防備な状態になるのも構わず、紗矢華は自らの姿をさらして弓を構えた。

漆黒の双角獣の攻撃は、紗矢華と同じ砲撃型だ。破壊力に性能を全振りした志緒の弩では、あの眷獣に攻撃が届かない。あの眷獣を足止めできるのは、この場で最大の攻撃射程を持つ紗矢華だけなのだ。

「極光の炎駒、煌華の麒麟、其は天樂と轟雷を統べ、憤焔をまといて妖霊冥鬼を射貫く者なり――！」

ありったけの呪力をこめた呪術砲撃が、銀色の洋弓から放たれる。

双角獣（バイコーン）はその攻撃を、平然と正面から迎撃した。眷獣（けんじゅう）が撒（ま）き散（ち）らす暴風が、紗矢華（さやか）の呪術（じゅじゅつ）砲撃を呆気（あっけ）なく消し飛ばす。押し寄せてきた衝撃波に吹き飛ばされて、紗矢華は地面に転がった。

風に舞った小石が、紗矢華の頬（ほお）を切り裂いて浅い傷をつける。しかし、紗矢華がその頬に浮かべていたのは勝ち誇った笑みだった。

「油断したわね……！」

消滅したはずの呪術砲撃が、予期せぬ方角から双角獣（バイコーン）を襲（おそ）った。

紗矢華の〝煌華麟（こうかりん）〟に与えられたもうひとつの能力——擬似空間切断。

六式重装降魔弓（デア・フライシュッツ）は、自ら生み出した空間の断層を利用することで、射出した呪術砲撃の角度や射程を、自由に変えることができるのだ。

正面から撃ち合うと見せかけて、紗矢華は同時に三発の呪矢（じゅし）を放っていた。斐川志緒（ひかわしお）の得意技である呪術砲撃の全斉射（フルバースト）。精度は落ちるが——ほんのちょっとだけ落ちるが、志緒に出来ることは紗矢華にだって出来るのだ。

最初の一撃目で眷獣の攻撃を相殺（そうさい）し、その直後に予期せぬ方角からの第二撃。そして紗矢華が放った呪矢はもう一撃——

時間差で飛来した三発目の呪術砲撃が、体勢を崩していた双角獣（バイコーン）を地面へと叩（たた）き落とす。

「やった……」

紗矢華はホッと息を吐きながら立ち上がる。眷獣を撃ち落とした紗矢華を見て、妃崎霧葉が、驚いた顔をしているのはなかなか気分がいい。

もっともこれで終わりではない。紗矢華の呪術砲撃では、眷獣を殺すことはできないのだ。だから手数で押し切って、この場に釘付けにするしかない。

紗矢華は、スカートの下から取り出した新たな呪矢を洋弓につがえた。

その瞬間、誰かの強い視線を感じて、弾かれたように振り返る。

そこにいたのは新たな眷獣。漆黒の鱗に覆われた美しい魚竜だった。


もうおまえは一人じゃない、と彼は言った。

これから死ぬまで幸せな一生を過ごすんだ、と。

それがプロポーズの意味ではないことくらい、本当は結瞳にだってわかっているのだ。


べつの眷獣と戦っていた紗矢華の前に、漆黒の魚竜が出現する。前肢は半透明の巨大な翼で、山羊に似た巨大な角を持っている。不意を衝かれた紗矢華には、その眷獣の攻撃は防げない。

それに気づいた瞬間、結瞳はなにも考えずに飛び出していた。

魔力で紡いだ翼を広げ、夢魔の象徴である尻尾を伸ばす。

卑猥で醜い姿だと、自分でも思う。しかしそんな結瞳を見て、あの人は言ったのだ。尻尾が生えてるくらい可愛いものじゃねーかよ、と。

結瞳がその言葉にどれだけ救われたか、きっと彼は気づいていない。素直に応えることはできなかったけれど、本当は泣きたくなるくらい嬉しかった。

古城と結婚したいという結瞳の言葉を、誰も本気で取り合ってはくれない。婚約者だと言い張る結瞳の言葉を、おそらく古城本人でさえ、子どもの夢想だと思っている。

それでなくても、結瞳には恋敵が多い。それもとんでもない強敵ばかりだ。あと何年かして結瞳が成長したとして、自分が雪菜のように可愛く、浅葱のように賢く、紗矢華のようにスタイル抜群になるとは思えない。なんであんな素敵な人たちばかりが古城の周りに集まってくるのだ。頭にくる。本当に頭にくる。

だが、それでも古城は約束を護ってくれた。

彼と出会って、ずっと死にたいと思っていたはずの結瞳の運命は変わった。

魔族特区の学校に編入し、友達も出来た。矢瀬家の人々は、結瞳を妹のように扱ってくれる。学校で魔獣たちの世話をするのも愉しい。絃神島での生活は騒々しいけれど、結瞳は胸を張って、今の自分が幸せだと言い切れる。

だから、次は自分の番だと結瞳は思う。彼と結婚するという自分の言葉を真実にするために、苦しんでいる古城を救うのだ。たとえ今はまだ幼くて無力でも。

「──この眷獣(けんじゅう)！」

魔力を放ちながら近づく結瞳に気づいて、漆黒(しっこく)の魚竜(ぎょりゅう)が注意を向けてくる。

その瞬間、結瞳は気づいた。この眷獣の能力は精神支配だ。吸血鬼が持つ魅了の力。夢魔(サキュバス)である結瞳と同じ能力だ。

「結瞳ちゃん⁉」

眷獣の前に飛び出した結瞳に気づいて、紗矢華が驚愕(きょうがく)の表情を浮かべる。しかし今の彼女に、結瞳を援護する余裕はない。

それにたとえ紗矢華でも、眷獣による精神攻撃は防げない。この眷獣に対抗できるのは、結瞳しかいないのだ。

「邪魔はさせません」

眷獣が凄(すさ)まじい魔力を放つ。物理的な攻撃力は皆無だが、精神に対する影響力は絶大だ。一瞬でも気を抜けば、魂まで持っていかれて廃人と化すだろう。

しかし結瞳はその眷獣の攻撃を、真っ向からねじ伏せる。

宿主(やどぬし)の制御を離れて暴走している眷獣など、夢魔(サキュバス)の女王たる結瞳の敵ではない。

「〝夜の魔女(リリス)〟の力を……世界最強の夢魔(サキュバス)を舐(な)めないでください！」

結瞳は魔力を振り絞る。自分の魂の奥底に眠る莉琉(りる)──もう一人の自分に力を貸せと命じる。

神々の生み出した生体兵器、レヴィアタンすら支配する夜の魔女(リリス)の力は伊達(だて)ではない。

「あの人を幸せにするのは、私なんだから――！」

漆黒の魚竜がぐらりと揺れる。眷獣とは自らの意思を持つほどの濃密な魔力の塊だ。たとえ相手が魔力の集合体でも、そこに自我があるのなら、夢魔の精神支配で操れる。

「私に跪けえええええっ！」

結瞳が声を張り上げて絶叫した。

まるでその声に従うように、漆黒の魚竜が動きを止めて、ゆっくりと海の底へと沈んでいく。


「王妹殿下！」

剣を構えたユスティナが、夏音の前に立って眷獣と睨み合っている。

彼女たちを睥睨しているのは、黒い宝石のような肉体を持つ、途方もなく巨大な大角羊だった。眷獣の周囲を漂っているのは、黒い宝石の結晶だ。いかなる攻撃にも傷つけられることのない黒金剛石の神羊は、自分を傷つけた者に同じだけの傷を返す。吸血鬼の不死の呪いを象徴している眷獣である。

「攻撃しては駄目でした」

血気に逸るユスティナを、夏音が穏やかな口調で制止する。

ユスティナが握っている〝ニダロス〟は、アルディギアの王族に侍る乙女に、破魔と癒しの力を与える宝剣である。だが、その剣の力をもってしても、〝吸血王〟の眷獣は倒せない。ユスティナが眷獣を攻撃すれば、その瞬間、神羊の周囲を取り巻く宝石の結晶が、四方から彼女を襲うだろう。

「し、しかし、このまま敵を前に攻めあぐねているだけでは騎士の名折れ——」

妙なところで名誉を重んじるユスティナが、今にも眷獣に斬りかからんばかりに低く唸る。

そのユスティナを諫めたのは、夏音の腕に抱かれたニーナだった。

「落ち着け、ユスティナ。刃の下に心を隠すのが忠義ある騎士の務めぞ」

「なんと、アデラード殿……！」

　特に実質的な中身があるとは思えないニーナの発言だったが、なぜかユスティナの心には響いたらしい。忍、と自らに言い聞かせるように呟いて、ユスティナはあっさり剣を納める。それを見て満足そうにうなずくニーナ。

　不老不死の肉体の宿命で常々ヒマを持て余しているニーナは、一時期、ケーブルテレビの時代劇チャンネルに嵌まっていた。そのときに覚えた言葉を、適当に並べ立ててみたのだろう。

「……とはいえ、向こうはやる気のようだな。どうする、夏音？　妾の重金属粒子砲では、彼奴は倒せんぞ」

　ニーナが気を取り直したように黒い神羊を睨んで、夏音に忠告した。魔力の集合体である眷獣に、物理攻撃は効果が薄い。錬金術師であるニーナとはいささか相性の悪い相手だ。

「大丈夫でした」

ニーナを地上に降ろした夏音が、左手首の腕輪に触れた。その瞬間、夏音の身体から大量の霊気が迸る。

夏音の霊気に反応して、黒い神羊が咆吼した。弾丸のように撃ち出された黒金剛石の結晶が、夏音たちを目がけて嵐のように降り注ぐ。

だが、その結晶が夏音たちの身体に触れることはなかった。眩い霊気の障壁が、夏音たちを護る楯のように立ちはだかっていたからだ。

「アルディギア王家の擬似聖楯か……だが、この霊力量は……！」

夏音が展開した障壁の正体に気づいて、ニーナがうめく。

擬似聖楯は、アルディギアの王家に伝わる究極の防御術式だ。物理攻撃を遮断するのはもちろん、魔力すら完全に無効化する。本来は戦艦級の精霊炉がなければ展開することはできないはずだが、夏音は自らの肉体を触媒に、それを独力で張り巡らせている。

そんな夏音の背中には、純白の光の翼が出現していた。彼女の手首の腕輪が青白く発光し、輝く円楯を投影している。その姿はまるで楯を持つ戦乙女だった。

「……模造天使……そうか、その腕輪は獅子王機関の槍と同じ擬似霊的中枢か」

呟くニーナの瞳には、納得の色が浮かんでいた。

人間を強制的に霊的進化させ、生身のまま天使へと変えるアルディギア王家の禁呪。本来その儀式には、他者の霊的中枢を喰って体内に取り入れる必要があるとされていた。

だが、〝雪霞狼〟のような強力な神具を霊的中枢の代用品とすることで、模造天使の儀式と同じ効果を得ることが出来る。姫柊雪菜の天使化が、そのことをすでに証明していた。

そして夏音に与えられた〝スクルドの楯〟もまた、〝雪霞狼〟と同様の効果を持つ、模造天使の触媒なのだろう。

「気温が……！」

ユスティナが驚いたようにうめいて身震いする。ふと気づけば、周囲の気温が異様なほどに低下していた。常夏の人工島である絃神島に粉雪が舞い始めている。その雪は数秒と経たないうちに激しい吹雪へと変わる。

強烈な凍気に大地は霜に覆われて、空気中の水蒸気が氷の結晶へと変貌していた。

凍気の源は天使化した夏音だ。彼女の霊気が、周囲に極寒の結界を生み出しているのだ。

「これは……〝大いなる冬〟……！　王妹殿下！」

水と氷の魔術を得意とするアルディギア王家においても、最高難度といわれる秘呪。それを平然と繰り出す夏音を、ユスティナは呆然と見つめている。

黒金剛石の神羊は、夏音が喚び出した極寒の世界に今や完全に呑みこまれていた。あらゆる攻撃を反射する宝石の結晶も、気象に逆らうことはできない。凍りついた結晶はことごとく動きを止めている。

夏音の本体を攻撃しようにも、擬似聖楯の障壁がそれを完全に遮断する。純白の氷によって動きを封じられ、黒い神羊は怒りの雄叫びを上げるだけだった。

「夏音ちゃん……すごい……」

巨大な眷獣をたった一人で抑えこむ夏音を、凪沙がキラキラとした眼差しで見つめている。矢瀬は、そんな凪沙の横顔を見て苦笑する。

実のところ夏音が発動している魔術は、戦略兵器にも匹敵しうる強力な代物だ。あの力が、いつか自分に向けられるのではないかと、恐怖と疑念を感じるのが普通の感性だろう。事実、矢瀬ですら先ほどから背中の冷や汗が止まらない。

しかし凪沙は、そんな危険な力を操る友人を素直に賞賛している。なんだかんだでこの子も魔族特区の住人なんだよな、と矢瀬は密かに納得する。

もっとも凪沙が図太いのは、ある意味、当然のことでもある。なにしろ彼女は、あの暁古城の妹なのだから。

「……っ！」

苦笑を貼りつけていた矢瀬の口元が、突然、引き攣ったように小さく震えた。

矢瀬の超感覚が、絃神島の上空に異変をとらえている。

異境の〝門〟ではない。その下だ。このコンテナ基地の上空千メートルほどの地点に、新たな眷獣が出現していた。

刃渡り百メートルを優に超える規格外の大剣。意思を持つ武器の眷獣である。

「やばい……！」

矢瀬の表情が恐怖に歪む。

そいつの存在を忘れていたわけではない。ただ考えないようにしていただけだ。その眷獣への対抗策が、どうしても思いつかなかったからだ。

重力制御の能力を持つ、降魔の利剣。それが象徴しているのは、吸血鬼の怪力か、それとも武力か。とにかく〝力〟そのものだ。

そいつが地上に降ってくれれば、その質量だけで絃神島など簡単に傾く。重力制御による加速を組み合わせられたら、どれだけの被害が出るか見当もつかない。

あれほどの質量が相手では、紗矢華や志緒の呪術砲撃も焼け石に水だ。夏音の楯をもってしても、あれを防ぐのは無理だろう。楯が無事でも、それを支える地面が耐えきれない。

「浅葱、おまえの〝聖殲〟であいつを止められるか……!?」

リディアーヌに借りた軍用無線機で、矢瀬は戦車の中の浅葱を呼び出す。

あの巨剣に対抗できる可能性があるのは、おそらく彼女の〝聖殲〟だけだろう。世界の物理法則すら書き換える〝聖殲〟ならば、重力制御による加速も無効化できるからだ。だが、無線機から流れ出したのは、浅葱の悲鳴まじりの怒声だった。

『無茶言わないで！　こっちは古城を元に戻すだけで魔術演算のリソースがカツカツなのよ！　あんなデカブツの相手まで出来るわけないでしょ！』

「ぐっ……」

いつになく余裕のない浅葱の声に、矢瀬はギリギリと奥歯を鳴らす。

こんなときの浅葱は嘘をつかない。彼女が出来ないと言うからには本当に出来ないのだ。古城を元の姿に戻すのを諦めれば、剣の眷獣を防ぐことはできるだろう。だが、そうなれば今度は地上にいる眷獣たちを抑えておけなくなる。身を削って眷獣たちを足止めしている少女たちの努力がすべて無駄になる。と、

『——どうやら、ここは古城の正室たるわたくしの出番のようですね』

そのとき無線機から流れ出した優雅な声に、矢瀬は刹那、呆気にとられた。

「この声……あんたは……！」

「……正室？」

動揺する矢瀬とは対照的に、凪沙は冷静なツッコミを入れる。

矢瀬は無線機を握りしめたまま、再び頭上を振り仰いだ。

上空から舞い降りてくる巨大な剣。その姿は明らかに前よりも大きくなっている。上空を飛び交う自衛隊のヘリが、ちっぽけに思えるほどの馬鹿げた巨体だ。

だが、その巨剣に劣らぬ大きさの影が、ジェットエンジンの轟音とともに絃神島の空を横切っていく。それは流麗な船体を持つ軍用の装甲飛行船。

船体に刻まれた剣と戦乙女の絵姿は、アルディギア王家の紋章だった。

「どうやら見せ場には間に合いましたか」

装甲飛行船〝ベズヴィルド〟の船橋で、ラ・フォリア・リハヴァインは愉しげな微笑を浮かべていた。

絃神島の上空に、異境への〝門〟が開いたという情報は、すでに世界各国に広まっている。なんらかの口実をでっち上げて、事態に介入したいと考えている国家も少なくない。高度な魔導産業を売り物にしているアルディギア王国もそのひとつだ。

公海である太平洋上に軍隊を派遣するのは、難しくない。問題は介入の口実だ。

公式には、絃神市国は現在も領主選争という名の内乱の渦中にあり、同盟国であるアルディギアといえども容易に絃神島に踏みこむことはできない。絃神島の領主選争には、夜の帝国の真祖たちも参加しており、迂闊に手を出せば、彼らを敵に回すことになる。

ただ、アルディギアにはひとつだけ抜け道があった。

それは叶瀬夏音の存在だ。彼女がアルディギアの王族であることは、先日の記念式典の直後に公表されている。さらに未成年である夏音には、アルディギアの国籍も与えられている。

内乱中の国家から自国の王族を救出するという口実ならば、他国も表立っては批判できない。それを楯に絃神島上空への進入許可を取りつけ、なし崩し的に戦闘に巻きこまれたという体裁を取る。それがラ・フォリアの描いた筋書きで、事態は概ね予想どおりに推移していた。

先に現地に送りこんだユスティナから、状況については報告を受けている。古城が第四真祖の力を手放したことには驚いたが、それで終わらないあたりがあの少年らしい、と思う。

策略家の名をほしいままにするラ・フォリアを、ここまで好き勝手に振り回してくれるのは、やはり彼だけだ。

「さあ……面白くなってきましたね」

クス、とラ・フォリアは小さな笑声を洩らす。

周囲の乗組員が浮かべているのは、諦観まじりの苦笑である。真祖クラスの眷獣相手に、兵員輸送用の装甲飛行船一隻で挑もうというのだ。普通なら喜んでいる場合ではない。

もっともうんざりはしているものの、乗組員たちの表情に恐怖の色はない。たとえ規格外の巨大眷獣が相手でも、自分たちが敗北するとは思っていないのだ。

なぜなら〝ベズヴィルド〟には、ラ・フォリアが乗っているからである。気まぐれで傍迷惑な王女だが、彼女の能力に対する信頼は、それほどまでに圧倒的なのだ。

「船長、右舷〝呪いの縛鎖〟射出。眷獣の重力制御を無効化します。聖護結界の効果範囲内に追いこんだ上で、目標との距離を維持」

「了解――精霊炉、出力最大。聖護結界三重展開！」

海賊を思わせる風貌の船長が、乗組員たちに向かって細かな指示を出す。全長百五十メートルを超える装甲飛行船が、アクロバティックな動きで宙を舞う眷獣の背後へと回りこみ、撃ち出された巨大な錨鎖が、巨剣へと巻きついた。

眷獣の質量に引かれて軋む船体を、空中分解ギリギリの操船で立て直し、魔力を無効化する聖護結界で重力制御による敵の機動力を封じる。

結果、〝ベズヴィルド〟は鎖でつないだ眷獣を引きずり回すような形になっていた。凶暴な巨大ザメに小舟で挑む漁師の気分である。

「船長、この状態でどの程度まで耐えられますか？」

船橋が不気味な振動で揺れる中、ラ・フォリアは涼しい表情を浮かべて訊いた。

「仮に鎖が保ったとしても、精霊炉の出力を維持できるのはあと九十秒ってとこですな」

船長が顔をしかめて返答する。巨大な意思を持つ剣をかろうじて押さえつけていられるのは、〝ベズヴィルド〟自慢の聖護結界のおかげである。だが、限界まで高めている精霊炉の出力がわずかでも落ちれば、その結界はたちまち砕け散るだろう。

そうなる前に、あの剣の眷獣を行動不能に追いこまなければならない。

「そうですか。では、わたくしも少し骨を折らなければなりませんね」

ラ・フォリアが指揮官席からすっと立ち上がる。

「あまり無茶はしないでくださいよ、姫様」

船長は投げやりな口調で言った。本気でラ・フォリアを止められるとは彼も思っていないし、その必要があるとも思っていない。気休めの程度の挨拶である。

船橋を下りたラ・フォリアは、装甲飛行船の上部甲板へと出る。

対地高度は八百メートルほど。いかにラ・フォリアとはいえ、落ちたらひとたまりもないが、眼下の夜景はなかなかだ。

錨鎖でつながれた剣の眷獣は自由になろうと暴れているが、〝ベズヴィルド〟の結界に邪魔されて動けない。結界が保つのは残り一分足らずか。ラ・フォリアにとっては十分な時間だ。

地上では、夏音が〝大いなる冬〟を使ったことを確認している。〝スクルドの楯〟を渡した時点で、模造天使の力を引き出すだろうとは予想していたが、まさか誰に教えられたわけでもないのに王家の秘呪まで使いこなすとは想定外だった。

「さすがは夏音。わたくしも負けてはいられませんか」

ラ・フォリアは微笑んでそっと目を閉じた。自らの体内に精霊を召喚するため、祈りの詩の詠唱を開始する。

「──我が身に宿れ、神々の娘。軍勢の護り手。剣の時代。勝利をもたらし、死を運ぶ者よ！」

ラ・フォリアの全身からあふれ出したのは、天使化した夏音を超える膨大な霊力だった。

アルディギア王国が領主選争に介入したのは、夏音を保護するためというのが表向きの理由。便乗して異境の調査をするというのが、裏の理由だ。

しかしラ・フォリアには――アルディギア王家には、それらとは異なる第三の理由がある。

それは王国の武力を、世界に誇示することだった。

先日、アルディギア国内で起きた反乱騒ぎで、王国の威信は大きく低下した。黒幕だった北海帝国から多額の賠償金をせしめたことで実質的な損害はないものの、それは外交的な勝利に過ぎない。国内の反乱を鎮めるために、第四真祖の手を借りた――これが軍事面におけるアルディギアの評価である。

アルディギアは小さな国だ。それでも独立国の地位を護り、国際的な発言力を維持していられるのは、魔導産業の優位性と軍事力の賜である。

だからこそラ・フォリアは、アルディギアの武威を示さなければならない。〝吸血王〟の眷獣は、王家の力を見せつけるのに申し分のない相手だった。

「輝く戦の時は来たれり。黄金の女神の命に従い、疾く集え。開門せよ、〝死者の領域〟――！」

ラ・フォリアが詩歌の詠唱を終える。

その瞬間、空が黄金に輝いた。

装甲飛行船を取り巻くように出現したのは、光に包まれた精霊たち。その姿は武装した戦乙女に似ている。彼女たちの数は数十、いや、数百体か。

本来なら精霊炉の内部にしか召喚できないはずの精霊たちを、ラ・フォリアは現世に召喚してみせたのだ。彼女たちの群れが撒き散らす霊力は、模造天使単体の比ではない。

「撃て」

ラ・フォリアの呟きが空にこぼれた瞬間、無数の閃光が剣の眷獣を貫いた。


真昼のような輝きが、絃神島の上空を照らしていた。ボロボロに刃毀れした漆黒の巨剣が、海に向かって落ちていく。

「無茶苦茶だな、あの姫様……！」

知ってたけどな、と矢瀬は呆れ顔で嘆息した。

ラ・フォリア王女が切り札を隠し持っていることは、これまでにも薄々感じてはいた。だが、正直これほどとは思っていなかった。何世紀もの間、戦王領域と互角に渡り合っていたというアルディギア王家の力は、やはり侮れるものではない。

ともあれ、ラ・フォリアの支援によって、もっとも警戒していた眷獣の無力化には成功した。地上の眷獣たちも現状どうにか足止めに成功している。基本的にどこも苦戦しているが、那月があちこち飛び回って、どうにかフォローしているようだ。すでに浅葱たちも古城の近くまで辿(たど)り着いている。

このまま上手くいってくれ、と矢瀬が祈るような気持ちで考えたときだった。

矢瀬の護衛として配置されていたアスタルテが、唐突(とうとつ)に口を開く。

「警告。新たな眷獣の実体化を確認しました。〝吸血王(ザ・ブラッド)〟の十二番目の眷獣、〝始祖なる蒼氷(プリムス・グラキエス)〟と推定」

「なに⁉」

空中から舞い降りてきた新たな眷獣の姿に気づいて、矢瀬は血が凍るような感覚を味わった。

闇(やみ)を固めたような漆黒の眷獣だ。

上半身は人間の女性。そして美しい魚の姿を持つ下肢(かし)。背中には翼。猛禽(もうきん)のごとき鋭い鉤爪(かぎづめ)。

氷の人魚。あるいは妖鳥(セイレーン)か。

凄(すさ)まじい凍気を振りまきながら、その眷獣は矢瀬たちを無造作に踏みにじろうとする。が、

「人工生命体保護条例・特例第二項に基づき、自衛権を発動。執行(エクスキュート)せよ、〝薔薇の指先(ロドダクテュロス)〟」

アスタルテの背中から広がった翼が、漆黒の妖鳥(ようちょう)を受け止めた。

虹色(にじいろ)に輝くアスタルテの翼は、やがて巨大な腕へと変わり、アスタルテ自身を呑(の)みこんで、人の姿を取る。透明な筋肉の鎧(よろい)に覆(おお)われた人型(ひとがた)の眷獣だ。

二体の眷獣の激突の余波で、矢瀬と凪沙(なぎさ)が吹き飛ばされる。しかし二人に怪我(けが)はない。アスタルテの眷獣が矢瀬たちを庇(かば)っているからだ。

「アスタルテさん⁉　矢瀬っち、あれって……！」

「彼女は、眷獣と共生してる人工生命体の実験体なんだ」

膝を突いて起き上がった凪沙が驚愕に目を見張り、矢瀬は淡々と説明する。

眷獣とは、本来この世界にあってはならない異変そのものだ。それゆえに眷獣は、常軌を逸した破壊力を持ち、しかし実体化する代償として召喚主の寿命を喰らう。

眷獣を使役できるのは、不老不死の吸血鬼だけだといわれている。アスタルテはその唯一の例外なのだ。

「共生……って、そんなことが出来るの？」

凪沙が瞠目したまま訊き返す。矢瀬は苦々しげにうなずいて、

「ああ。だが、無尽蔵の負の生命力を持ってる吸血鬼と違って、アスタルテは、自分の寿命を削ることで眷獣に魔力を供給してるんだ。彼女は今、この瞬間にも……」

そう言いかけたところで、矢瀬は絶句した。唇を引き締めて立ち上がった凪沙が、漆黒の妖鳥と戦うアスタルテのほうに駆け出そうとしたからだ。

「——って、おい、凪沙ちゃん！」

血相を変えながら凪沙を追いかけ、矢瀬はどうにか彼女の腕をつかむ。

「なにやってんだ、戻れ！　凪沙ちゃんが出て行っても、どうにもならないだろ⁉」

「離して、矢瀬っち。大丈夫だから」

凪沙が意外なほど落ち着いた口調で答えてくる。

しかし矢瀬が握った彼女の腕は、小刻みに震えたままだった。

凪沙は魔族恐怖症だ。改善の兆しは見えているものの、幼いころに重傷を負わされた恐怖は、彼女の中に今も根強く残っている。

そんな凪沙にとって、吸血鬼の眷獣が飛び交うこの戦場は、近寄るだけでも苦痛な空間のはずである。ましてや自分から眷獣同士の戦いに割って入るなど、正気の沙汰とも思えない。

それでも彼女は、どこか必死な表情で首を振る。

魔族を恐れている凪沙だが、人工生命体であるアスタルテには以前から懐いていた。アスタルテは前に一度、凪沙を庇って重傷を負ったことがある。凪沙はそのことを覚えていて、恩義に感じていたらしい。だからこそ、命を削って妖鳥と戦うアスタルテを、放っておけないと思ったのだろう。

「たしかにあたしは夏音ちゃんや雪菜ちゃんみたいには戦えないけど、でも、眷獣と話す方法なら知ってる」

凪沙が、強い意志をこめた眼差しで矢瀬を睨めつけた。確信に満ちた彼女の言葉に、矢瀬が動揺する。その一瞬の隙をついて矢瀬の手を振り払い、凪沙は再び走り出した。

アステルテの眷獣の足元をすり抜けて、漆黒の妖鳥の前に出る。

「馬鹿！　戻れ！」

矢瀬が凪沙に向かって怒鳴る。凪沙を追いかけたいが近づけない。妖鳥が撒き散らす凍気は圧倒的で、呼吸をするだけで気管が凍りそうになる。能力で必死に風を操って、凪沙が凍らないように防御するのが精いっぱいだ。

「始祖なる蒼氷……」

凪沙が妖鳥に呼びかけた。強い風に吹かれて彼女の髪が乱れる。留め具が外れて、長い髪が翼のように舞い上がる。

妖鳥は攻撃をやめていない。

凪沙の周囲には、矢瀬では防ぎ切れないほどの強烈な凍気が吹き荒れている。

しかし凪沙は凍らない。生来の強い霊力が、凪沙自身を護っているのだ。

そして彼女はその霊力を、妖鳥に向けて放出した。

怯える小鳥にそっと餌を差し出すように。

「それがあなたの名前なんだね。おいで、始祖なる蒼氷」

漆黒の妖鳥が、凪沙を見下ろしたまま動きを止めた。

アスタルテは少し混乱したように、眷獣を召喚したまま固まっている。

矢瀬は硬直したまま喉を鳴らす。再び息が出来るようになっていると気づいたのはそのときだ。妖鳥が放っていた凍気が薄れている。

「馬鹿な……あり得ねェだろ……」

矢瀬がかすれた声で呟いた。なにが起きているのかわからない。眷獣と人間との対話など、前代未聞の大事件だ。

だが、暁凪沙は、肉体を失ったアヴローラの魂を自分に憑依させていたという実績がある。その際、彼女は封印された状態の第四真祖の眷獣をも、自らの中に眠らせていたらしい。

「真祖クラスの眷獣を、ただの人間が手懐けた……だと……」

矢瀬は混乱したまま首を振る。宿主の消失。供給される魔力の不足。敵対している他の真祖の存在。〝吸血王〟の眷獣たちには、暴走するだけの理由がある。凪沙が霊力を差し出した程度で、その暴走が止まるとは思えない。

だが、実際に彼女は暴走を止めてみせた。第四真祖の眷獣を憑依させていた過程で、彼女は本当に眷獣と会話する方法を体得したのかもしれないし、なにかべつの要因があるのかもしれない。単なる偶然かもしれないし、あるいはもっと便利な、奇跡という言葉もある。

「よしよし、いい子だね」

よく懐いた小動物に呼びかけるように凪沙が笑う。

そんな彼女の目の前で、漆黒の妖鳥の姿が揺らいだ。

召喚を自ら解除した眷獣が、宿主である古城の中へと戻っていく。

あり得ないはずのその光景を、矢瀬は最後まで放心したように見つめていた。

3

古城は、コンテナ基地の広場のほぼ中央に、伏せるような姿勢で屈みこんでいた。彼の姿は異形の怪物と化しており、その行動も野生の獣に近い。おそらく暴走する眷獣たちの意識に、宿主である古城も引きずられているのだ。

雪菜たちと古城との距離は、およそ三十メートルといったところか。この戦場全体の広さと比べれば、目と鼻の先といってもいいくらいの距離である。

だが、そのわずかな距離が縮まらない。

宿主である古城を護るように、三体もの眷獣が、雪菜たちの前に立ちはだかっているからだ。

「――〝炎喰蛇〟！」

炎のように波打つ長剣を振るって、雫梨が炎をまとう人喰い虎を迎撃した。吸血行為そのものを象徴するその眷獣は、触れたものの魔力と生命力を一瞬で奪う。斬りつけた相手の魔力を奪って威力を増す〝炎喰蛇〟とは相性の悪い相手だ。能力が相殺されて、魔剣本来の力が使えない。

しかし雫梨が苦戦している原因は、それだけではなかった。

「香菅谷さん、怪我が！」

眷獣の攻撃を避けて着地した雫梨が、ぐらりと大きくよろめいた。彼女の剣技が、普段に比べて明らかに精彩を欠いている。それも無理からぬことだった。今の雫梨は眷獣と戦えるような状態ではない。自力で立って歩いているのが不思議なくらいの重傷なのだ。だが、

「痛くありませんわ！」

白いバニースーツを着た彼女が、軽く涙目になりながら断言する。

「いえ、でも……」

「修女騎士(パラディイネス)の加護があるから痛くありません！　それよりも、姫柊雪菜(ひめらぎゆきな)、あなたのほうこそ動きが鈍いですわよ！」

痛いところを突かれて、雪菜は、ぐっ、と言葉を詰まらせた。雪菜の調子が上がらないのは、もちろん衣装のせいだった。バニースーツと言ってもさすがにハイヒールではなく、動きやすいショート丈のブーツを履いてはいるのだが、大きく露出した背中や肩が気になって、自由に槍(やり)を操れない。

「やっぱり……この服はやめたほうがよかったのでは……」

「恥ずかしいのはわたくしも同じですわ！」

雫梨が頬(ほお)を赤くしながら怒鳴り返す。剣を握る両手を、雫梨はぶるぶると震(ふる)わせて、

「おのれ、古城……このわたくしにこのような破廉恥(はれんち)な恰好(かっこう)をさせるとは……」

「いえ……先輩はなにもしてないと思うんですけど……」

濡れ衣を着せられた古城を哀れみつつ、雪菜は意識を切り替えた。頭上から迫ってくる新たな眷獣に気づいたからだ。その姿は漆黒の戦乙女。夜空に煌めく長剣は、吸血鬼の残酷さと獰猛さの象徴か。羞恥に囚われた状態で太刀打ちできる相手ではない。

「――〝雪霞狼〟！」

振り下ろされる戦乙女の剣を、雪菜は銀色の槍で迎撃した。すべてを断ち切る眷獣の剣は、まともにぶつかれば、魔力を無効化するはずの〝雪霞狼〟ですら受けきれない。神格振動波の輝きを細く鋭く刃のように研ぎ澄まし、力を受け流す形でどうにか凌ぐ。

ギリギリでかわした斬撃が雪菜の横の大地を深々と斬り裂いて、人工島の基底部まであっさりと両断した。わかってはいたことだが、とてつもない威力だ。それでもこの眷獣を突破しなければ、古城を救い出すことはできないのだ。

「ああもう！　逃げるんじゃないわよ、古城！　〝戦車乗り〟、もっと加速して！」

戦車のハッチから上半身を出して、浅葱が焦りをあらわに叫ぶ。危険といえば危険な姿だが、どのみち眷獣の攻撃をまともに喰らえば、有脚戦車のFRP装甲などひとたまりもないのだから、結局は同じことだ。

浅葱たちの前に立ちはだかっているのは、雷光をまとう漆黒の獅子だった。雷を操る吸血鬼の権能を司る眷獣。でたらめな破壊力はもちろんだが、厄介なのはその攻撃のスピードだ。文字どおり紫電の速さで飛来する雷撃は、有脚戦車の機動力でもよけきれるものではない。結果、浅葱たちは相手に近づくこともできずに、眷獣の背後にいる古城を、歯噛みして見ているしかない。

「女帝殿！　なにゆえ〝聖殲〟を使わないのでござるか……!?」

操縦席に座るリディアーヌが、後席の浅葱を振り返って訊いてくる。

「絃神島内のネットワーク容量がカツカツなのよ、あれのせいでね！」

頭上に浮かぶ異境への〝門〟を睨んで、浅葱が唸った。

「おまけに古城を元の姿に戻そうと思ったら、必要な演算量も半端じゃないわ。〝聖殲〟が使えるのは一度きり！　絶対に外すわけにはいかないの！」

「むう……然れど、このままでは……！」

焦りを滲ませた口調で、リディアーヌがうめく。

最初に予想していたよりも、戦闘がかなり長引いていた。〝吸血王〟の眷獣を相手に全員よく持ちこたえているが、いつ限界が訪れてもおかしくない状況だ。

「ていうか、古城のやつ、なんで逃げるわけ!?　バニーガール姿の姫柊さんたちを見たら、がっつり喰いついてくるんじゃなかったの!?　適当こいてんじゃないわよ、基樹のアホーっ！」

髪をかきむしりながら、浅葱が喚く。あはは、と軽やかに笑ったのは、〝守護者〟である蒼い甲冑の騎士を背後に従えた優麻だった。

「追いかけられたら逃げたくなるんだろうね。今の古城は本能だけで動いてるみたいだから」

「なるほど」

優麻の軽口に浅葱は思わず納得する。事実かどうかはともかく説得力のある意見だ。

「こっちが追いかけるんじゃなくて、向こうから迫ってくるように仕向けられたらいいんだろうけどね。恋愛と同じで」

「恋愛……」

浅葱は苦虫を噛み潰したように露骨に顔をしかめる。いわゆる恋の駆け引きというやつか。浅葱がもっとも苦手とする分野である。そんな器用なことが出来るなら、そもそもこんな面倒くさい状況にはなっていない気がする。

眷獣の護りを突破するのではなく、古城のほうから近づいてくるように仕向ける。この苦境を打開するには、たしかにそれ以外に方法はなさそうだが、バニーガール作戦が失敗した以上、ほかにどうすればいいのかわからない。

やはりイチかバチかの強行突破しかないのか、と浅葱が思い詰め始めたとき、雪菜がこちらを振り返るのが見えた。優麻との会話が聞こえていたのだろうか。奇妙に穏やかな彼女の表情に、浅葱はなぜか胸騒ぎを覚えた。

「藍羽先輩」

雪菜がかすかな微笑みを浮かべる。彼女の澄んだ瞳に浮かぶ決意の光に、浅葱の心臓が大きく跳ねた。

「――暁先輩を、お願いします」

「駄目っ！　姫柊さん！」

浅葱が反射的に雪菜のほうに手を伸ばす。しかし浅葱の制止は間に合わない。

雪菜が握る槍の切っ先が、彼女自身へと向けられる。そして雪菜は、自分の左手首を迷わず深々と切り裂いた。

「姫柊雪菜、あなた、なにを――!?」

異変に気づいた雫梨が、激しく声を震わせる。

信じられない勢いで噴き出した鮮血が、雪菜の白い肌を朱に染めた。純白のカフスが深紅に染まる。鮮血が滴る己の腕を頭上に掲げて、雪菜は、古城を挑発するように微笑んでみせる。

異形の怪物と化した古城が、血染めの雪菜に吸い寄せられたように目を留めた。双眸を赤くぎらつかせ、古城が咆吼する。そして彼は欲望のままに雪菜へと襲いかかった。

「〝蒼〟！」

優麻が自らの〝守護者〟を呼ぶ。いつも朗らかな彼女が、激昂している。彼女が抱いているのは自分自身に対する怒りだ。雪菜は、古城を救うために平然と自分の血を流し、優麻には、それが出来なかった。そんな自分が優麻は許せない。

「あの三体はボクが相手をする。あとは任せたよ」

「なっ……！」

無茶だ、と浅葱が止める間もなく、優麻は空間を歪めて跳んでいた。浅葱は、きつく唇を噛んで首を振る。優麻の思いを託された浅葱がやるべきことは、古城を元の姿に戻すことだ。それは浅葱にしか出来ないことなのだ。

「行ってくだされ、〝女帝殿〟！　あの御仁は拙者が──」

リディアーヌが浅葱に向かって叫んだ。

「お願い！」

浅葱は有脚戦車から飛び降りる。獣のように疾走する古城は、すでに雪菜の目の前まで迫っている。

「悪いけど、この先には行かせない。〝書記の魔女〟の能力、見せてあげるよ」

優麻が、古城を追いかけようとする眷獣の前に現れた。彼女の足元の地面が変色し、無数の文字が浮かび上がっている。古い書物の一節のような奇妙な文字列だ。

そんな優麻を、漆黒の獅子が鬱陶しげに前肢で薙ぎ払う。雷光の速さで放たれたその攻撃を、しかし優麻は余裕をもって回避した。人間の限界を超えた凄まじい反応速度。時間制御術式による自己加速。〝逢魔の魔女〟真賀斎禍子の魔導書の能力である。

「モナドは窓を持たず、ただ表象するのみ──！」

続けて優麻は新たな魔導書の力を喚び出す。

優麻の眼前にいるのは、剣を持つ漆黒の戦乙女。しかし、あらゆる存在を斬り裂くはずの彼女の剣は、優麻の身体に触れることができない。〝アッシュダウンの魔女〟メイヤー姉妹が持っていた魔導書〝予定調和〟の能力だった。

優麻が母親から受け継いだ、記憶の中の魔導書の完全再現能力。そして優麻が本来持つ南宮那月と同じ空間制御。それら多彩な能力を駆使して、優麻は自分よりも遥かに強力な眷獣たちを翻弄する。

『はっはーっ、やるでござるな、〝蒼の魔女〟殿！』

助っ人として駆けつけたリディアーヌが、優麻の戦いぶりを高らかに賞賛した。彼女が駆る新型有脚戦車〝紅葉〟がいつの間にか変形し、隠されていた本来の武装をあらわにしている。背面には八連装垂直ミサイルランチャーが二門。そして胴体中央には、深紅のレンズを嵌めこんだ巨大な砲門だ。

『では、拙者も奥の手を使わせてもらうでござる』

一斉に撃ち放たれた十六発のミサイルが、上空から漆黒の人喰い虎へと隕石のように降り注ぐ。物理攻撃が効かないはずの眷獣が、その衝撃で苦悶の雄叫びを上げた。

続けて放たれた深紅の大口径レーザーが、眷獣三体をまとめて薙ぎ払う。

眷獣にダメージを与える戦輪型ミサイル。そして〝火を噴く槍〟の名で呼ばれる大口径レーザー——いずれも古代兵器の武装と同じものである。リディアーヌと浅葱は、絃神新島で発掘された古代兵器を解析し、その武装を、自分たちの有脚戦車に搭載していたのである。

彼女たちの力を見た三体の眷獣は、優麻とリディアーヌを排除すべき敵だと認定した。リディアーヌたちは彼らを引きつけて、古城とは反対方向に誘導する。

その結果、宿主である古城が孤立する。

それは怪物化した古城を救い出す、最初で最後の——そして最大の機会だった。

漆黒の外骨格をまとった古城が、尖った牙を剝いて襲ってくる。

雪菜はそんな彼の姿に恐怖を感じなかった。ただ悲しく、そして彼をあんな姿に変えてしまった自分の無力さが悔しかった。

切り裂いた手首の傷が熱い。このあとの戦いに支障がないように、重要な腱は慎重に避けて切ったつもりだが、それにしても血を流し過ぎてしまったかもしれない。

だが、それも仕方がないことだ。雪菜は無力な小娘で、彼のために差し出せるものなど、命以外にはなにも思いつかなかった。

天使化が進んだ今の雪菜は、もう雫梨のようには戦えない。〝雪霞狼〟を長時間使えば、消滅する可能性が高いからだ。そして古城を救う切り札である〝聖殲〟が使えるのは浅葱だけ。

だから雪菜がやるしかなかった。彼のために血を流すのは雪菜の役目だ。
視界が暗くなり、身体の力が抜ける。古城の牙をよけられない。
それでも構わない、と雪菜は思う。自分がここで倒れても、浅葱たちが古城を救ってくれるなら。

「残念ですけど――」

ガッ、と重々しい激突音が響き、雪菜の頰に鮮血がかかる。
雪菜が流した血ではない。倒れた雪菜を庇うように、白いバニースーツの雫梨が立っている。
雪菜を襲ってきた古城の牙が、雫梨の右腕に喰いこんでいた。

「これ以上、彼女の血を失わせるわけにはいきませんの。わたくしの血で我慢してくださいな」

そのまま雫梨の腕を嚙みちぎろうとする古城だが、鬼族の頑強な肉体がそれを許さない。刺さった牙を抜くことができず、逆に怪物化した古城の動きが止まる。

「藍羽浅葱！　今ですわ！」

「了解よ！」

浅葱が背後から古城に飛び乗って、彼の首筋を両腕で絞め上げる。俗にいうチョークスリーパーの体勢。総合格闘技のフィニッシュホールドだ。

「捕まえたわよ、古城。この距離なら絶対に外さない！　キキモラ！　〝聖殲〟よ！」

握り締めたスマホの画面に浮かぶ不格好なアバターに向かって、浅葱が怒鳴った。浅葱の身体から放たれた真紅の輝きが、古城の外骨格の隙間に吸いこまれる。

目が眩むような閃光が周囲を照らし、雫梨がたまらず目を瞑った。古城が苦悶に身をよじるが、浅葱は構わず彼の首を絞め上げる。

「その痛みは、姫柊さんからのあんたへのプレゼントよ」

浅葱が古城の耳元で、意地の悪い笑みを浮かべて怒ったように囁いた。

世界を自在に書き換える〝聖殲〟だが、その制御は、恐ろしく緻密で難解だ。

絃神島という巨大な魔具。龍脈がもたらす膨大な魔力。〝カインの巫女〟である浅葱がスパコンを駆使してようやく実行可能な魔術演算。そこまでそろってようやく発動可能となるが、それでもまだ足りない要素がある。それは〝聖殲〟の本当の使い手。魔術演算から導き出された想念の具現化ができる魔術師だ。

魔力を使って、現実世界に己の想念を反映させるのが魔術の原理。だが、魔術師ではない浅葱には、〝聖殲〟に大雑把な方向性を持たせることはできても、一人の人間を完全に再現するような緻密な想念の制御はできない。だから、浅葱の支援を受けて、実際に〝聖殲〟を制御する魔術師が必要だった。

だからといって、魔術師なら誰でもいいわけではない。暁古城の本来の姿を知悉して、正確に再現できる術者でなければならない。当然、そんな都合のいい術者は存在しない。

暁古城の監視役である、獅子王機関の剣巫以外には——

「あたし一人の力じゃ、あんたを元に戻すことはできなかった。だから姫柊さんに魔術の制御をお願いしたの。怪物化した暁古城を、姫柊さんが覚えている〝第四真祖〟暁古城のイメージで書き換えるためにね！」

「姫……柊……」

浅葱の言葉に反応して、異形の怪物が呟きを洩らした。

彼の全身を包む外骨格に、細かなひび割れが生じていた。そのひび割れが広がって亀裂となり、分厚い鎧のような表皮がボロボロと剝がれ落ちていく。

その中から現れたのは、見慣れた少年の姿だった。どこか気怠げな表情を浮かべた、平凡な吸血鬼の少年だ。

「カス子……浅葱……」

雫梨の腕に突き刺さっていた牙を抜き、自分を背後から抱きしめている浅葱を不思議そうに振り返る。そして彼は、足元に倒れている雪菜に気づいてハッと息を吞んだ。

「姫柊……」

血塗れの雪菜を見て、古城は悲痛な戸惑いの表情を浮かべた。だが、その表情はすぐに安堵に変わる。傷つき、失血で青ざめた顔で、それでも雪菜は満面の笑みを浮かべていたからだ。

手を差し出す雪菜の小柄な身体を、古城がそっと抱き上げる。そんな彼の背中に手を回し、雪菜はそっと囁いた。

「お帰りなさい、先輩」

終章
Outro

マグナ・アタラクシア・リサーチ総帥――シャフリヤル・レンは、巨大な廃墟の中の階段を悠然と下りていく。周囲は完全な暗闇だが、それを苦にしている素振りはない。

彼の瞳は夜行性の獣のように、闇の中で赤く輝いている。そして闇に浮かぶ彼の青白い肌は、歩く死者の姿を連想させた。

「十二番目……いや、第四真祖の行方はまだわからないのか？」

後ろからついてくる部下に向かって、レンは事務的に問いかける。

鋼色の迷彩服を着たMAR特殊部隊の指揮官は、やや緊張気味に首を振った。レン総帥の命令で異境に到着したMARの戦力は、兵士約四百人。現在その半数近くが、廃墟内の調査と並行して十二番目と呼ばれる吸血鬼の捜索に当たっている。

「現在のところ発見の報告は上がっておりません。引き続き、第二武装偵察中隊全隊で捜索を続行しておりますが」

「ふむ。きみはどう見る、クレード？」

レンは曖昧にうなずいて、背後にいたもう一人に話を振った。

そこにいたのは、大蜥蜴の頭骨で顔を覆った大柄な男。終焉教団唯一の生き残りである炎龍だ。

「……おそらくは、グレンダの仕業だろウ」

喉の構造が人間と違うせいか、かすれた聞き取りにくい声で炎龍は答える。

　無表情だったレンが、かすかに眉を寄せてクレードを睨んだ。

「鋼色の鬣の龍族か……彼女はいったい何者なんだ？」

「カインの使い魔だった、と聞いていル……それ以上のことは、俺にもわからヌ」

「なるほど。さしずめ〝咎神の遺産〟の護り手といったところか。少なくともセンラの地形については、我々よりも圧倒的に詳しいだろう。捜しても見つからないのは道理だな」

　レンは冷ややかに微笑する。異境の大海に浮かぶ人工島センラ。絃神島のモデルになったというこの島は、廃墟となった今も広大だ。

　グレンダが本当にカインと同じ時代に生きていたのだとすれば、彼女はこの都市を隅々まで熟知している可能性が高い。十二番目を人知れず匿うのも容易に違いなかった。

　問題は、そのグレンダの目的がわからないことだ。たとえグレンダがカインの遺志に従っているとしても、彼女が十二番目を庇う理由があるとは思えない。なぜなら今の十二番目は第四真祖——咎神カインを殺した張本人だからだ。

「どうす……ル？」

　クレードが低い声で訊いてくる。同じ龍族の一員として、カインに与するグレンダのことを面白く思っていないのだろう。

「捜索は続行させよう。だが、焦る必要はない。彼女の自由意志は凍結してある。我々の脅威にはならないよ」

レンは懐(ふところ)に収めた短剣に触れる。〝天部(てんぶ)〟の遺産であるこの短剣は、〝焰光の夜伯(カレイドブラッド)〟シリーズを制御する魔具(まぐ)だった。実のところ、元人間である暁古城(あかつきこじょう)に対して、この魔具が発動する保証はなかったのだが、奇(く)しくも彼が十二番目(ドウデカトス)に眷獣(けんじゅう)を譲り渡したことで、結果的にレンの計画はスムーズに進んだのだ。

「いずれにせよ、十二番目(ドウデカトス)の役目はもう終わった。彼女の代わりはいくらでもあるのだから」

階段を下りきったレンが、目の前に置かれた制御盤に触れる。

その瞬間(しゅんかん)、廃墟(はいきょ)と思われていた建物の内部に明かりが灯(とも)った。人工島センラの中心、塔門(ゴープラム)と呼ばれる巨大建造物の地下最深部。廃棄されて数百年、いや、数千年を経た今も、この区画は生きていたのである。

「これが……本当の〝咎神(きゅうしん)〟の遺産……カ」

明かりに照らし出された地下空間を見回して、クレードがくぐもった唸(うな)りを洩(も)らした。

特殊部隊の指揮官も言葉をなくしている。

巨大なミサイル格納庫(サイロ)を彷彿(ほうふつ)とさせる、円筒形の巨大な空間だった。その壁一面にびっしりと、宝石のような半透明の結晶が並んでいる。

光の当たる角度によって美しく色を変えていく結晶の群れは、まるで一個の巨大な美術品だった。組み合わせた鏡が映し出す、美しい模様を愉(たの)しむ装置——そう、まさしく万華鏡(カレイドスコープ)のような。

「ああ。咎神カインが、自らの命と引き換えに封印した究極の魔導兵器。世界を焼き尽くす、忌まわしき負の遺産。そしてこの私が受け継ぐべき呪われた力——眷獣だ」

結晶のひとつに近づいて、レンはその表面を懐かしそうに撫でる。

半透明の結晶の奥にぼんやりと浮かび上がるのは、焰のような碧い瞳を見開いたまま眠る、美しい少女の姿だった。

†

古城が人間の姿に戻ると同時に、十二体の漆黒の眷獣は姿を消していた。消滅して、完全にいなくなったわけではない。彼らは古城を新たな宿主として認め、古城の血の中に帰ったのだ。

「……あいつら、なんで大人しく俺に従う気になったんだ？」

怪物化でボロボロになった制服の代わりに、ニーナが錬金術で作ってくれた新品に着替えて、古城が訊く。コンテナ基地の近くに設置された、仮設医療テントの中である。矢瀬が特区警備隊に掛け合って、事前に手配しておいたくれたのだ。

周囲にはほかに似たようなテントがいくつもあって、人工島管理公社の職員や、港湾関係のスタッフが慌ただしく走り回っている。眷獣の暴走で破壊された施設を、これから夜を徹して修復しなければならないのだそうだ。自分にも多少責任があるだけに、申し訳ない気分になる古城である。

「あんたが香菅谷さんの血を吸ったからよ」

ノートPCのキーボードを乱暴に操作しながら、浅葱が素っ気なく答えてくる。

港の被害の復旧に駆り出されているのは、彼女も同じだ。〝聖殲〟の準備で絃神島のネットワークを独占していた借りを返すため、しばらくタダ働きしなければならないらしい。それを聞いて古城はますます居心地の悪い気分になる。

「カス子の血……って、それだけで？」

自分の口元を押さえて、古城が首を傾げる。半ば自我を失ってやったこととはいえ、雫梨の腕に思いきり嚙みついて、血を吸ったのは事実だった。

通常の吸血行為の傷とは違うので、痕が残るかもしれない、と言われた雫梨は、「べつに構いませんわ」と笑って答えた。ただそのあとすぐに、「傷物にした責任さえ取ってくだされば」と意味深に古城に向けて舌を出したのが、多少恐ろしくはあったのだが。

ともあれ、十二体もの眷獣が求める魔力を、彼女一人の血で賄えるとは思えない。

古城が怪訝な顔でそう告げると、浅葱は、はい、と自分のスマホを放り投げてきた。画面に表示されていたのは、領主選争アプリのランキング画面だ。

「おめでと、人工島南地区在住の吸血鬼A・Kさん（17歳）」

「……は？」

おめでとう、の意味がわからずに、古城は画面をスクロールする。ランキングの最上段に表示されていたのは、今ひとつ写りのよくない少年の顔写真だった。目元にモザイクはかかっているが、その顔写真の人物を、古城が見間違うはずもない。

「――って、これ、俺じゃねーか！」

「いちおう匿名にしておいてあげたわ。たぶん気づかれないでしょ」

「いや、わかるだろ⁉　っていうか、なんで俺が領主選争で一位になってるんだ⁉　しかも、二位以下に三桁以上の差をつけて圧勝じゃねーか⁉　ほかの真祖の連中はどうした⁉」

スマホを持つ手を震わせながら、古城は声を裏返らせて叫ぶ。ほんの半日ばかり意識を失っている間になぜこんなことになっているのか、さっぱり理屈がわからない。

「第一真祖は、もともと領主選争には参加してなかったのよ。戦王領域は最初から、天奏学館ドメインの属領だったから」

「そういやそうだったな……」

浅葱の説明で思い出す。なにを考えていたのかわからないが、あの男は、最初から絃神島の領主になろうとはしていなかった。なぜか人工島西地区の天奏学館に潜りこみ、臣民として結瞳を支えていたのだ。その結果、小学生の結瞳が領主ランキング一位になっていたはずだ。

「領主ランキング二位は、那月ちゃんが制圧した人工島北地区。そこに東地区の第二真祖領と、南地区の第三真祖領を加えれば、だいたい絃神島の全臣民数の九割近くになるわね」

「なるほど」

「で、その全員をまとめて香萱谷さんの臣民にしておいたの」

「……は？」

古城は呆然と訊き返す。結瞳と那月が雫梨に協力するのはわかる。領主である結瞳の決定に、臣民である第一真祖が逆らえない、というのもまだわかる。だが、第二真祖と第三真祖が、雫梨に従えといわれて簡単に納得するとは思えない。

だが、浅葱はこともなげに首を振り、

「ジャーダさんは最初から協力的だったし、第二真祖には交渉して受け入れてもらったわ。おかげで羽波さんが胃薬のお世話になってるけど」

「胃薬……？」

よくわからないが、なんとなく理解できた気がした。おそらく浅葱が、あの真面目な唯里に無理難題を吹っ掛けて、またなにか困らせたのだろう。

自然と非難がましい目つきになる古城を、浅葱は少し不満そうに見返して息を吐く。

「そんなわけで、古城が香萱谷さんの血を吸って彼女を〝血の従者〟にした時点で、古城は、領主選争の勝者になったのよ。領主選争の勝者の特典、覚えてる？」

「……臣民の魔力か……！」

古城は、ぞくり、と全身の肌が粟立つのを感じた。

領主選争に参戦した領主は、絃神島の魔族登録証を経由して、臣民の魔力の一部を受け取ることができる。もし絃神島に住む全魔族の魔力が得られるなら、〝吸血王〟の眷獣十二体の餓えすら賄えるかもしれない。

そういうこと、と浅葱が微笑む。

「今のあんたは名実ともに絃神島の領主よ。あんたの眷獣は絃神島の全島民に支えられてるの。それを忘れないで、Ａ・Ｋさん」

冗談めかした口調で告げる浅葱に、古城は無言で肩をすくめてみせた。

吸血王に気をつけてね。

白い髪のお姉さんのこと、護ってあげてね。

アルディギア王国を立ち去る前に、ラ・フォリアの双子の妹たちに言われた言葉を、雪菜は、ふと思い出す。〝吸血王〟の眷獣の暴走を止めることが出来たのは、鬼族の雫梨がいたからだ。彼女が持ち前の正義感を発揮し、領主として彩海学園を護っていなければ、おそらくみんな助からなかった。雪菜たちも、この島も。

そして、キイ・ジュランバラーダの行動も謎だった。

彼は自ら領主になることをよしとせず、なぜか最初から結瞳の臣民として行動していた。

だから雪菜たちはなんの抵抗もなく、彼らを古城の臣民に組みこむことが出来た。第二真祖をカレーで懐柔するような、面倒な取り引きをせずに済んだのだ。

領主として結瞳を選んだのは、もしものときの保険だったのかもしれない。雫梨が領主になっていなければ、代わりに古城に血を吸われるのは、たぶん結瞳の役目だったからだ。

だとすれば、彼は最初から仕組んでいたことになる。

暁古城という少年が、絃神島の本当の領主になることを――

「まったく無茶をしてくれたもんだよ」

血塗れで医療テントに担ぎこまれてきた雪菜を見て、黒猫は呆れたように嘆息した。

真っ青な顔で泣き叫んだのはもちろん紗矢華で、治療の邪魔になるからと、唯里と志緒の二人に無理やりテントの外へと連れ出されていた。

霧葉は、馬鹿じゃないの、と蔑むような目で雪菜を一瞥したあと、雪菜の手首に巻かれた包帯に落書きをして帰っていった。その包帯の裏側に、獅子王機関のものとは違う治療用の護符が貼られていたことには、気づかないふりをしたほうがいいのだろう、と思う。

そして失血で意識を失っていた雪菜を、呪術で治療してくれたのは、実は凪沙だったとあとから聞いた。素人治療とは思えない高度な術式だと、縁が驚いていたという。おかげで雪菜の左手は、すでに問題なく動かせる。傷跡もほとんど残っておらず、ほかの子たちのほうがよほど重傷だと、少し申し訳ない気分になる。

その凪沙を危険な戦場に連れてきてしまった優麻は、古城にバレるとうるさいから、と先に帰ることにしたらしい。さすがにシスコン気味の古城の性格をよくわかっている、と感心する。

那月と矢瀬は、地上に降りてきたラ・フォリアとなにやら密談中だった。そこはかとなく不安だが、雪菜にはどうしようもない。彼女たちの謀略に巻きこまれないよう祈るだけだ。

結瞳とディディエは、雪菜の隣のテントで疲れ果てて眠っている。さすがに小学生にはこの時間までの夜更かしはつらいらしい。

そして。

「……姫柊、起きてたのか？」

見舞いにやってきた古城を見て、雪菜は慌てて起き上がろうとする。

「いいから、寝てろよ」

「いえ。もう、傷自体はなんともないので」

不器用な気遣いをしてくる古城を見上げて、雪菜は小さく失笑する。

「なんだよ？」

「いえ、その、身体の調子はどうですか？　いちおう完全に元の状態に戻ったはずですけど、

「前と変わったことはありませんか?」

戸惑う古城を凝視して、雪菜が真剣に確認した。

外見的には、今の古城は、雪菜の知っている彼とまったく変わっていない。浅葱が魔術演算でシミュレートしているので、雪菜には見えない部分も寸分違わず再現されているはずである。性格も変わってないように見える。しかし本人にしかわからない違和感があるかもしれない。

「ああ、それか。浅葱から聞いた。姫柊が戻してくれたんだろ?」

自分の頬や顎を撫でながら、古城は困惑したように首を捻る。

「そういうの、自分じゃよくわかんないんだけどな、どうなんだろうな。姫柊はどう思う?」

「人間だったころのほうが恰好よかったので、それはもったいなかったですね」

雪菜がぼそりと呟いた。彩海学園で出会った進藤美波や志緒あたりの反応を見ていると、どうやら吸血鬼化する前の彼のほうが、女性受けは良さそうだ。

雪菜の言葉を聞いた古城は、想像以上に激しく動揺して、

「マジか……」

「あ、冗談。冗談です」

あまりにも古城が落ちこんでいるので、雪菜は慌ててフォローを入れた。

実際、雪菜は朝のキラキラした古城より、今の彼のほうに親しみを感じる。傍にいてなぜか

安心できるし、これ以上、近寄ってくる女の子を増やされても困るのだ。

「すみませんでした。今回は、わたしがザナさんたちを止められなかったせいで――」

どうにか古城が立ち直ったのを確認して、雪菜はあらためて頭を下げた。古城がザナにキスをされたのも、ナイフで刺されたのもすべては雪菜の油断が原因だ。

しかし、古城は少し呆れたように首を振り、

「いや、どう考えても姫柊のせいじゃねえだろ。そもそも第一真祖との取り引きに乗ったのは、俺だしな」

「それはそう……ですけど、でも……」

雪菜は歯切れ悪く言い淀む。たしかに、古城はキイとの取り引きに応じた。シャフリヤル・レンに対抗して、アヴローラを連れ戻すための力を求めた。

そして現実に彼は手に入れた。不完全な試作品とはいえ、第四真祖の眷獣にも匹敵する力を。

「いちおう約束は果たしてもらったってことになるのかな?」

古城が自分の掌を見つめて呟く。

そう。彼は力を手に入れた。だが、それは終わりではなく始まりだ。彼が力を求めたのは、たった一人の少女を救い出すためなのだから。

古城は無言で、空に浮かぶ異境の方角を見上げている。

そんな彼に向かって、雪菜は告げた。

「先輩。わたしの血を吸ってくれませんか？」

「……は？」

古城が、唖然としたように目を見開いて雪菜を見返してくる。

雪菜は、いえ、あの、と慌てて両手を振り、

「先輩の血の伴……〝従者〟にならないと、わたしは〝雪霞狼〟が使えないので……」

「いや、駄目だろ。姫柊、さっき血を流し過ぎて気絶したばかりだろ？」

古城が、実にもっともな理由で雪菜の希望を却下する。

しかし雪菜は喰い下がる。今のうちに古城の〝血の従者〟に戻っておかないと、彼が異境に向かう際に、置いて行かれるのではないかという不安があった。

「少しだけなら大丈夫です。凪沙ちゃんにも治療してもらいましたし」

「それは傷が塞がっただけで、血は増えてないだろ。それに俺も今夜はもういいっていうか」

「……はい？」

古城がポロリと洩らした失言に、雪菜の瞳が冷ややかなものに変わる。もういいというのは、すでに満腹である、という意味だろうか。

しかし雪菜が知る限り、古城が今夜血を吸った相手は、雫梨だけのはずである。それも彼女の腕から少しだけだ。

「先輩、まさか、わたしが眠っている間に、またほかの誰かの血を吸ったんですか……⁉」

「あ……いや、それは仕方なかったんだよ。アスタルテは俺と霊的経路をつないどかないと、自前の眷獣を飼ってるだけで寿命が削れてくって話だし、叶瀬も模造天使の術式を使ったせいで消滅の危険があるっていうし……」

隠しておいてもいずれバレると踏んだのか、古城はあっさりと白状した。

なるほど。たしかにそれは、仕方がないと言えなくもない状況だ。しかし監視役である雪菜としては、はいそうですか、と受け入れられるものではない。

「アスタルテさんだけならともかく、夏音ちゃんまで……！」

「そういえば、俺も姫柊にちょっと聞きたいことがあったんだが」

「誤魔化さないでください！」

雪菜が眉を吊り上げて古城を睨む。

しかし古城は、本気で疑問に思っているらしく、真顔でじっと雪菜を見つめて、

「なんで、おまえ、バニーガールの恰好してるんだ？」

「ば……っ！」

雪菜は絶句したままの表情で固まった。

目いっぱいの沈黙を挟んだあと、ゆっくりと自分の服装に目を落とす。右手側だけ残った白いカフス。胸元と肩を剝き出しにしたつやつやのボディースーツ。控えめながら形のいい胸の谷間と、くっきり浮かび上がった身体のライン――

「ち、違うんです！　これは、暁先輩を誘惑するためで……」

「俺を……誘惑？」

古城が、ぽかん、と目を瞬く。

「違うんです、ですから、暴走した先輩が香菅谷さんの血を吸うように仕向けるためというか、矢瀬先輩が暁先輩が喰いつくっていったから、それで……とにかく違うんです——！」

涙目になった雪菜の絶叫が、魔族特区の夜空に響き渡る。

遠い異境へと続く空に。

逆しまに浮かぶ鋼色の街は、内に秘めた恐怖を眠らせたまま、静かに地上を見下ろしていた。

あとがき

長らくお待たせしてしまって、本当に申し訳ありません……！
というわけで、『ストライク・ザ・ブラッド21』をお届けしております。

本シリーズもいよいよ大詰めということで、この巻では、ついにシリーズ最大にして最後の謎が明かされています。〝天部〟とはいかなる存在だったのか、異境とはなにか、かつて第四真祖と咎神カインの間になにがあったのか、吸血鬼とは、真祖とは、眷獣とはいったいなんなのか——これまで延々と先延ばしにしてきた部分なので、いざ実際に描くとなると、けっこう不安というか緊張しまくっているのですが、なにはともあれ、楽しんでもらえたら嬉しいです。

その一方でこの巻では、これまであまり描かれることのなかったヒロインたちの内面描写がちょっと多めだった気がします。というか、彼女たちの出番そのものが多かった。そういうコンセプトだったので当然ですが、普段あまり接点のないヒロイン同士のやり取りが描けたのが楽しかったです。実は唯里がカレーを食べてる時間帯に、ほかの連中もいろいろ苦労していたので、そのあたりもご自由に想像していただければ！　機会があったら、違うキャラの視点から見た古城救出作戦も描いてみたいな、と思っております。

そして触れておかなければならないアニメ版の話。すでにご存じの方がほとんどでしょうが、昨年九月に無事完結した第三期に続き、ＯＶＡシリーズ第四期の発売が決定しました。うわあああ、ありがとうございます！　これもひとえに応援してくださった皆様のおかげです！

さらに四期に先駆けて『ストライク・ザ・ブラッド　スペシャルＯＶＡ　消えた聖槍篇』も、まもなく発売になるとのこと。こちらは、三雲が原案で協力させていただいたオリジナルエピソードになっています。詳細はアニメ公式サイトなどで。こちらもぜひチェックしてもらえたら嬉しいです。

イラストを担当してくださったマニャ子さま、今回も大変お世話になりました。この巻の表紙イラストもメチャメチャ素敵で、いただいたラフを拝見したときは、思わず奇声を上げてしまうくらい感動しました。本当に本当にありがとうございます！

そして本書の制作、流通に関わってくださった皆様にも、心からお礼を申し上げます。

もちろん、この本を読んでくださった皆様にも精一杯の感謝を。

それではどうか、また次巻でお目にかかれますように。

三雲岳斗（みくもがくと）

◉三雲岳斗著作リスト

「コールド・ゲヘナ①〜④」（電撃文庫）
「コールド・ゲヘナ　あんぷらぐど」（同）
「レベリオン1〜5」（同）
「i.d. I〜III」（同）
「道士さまといっしょ」（同）
「道士さまにおねがい」（同）
「アスラクライン①〜⑭」（同）
「ストライク・ザ・ブラッド1〜21　APPEND1〜2」（同）
「サイハテの聖衣（シュラウド）1〜2」（同）

「M.G.H　楽園の鏡像」（単行本　徳間書店刊）
「聖遺の天使」（単行本　双葉社刊）
「カーマロカ」（同）
「幻視ロマネスク」（同）
「煉獄の鬼王」（双葉文庫）
「海底密室」（デュアル文庫）
「ワイヤレスハート・チャイルド」（同）
「アース・リバース」（スニーカー文庫）
「ランブルフィッシュ①〜⑩」（同）
「ランブルフィッシュ　あんぷらぐど」（同）
「ダンタリアンの書架1〜8」（同）
「旧宮殿にて」（単行本　光文社刊）
「少女ノイズ」（同）
「少女ノイズ」（光文社文庫）
「絶対可憐チルドレン・THE NOVELS」（ガガガ文庫）
「幻獣坐1〜2」（講談社ノベルズ）
「忘られのリメメント」（単行本　早川書房刊）
「アヤカシ・ヴァリエイション」（LINE文庫）

本書に対するご意見、ご感想をお寄せください。

ファンレターあて先
〒102-8177　東京都千代田区富士見2-13-3
電撃文庫編集部
「三雲岳斗先生」係
「マニャ子先生」係

本書は書き下ろしです。

電撃文庫

ストライク・ザ・ブラッド 21

十二眷獣と血の従者たち

三雲岳斗

◇◇◇

2020年1月10日　初版発行

発行者　郡司 聡
発行　株式会社KADOKAWA
〒102-8177　東京都千代田区富士見2-13-3
0570-06-4008（ナビダイヤル）
装丁者　荻窪裕司（META＋MANIERA）
印刷　旭印刷株式会社
製本　旭印刷株式会社

●お問い合わせ（アスキー・メディアワークス ブランド）
https://www.kadokawa.co.jp/（「お問い合わせ」へお進みください）
※内容によっては、お答えできない場合があります。
※サポートは日本国内のみとさせていただきます。
※ Japanese text only

※定価はカバーに表示してあります。

ISBN978-4-04-912957-1　C0193　Printed in Japan

電撃文庫　https://dengekibunko.jp/

電撃文庫創刊に際して

文庫は、我が国にとどまらず、世界の書籍の流れのなかで〝小さな巨人〟としての地位を築いてきた。古今東西の名著を、廉価で手に入りやすい形で提供してきたからこそ、人は文庫を自分の師として、また青春の想い出として、語りついできたのである。

その源を、文化的にはドイツのレクラム文庫に求めるにせよ、規模の上でイギリスのペンギンブックスに求めるにせよ、いま文庫は知識人の層の多様化に従って、ますますその意義を大きくしていると言ってよい。

文庫出版の意味するものは、激動の現代のみならず将来にわたって、大きくなることはあっても、小さくなることはないだろう。

「電撃文庫」は、そのように多様化した対象に応え、歴史に耐えうる作品を収録するのはもちろん、新しい世紀を迎えるにあたって、既成の枠をこえる新鮮で強烈なアイ・オープナーたりたい。

その特異さ故に、この存在は、かつて文庫がはじめて出版世界に登場したときと、同じ戸惑いを読書人に与えるかもしれない。

しかし、〈Changing Times,Changing Publishing〉時代は変わって、出版も変わる。時を重ねるなかで、精神の糧として、心の一隅を占めるものとして、次なる文化の担い手の若者たちに確かな評価を得られると信じて、ここに「電撃文庫」を出版する。

1993年6月10日
角川歴彦

電撃文庫DIGEST　1月の新刊

発売日2020年1月10日

魔法科高校の劣等生
司波達也暗殺計画③

【著】佐島 勤　【イラスト】石田可奈

榛有希に国防軍の軍人たちの暗殺依頼が届く。任務達成を目前に控えた有希たちの前に現れたのは、同じ標的を狙う謎の暗殺者。その正体は、有希の因縁の相手・司波達也が得意とする『術式解体』の使い手で——!

Fate/strange Fake⑥

【著】成田良悟　【イラスト】森井しづき
【原作】TYPE-MOON

女神・イシュタル。彼女の計略によって討たれ、最初の脱落者となったのは、最強の一角アーチャー・ギルガメッシュだった。そしてペイルライダーの生み出した世界に取り込まれたセイバーたちの運命は。

ストライク・ザ・ブラッド21
十二眷獣と血の従者たち

【著】三雲岳斗　【イラスト】マニャ子

異形の怪物と化した古城の暴走を止められるのは、十二人の〝血の伴侶〟のみ!　古城を救うために集結した雪菜たちの決断は!?　世界最強の吸血鬼が、常夏の人工島で繰り広げる学園アクションファンタジー、待望の第二十一弾!

乃木坂明日夏の秘密⑤

【著】五十嵐雄策　【イラスト】しゃあ

いよいよ始まる修学旅行——の前に、空港限定ソシャゲイベントを楽しむ善人と明日夏。そして、そんな二人を怪しむ冬姫は……。波乱の予感を抱えつつ、グルメに観光に恋の三角関係にと超ホットな冬の北海道ツアー開幕!!

つるぎのかなた3

【著】渋谷瑞也　【イラスト】伊藤宗一

神童・水上悠は再び「剣鬼」となった。その裏側で、少女たちの戦いもまた動く。相手は女子剣道の雄、剣姫・吹雪を擁する桐桜学院。勝つためなら、なんでもする——可愛いだけじゃ物足りない!　青春剣道譚、第三弾!

マッド・バレット・アンダーグラウンドIII

【著】野宮 有　【イラスト】マシマサキ

シエナを解放するためロベルタファミリーの幹部ハイルの誘拐を企むラルフとリザ。しかし、ハイルの護衛にはリザの昔の仲間たちを虐殺した男の姿が。因縁の相手を前にしたリザは——。

女神なアパート管理人さんと始める異世界勇者計画2

【著】土橋真二郎　【イラスト】希望つばめ

「似非の無邪気さじゃアパートを維持できないのです!」家賃を滞納し続ける住人たちにさすがの管理人さんも堪忍袋の緒が切れた!　今月の家賃代を稼ぐため、神代湊は"女性騎士団"に入隊することに……!?

新作
君を失いたくない僕と、僕の幸せを願う君

【著】神田夏生　【イラスト】Aちき

「そうちゃんに、幸せになってほしいの。だから、私じゃ駄目」想いを告げた日、最愛の幼馴染はそう答えた。どうやら彼女は3年後に植物状態になる運命らしく——。これは、互いの幸せを望んだ二人の、繰り返す夏の恋物語。

新作
最強の冒険者だった俺、ちいさい女の子にペットとして甘やかされてます……

【著】泉谷一樹　【イラスト】カンザリン

最強の冒険者だった俺は、引退して憧れのスローライフをおくるはずだった。しかし、店長はちいさい女の子でペット扱いして甘やかしてくるし、ドタバタばかり巻き起こるしどうなっちゃうの俺のスローライフ!?

すべての雪菜がここに――
マニャ子画集
ストライク・ザ・ブラッド
STRIKE THE BLOOD
電撃文庫『ストライク・ザ・ブラッド』(1〜14巻)に
収められたイラストをはじめとして、
マニャ子が描いた『ストライク・ザ・ブラッド』関連イラスト250点を完全網羅。
新たな描き下ろしイラストも収めた、大ボリュームでお届けする
ストブラファン必携の1冊がここに登場!
マニャ子画集　ストライク・ザ・ブラッド
■判型:A4判　■発売中
電撃の単行本

第25回
電撃小説大賞
銀賞
受賞
AUTHOR
ミサキナギ
Nagi Misaki
ILLUSTRATION
れい亜
Reia
リベリオ・マキナ
COMMAND
Wake up, Order, Shut down
REBELLIO MACHINA
オートマタ×吸血鬼が
織りなす、新時代
バトル・ファンタジー！
TYPE: BYAKUDANSHIKI NUMBER: VI=MINAZUKI
BUILT-IN: HARMONY GEAR

おもしろいこと、あなたから。
電撃大賞